Michel Birbæk wurde in Kopenhagen geboren und lebt seit vielen Jahren in Köln. Der Drehbuchautor, Entertainer und Erfinder der Sit-Down-Comedy begeistert seit 2004 auch als Autor von romantischen Beziehungskomödien regelmäßig Leser und Presse. DIE BESTE ZUM SCHLUSS ist sein fünfter Roman, der ebenfalls begeistert aufgenommen wurde. Michel Birbæk liebt die deutsche Sprache und das Leben.

Weitere Titel des Autors:

Was mich fertig macht, ist nicht das Leben, sondern die Tage dazwischen
Wenn das Leben ein Strand ist, sind Frauen das Mehr (auch als Audio erschienen)
Beziehungswaise (auch als Audio erschienen)
Nele & Paul (auch als Audio erschienen)

Titel in der Regel auch als E-Book erhältlich

Michel Birbæk

Die Beste zum Schluss

Roman

BASTEI LÜBBE TASCHENBUCH

BASTEI LÜBBE TASCHENBUCH
Band 16592

1. Auflage: Dezember 2011

Dieser Titel ist auch als E-Book erschienen

Vollständige Taschenbuchausgabe
der bei Lübbe Hardcover erschienenen Hardcoverausgabe

Bastei Lübbe Taschenbuch und Lübbe Hardcover
in der Bastei Lübbe GmbH & Co. KG

Titelillustration: © SuchBild
Umschlaggestaltung: Geviert — Büro für Kommunikationsdesign, München
Satz: Siebel Druck und Grafik, Lindlar
Gesetzt aus der Sabon
Druck und Verarbeitung: GGP Media GmbH, Pößneck
Printed in Germany
ISBN 978-3-404-16592-6

Sie finden uns im Internet unter
www.luebbe.de
Bitte beachten Sie auch: www.lesejury.de

Der Preis dieses Bandes versteht sich einschließlich
der gesetzlichen Mehrwertsteuer.

Wenn ich bedenke, wie anstrengend es ist, einen Seitensprung zu verheimlichen, wie mühsam muss das erst bei einer Affäre sein? Das Lügen, die Terminkoordination, die SMS, der Geruch, und allem voran: das Verbergen des Glücks. Damit dem Partner nichts auffällt, muss man täuschen, verschweigen und schauspielern können. Man muss den Menschen, dem man noch *Ich liebe dich* sagt, gleichzeitig an der Nase herumführen und akzeptieren, dass er sich anschließend wie ein Idiot fühlen wird. Schließlich gilt immer noch der als Trottel, der die ganze Zeit nichts gemerkt hat. Ich.

Manche Menschen spüren, wenn ihr Partner sie vielleicht verlässt, und kommen dem zuvor, um sich die Qualen des Verlassenwerdens zu ersparen. Manchmal liegen sie allerdings falsch, dann ersparen sie sich bloß eine großartige Beziehung, aber immerhin treffen sie selber ihre Wahl. Ich hatte keine. Es gibt Rauchmelder, Warnblinker und Tsunami-Frühwarnsysteme, aber was ich bräuchte, ist ein Beziehungsende-Frühwarnmeldesystem.

Vor vier Wochen kam ich von der Arbeit nach Hause und fand eine leere Wohnung vor. Meine bessere Hälfte fehlte. Auch die bessere Hälfte der Möbel.

Meine Therapeutin sagt, das sei eine Chance. Allerdings meint sie auch, Krankheit sei eine Chance. Vielleicht hat sie recht, vielleicht sollte ich froh sein, dass Isabella weg ist, denn wir passten nicht zueinander, und ich wusste das vom ersten Moment an. Ich wollte Wirtschaftsverbrechen aufdecken, Isa wollte die Innenstadt leer shoppen, und selbst in meiner wildesten Verliebtheitsphase war mir klar, dass auch Sex nicht unser Motor sein würde – dennoch konnte ich plötzlich nicht mehr ohne sie leben. Nach sechs Monaten zogen wir schon zusammen, und keiner meiner Freunde warnte mich. Wir passten überhaupt nicht zusammen, aber alle fanden es *toll*, dass wir so verliebt waren. Wenn ich in dieser Zeit eins gelernt habe, dann das: Es ist den meisten Leuten schnurzegal, in wen man verliebt ist, Boris, Paris, Adolf – egal. Hauptsache verknallt.

Wie konnte Verliebtheit bloß eine solche Ikone werden? Sie ist der Grund für die idiotischsten Handlungen meines Lebens. Wäre sie verpackt, müsste eine Warnung draufstehen: *Achtung! Diese Hormonstörung verursacht Beziehungen, die zu gesundheitlichen Schäden führen können!* Daneben ein Foto von einem Typen, der sich die Pulsadern öffnet. Gut, von solchen Aktionen bin ich zwar so weit entfernt wie Lothar Matthäus von einer funktionierenden Ehe, dennoch müsste Verliebtheit langsam als Krankheit klassifiziert werden. In meinen dreiunddreißig Lebensjahren war ich achtzehn Jahre sexuell aktiv und habe mich währenddessen siebenmal verliebt. Daraus sind Enttäuschungen, Verletzungen und halb leere Wohnungen hervorgegangen, aber kein einziges Mal eine lange schöne Beziehung, um die mich irgendjemand beneidet hätte. Manchmal denke ich, ich bin beziehungsgestört, manchmal denke ich, wir alle sind beziehungsgestört – aber eigentlich gibt es nur ein Problem: falsche Partnerwahl durch Verliebtheit. Niemand würde seine Organe spenden, Geld anlegen oder die Führerscheinprüfung machen, wenn er gerade randvoll mit Drogen ist. Aber für die Entscheidung, mit wem man sein Leben verbringen und vielleicht eine Familie gründen will, wird genau dieser Zustand als *perfekt* propagiert. Wenn man sich verliebt, werden fast die gleichen Gehirnschaltkreise aktiviert wie bei einem Drogensüchtigen, der der nächsten Spritze entgegenfiebert. Das Alarm- und Angstsystem des Gehirns wird von den auf Hochtouren laufenden Liebesschaltkreisen weitgehend ausgeschaltet, und es gibt wirklich Intelligenteres, als bei der Partnerwahl den gesunden Menschenverstand auszuschalten.

Es gibt ebenfalls Intelligenteres, als deprimiert auf einem Partyschiff rumzuhängen. Achthundert fröhliche Menschen – und ich. Ich hatte irgendwie gehofft, die gute Laune der anderen wäre ansteckend. Das Gegenteil ist der Fall. Mit jeder Minute, die ich hier bin, isoliert mich die überbordende Fröhlichkeit der anderen, aber das hätte ich mir überlegen sollen, bevor wir ablegten. Jetzt ist das Thema für zwei Stunden durch.

Ich schiebe mich durch die Menschenmenge und suche nach einem bekannten Gesicht. Stattdessen schaue ich in eine Million unbekannte. Beide Rheinufer sind voller Fremdkörper, die gut gelaunt auf das Feuerwerk warten. Manche beneiden mich vielleicht um den Platz auf dem Schiff. Wo ist ein Eisberg, wenn man ihn braucht?

Auf dem Oberdeck finde ich einen freien Thekenplatz. Ich bestelle zwei Wodka auf Eis und zünde mir eine Zigarette an. Gott, ich erinnere mich nicht, wann ich mich zuletzt so beschissen gefühlt habe. Was ist bloß los? Es ist ja wirklich nicht das erste Mal, dass ich verlassen wurde, und es ist beileibe auch nicht das schlimmste Mal. Wieso zieht mich die Sache diesmal so runter? Liegt es am Alter? Wenn man mit fünfzehn verlassen wird, bricht die Welt zusammen, und man glaubt, man übersteht das nicht. Mit fünfundzwanzig tut es immer noch höllisch weh, aber man kennt es ja schon, und irgendwo unter dem Schmerz piepst eine Stimme, dass man sich wieder erholen wird. Und dann, mit dreißig, gerade wenn man glaubt, man hat nun wirklich alles erlebt und das Schlimmste hinter sich, passiert es: Irgendjemand bricht dir das Herz wie noch nie zuvor. Man dachte, man hätte den größten Schmerz überstanden – und dann das. Ab da bleibt ein nagendes Gefühl der Unsicherheit zurück, denn wenn man mit dreiunddreißig noch nach Hause kommen und eine halb leere Wohnung vorfinden kann, besteht die Möglichkeit, dass man es auch mit fünfzig kann. Vielleicht hört das ja nie auf. Gott, werde ich mit siebzig noch ausgeräumte Wohnungen vorfinden? Muss ich mein Leben lang damit rechnen, hinterrücks verlassen zu werden? Gibt es keine Altersgrenze für Verrat? Hätte Isa mir nicht einfach sagen können, dass sie einen anderen liebt? Vielleicht hätte ich sogar beim Umzug geholfen, stattdessen frage ich mich, ob sie mich in letzter Zeit deshalb so kalt behandelt hat, damit sie mir jetzt nicht fehlt. Und ob sie sich immer gründlich gewaschen hat, wenn sie von ihm kam …

Jemand lacht. Ich werfe einen Blick in die Runde. Zu meiner Linken steht ein frisch verliebtes Paar und knutscht. Rechts steht eine Gruppe Menschen, die in Anzüge gekleidet sind und zu mir herüberstarren.

Ich senke den Blick und brauche vier Atemzüge, bis ich merke, dass ihre missbilligenden Blicke meiner Zigarette gelten. Das ist ein weiterer Nachteil vom Verlassenwerden: Man bezieht alles nur darauf. Jemand hält dir die Tür nicht auf? – Er weiß, dass du zu doof bist, um deine Freundin zu halten. Jemand nimmt dir den Parkplatz weg? – Er weiß, dass du beziehungsunfähig bist. Halle Berry ruft nicht an? – Sie weiß, dass deine Ex dich wegen eines Fußballers verlassen hat. Wegen eines *Fußballers*. Ich habe mir ein Spiel von ihm aufgenommen und mehrmals angeschaut, wie er gefoult wurde. Immer wieder knallte er in Zeitlupe, mit schmerzverzerrtem Gesicht, auf den Rasen, doch er stand jedes Mal wieder auf und spielte weiter …

Die Bedienung bringt mir zwei Wodkas. Ich leere das eine Glas, kippe die Eiswürfel in das andere und stelle das erste aufs Tablett. Ich lege einen Schein daneben und bestelle zwei weitere Wodkas. Die Bedienung wirft mir einen amüsierten Blick zu.

»Meine Freundin hat mich verlassen«, erkläre ich ihr. »Wobei, nein, es kann nicht meine Freundin gewesen sein, denn Freunde gehen ja freundlich miteinander um – also gut, meine Ex-Irgendwas. Jetzt treibt sie es mit einem Fußballer. Hätte sie nicht einen Skinhead nehmen können oder einen Atomlobbyisten? Aber nein, ein Fußballer. Sie verlässt mich und macht mir auch noch die Sportschau kaputt. Okay, er spielt bloß zweite Liga, aber dennoch, oder?«

Sie geht wortlos. Am Nebentisch knutscht das Pärchen immer noch. Total verknallt, die Ärmsten. Soll ich sie warnen? Ihnen sagen, dass wenn sie jetzt nicht aufpassen, sie irgendwann nach Hause kommen und ihre afrikanischen Lieblingsskulpturen suchen werden? Dass mindestens einer von ihnen sein Selbstwertgefühl verlieren wird und, wenn er Pech hat, auch noch seine Lieblingssendung?

Ich kippe den Wodka runter. Das Pärchen knutscht immer weiter. Keiner unternimmt was. Niemand steht auf und bittet die anderen Anwesenden gemeinsam dagegen vorzugehen. Tschüss Zivilcourage.

Die Bedienung bleibt mit zwei Wodkas vor mir stehen, ohne mir in die Augen zu schauen. Ich trinke einen, fülle das Eis ins andere Glas, halte der Bedienung einen Schein hin und bestelle zwei neue. Sie schnappt sich das Geld und zieht schnell weiter, bevor der Spinner sie wieder volljammern kann.

Was, zum Henker, mache ich hier?

Ich zünde mir eine neue Zigarette an. Um mich herum steigt die Spannung und Stimmung. Das jährliche Monsterfeuerwerk heißt *Kölner Lichter* und entstand als Ableger von dem Koblenzer *Rhein in Flammen.* Heute ist es Deutschlands größtes musiksynchrones Feuerwerk und hat seinen neuen Namen von einem hellen Kopf erhalten, damit ältere Kölner nicht befürchten, dass die Alliierten noch eine Runde Brandbomben spendieren.

»Entschuldigen Sie!« Eine Frau um die fünfzig, in einem Kleid für Dreißigjährige, wedelt am Nebentisch mit ihrer Hand herum. »Sie da… Ja, *Sie* mit der Zigarette!«

Ich starre sie an.

»Herrgott, ich stehe auf dem Oberdeck eines Schiffes mitten auf dem verfluchten Rhein! Was soll ich machen, ein Viereck auf den Boden malen und mich reinstellen?«

Sie deutet auf meinen Ärmel.

»Sie brennen sich gerade ein Loch in den Anzug.«

Ich folge ihrem Fingerzeig und sehe, dass meine Zigarette tatsächlich gerade ein Loch in den Ärmel meines Anzugs schmort. Scheiße. Ich werfe die Kippe über Bord und begutachte das Loch. Ich kann mein Hemd sehen. Endlich Durchblick.

Ich schaue die Frau an.

»Tut mir leid.« Ich versuche ein Lächeln. »Es gibt so Tage.«

Sie nickt.

»Wochen«, verbessere ich mich. »Eigentlich Monate.«

Sie dreht mir den Rücken zu. Ihre männlichen Begleiter gucken böse. Alles klar. Ich schnappe mein Glas und ziehe Richtung Backbord. Die Musik schwillt an. Gleich geht das Feuerwerk los. Am Rhein entlang und auf den Schiffen sind Boxen aufgebaut. In den nächsten Minuten werden über eine Million Menschen dieselben Lieder hören. Gut, das passiert in Köln öfter, aber diese hier sind auf das Feuerwerk abgestimmt.

Es knallt! Ein unfassbar vielstimmiges *Ohhh* dringt aus Tausenden Kehlen. Alle schauen in den Himmel. Ich nutze das, um mich bis zur Reling durchzuschieben, wo man einen grandiosen Ausblick hat. Direkt vor uns treibt eine mit Sand gefüllte Barke, die Raketen abfeuert. Bei vielen Feuerwerken geht es darum, möglichst laut und bunt zu sein, aber dieses hier folgt einer Dramaturgie. Es kracht und donnert, während die Musik auf- und abschwillt. Der Himmel hängt voller Sterne, und die Raketen hüllen alles in vierfarbige Wolken. Ein schöner Anblick. Erinnert mich an Silvester. Und Silvester erinnert mich an Freunde. Und Freunde wären jetzt echt schön.

Noch mehr Raketen. Immer wenn man denkt, mehr geht nicht, legen die noch einen drauf. Am anderen Ufer brandet Jubel auf. Auch das passiert in Köln öfter, aber jetzt stimmen die unzähligen Menschen auf den Schiffen und den überfüllten Brücken ein und legen einen atonalen, berührenden Begeisterungsteppich über den Rhein. Alle gucken staunend in den Himmel, fotografieren und freuen sich. Wie das wohl von oben aussieht? Was würde ein Alien denken, wenn eins vorbeiflöge? Dass die Menschheit einen Haufen Spaß hat und sich alle lieben? Aber, he, warte mal, wer ist denn dieser mies gelaunte Typ an der Reling? Und wieso bumst seine Ex jetzt einen Zweitligakicker?

Ich nehme einen Schluck aus dem Glas und merke, dass es leer ist. Als ich mich nach der Bedienung umschaue, blicke ich in ein Frauengesicht, das mich fassungslos anstarrt.

»Mads?«

Vor mir steht eine schlanke Frau mit blondem Strubbelkopf. Die Raketen werfen flackernde Schatten auf ihr Gesicht, aber dieses Scheißegallächeln ist unverkennbar. *Grundgütiger!*

»RENE!!«

Eine Sekunde später liegen wir uns in den Armen.

»Mann, das gibt's doch nicht!!«, brülle ich und schlenkere sie herum.

»Hey! Wir gehen gleich über Bord!«, lacht sie.

»Mann, das gibt's doch nicht!«, wiederhole ich. Ich glaube, ich sage das noch oft, bevor ich sie wieder loslasse. Es ist nicht zu fassen. Meine Jugendfreundin. Da steht sie. Direkt vor mir. Sie trägt ein weißes Hemd zum schwarzen Anzug und grinst von einem Ohr zum anderen.

»Was zum Teufel machst du hier?«, platze ich heraus.

»Arbeiten.« Sie breitet die Arme aus. »Das hier ist mein Werk.«

Ich ziehe die Augenbrauen hoch.

»Du bist Pyrotechnikerin?«

»Presseagentin. Das hier ist mein erster großer Auftrag.«

»Gratuliere.«

»Danke!«

Über uns schwillt das Feuerwerk zu einem letzten donnernden Crescendo an, das einem die Eingeweide verdreht. Alles wird in Farben und Licht getaucht. Keiner von uns schaut hoch, wir scannen uns. Wiedersehens-CT. Wir haben uns fünfzehn Jahre nicht mehr gesehen, seitdem ich sie in Aachen zum Bahnhof brachte und ihr viel Glück in Berlin wünschte. Sie sieht aus, als hätte sie in der Zwischenzeit einiges erlebt. In ihrem Gesicht befinden sich Falten, die ich nicht kenne, aber das ist bloß ihr Äußeres. *Wirken* tut sie immer noch wie damals, fit, energiegeladen und wach, auch wenn sie Ringe unter den Augen hat.

Mit einem letzten magenverschiebenden Knall verstummen die Kölner Lichter. Ein ohrenbetäubender Applaus brandet auf.

»Ich dachte, du bist in Berlin!«, schreie ich durch den Lärm.

Sie sagt irgendwas, das in dem Lärm der Millionen untergeht. Ich zeige auf meine Ohren und schüttele den Kopf. Sie verstummt. Wir schauen uns weiter lächelnd an und warten, bis der Jubel sich legt. Mir ist danach mitzujubeln.

Nach und nach beruhigen sich die Ufer, Brücken und schließlich auch das Schiff. Es beginnt, sich in der Strömung zu drehen, um uns wieder an Land zu bringen.

»Berlin«, erinnere ich sie.

»Ist ewig her«, sagt sie und winkt ab. »Seitdem war ich in Hamburg, München, London, und jetzt bin ich seit zwei Jahren in Köln.«

»Seit zwei Jahren? Und wieso haben wir uns nie getroffen? Das geht doch eigentlich gar nicht. Wo treibst du dich rum?« Statt zu antworten, wirft sie einen Blick auf ihre Armbanduhr.

»Ich muss noch ein bisschen arbeiten. Was machst du später?«

»Och, nein«, stöhne ich, »bitte nicht …!«

Ihr Gesicht erstrahlt zu einem breiten Lächeln.

»Keine Angst«, erwidert sie. »Das eine Mal reicht mir immer noch.«

»Gott sei Dank«, seufze ich.

Was mir einen Fausthieb einbringt. Ewig her, dass mir jemand eine reingehauen hat, ohne es böse zu meinen. Hab ganz vergessen, wie gut sich das anfühlt.

»Ich arbeite, bis die Pressekollegen von Bord sind, und dann gehen wir was trinken. Und weil ich dich kenne ...« Sie zückt ihr Handy. »Nummer.«

Ich nenne sie ihr. Sie tippt sie ein und ruft an. Mein Handy beginnt in meiner Tasche zu summen.

»Okay«, sagt sie zufrieden. »Ich lasse dich orten, falls du verschwindest.«

Sie verpasst mir ihr Scheißegallächeln, dann verschwindet sie in der Menge. Ein Freund. Und plötzlich ist alles anders. So verdammt anders. Ich zünde eine Zigarette an und atme durch. Die Stimmung auf dem Boot ist plötzlich gut, die Laune der Leute ansteckend. Fremde lächeln, ich lächele zurück. So was kann ein Freund.

Die Bedienung kommt vorbei. Ich bestelle ein Bier und lächele sie an.

»Entschuldige wegen vorhin. Ich bin jetzt drüber hinweg.«

Sie zieht schnell weiter. Ich lehne mich an die Reling und schaue übers Wasser. Rene. Nicht zu fassen. Wir sind fünfzig Meter voneinander entfernt aufgewachsen und sahen uns fast täglich. Als wir Kinder waren, schliefen wir fast täglich bei mir oder ihr, und dann, als wir fünfzehn waren, schliefen wir miteinander. Der schlechteste Sex meines Lebens. Hoffe ich. Am nächsten Morgen beschlossen wir, das nie nie wieder zu tun, und von da an waren wir endgültig die besten Freunde. Ich wünschte, schlechter Sex würde immer zu so etwas führen.

Das Schiff legt an. Von dem Geschaukel ist mir ein bisschen schlecht, also gehe ich von Bord und stelle mich neben den Laufsteg. Mein Handy klingelt.

»Ja?«

»Du Arsch, ich sehe dich! Wenn du noch einen Schritt weitergehst, bist du tot!«

Ich schaue mich grinsend um, entdecke sie aber nicht.

»Ich wollte nur an Land.«

»Ich hab dich gewarnt!«

Die Verbindung ist tot. Ich bleibe stehen und warte, bis Rene mit energischen Schritten den Steg herunterkommt und sich meine Hand schnappt.

»Komm mit«, sagt sie und marschiert los.

Ich halte ihre Hand und folge. Wohin? Egal. Es gibt nichts Schöneres, als jemandem zu folgen, der es gut mit einem meint.

Zehn Minuten später stehen wir im Früh-Brauhaus. Wegen der *Kölner Lichter* ist die Altstadt noch voller als an normalen Wochenenden, und das Brauhaus erst recht. Jeder Stuhl ist besetzt, zwischen den Tischen stehen Leute und trinken. Die Luft ist zum Schneiden dick und erfüllt mit einem Stimmengewirrteppich.

»Es ist voll. Lass uns woanders ...«, beginne ich, aber Rene hebt eine Hand und schaut sich suchend um. Sie mustert einen Ecktisch, an dem ein älteres Touristenpaar sitzt und ratlos auf das Display ihrer Digitalkamera schaut. Sie geht los. Ich schaue zu, wie sie am Tisch stehen bleibt und dem Ehepaar irgendwas mit der Kamera erklärt. Die beiden freuen sich und rutschen zusammen. Schon haben wir Sitzplätze auf der Bank und ich ein Déjà-vu. Mit so etwas hat sie mich damals immer wieder verblüfft. Gratis auf Festivals, Eintritt bei VIP-Partys, Upgrades im Flugzeug.

Sie zog einfach los und kam mit Tickets, Tipps oder Rabatten wieder. Kommunikation – die Zauberei der Gegenwart.

Ich winke dem Köbes und halte zwei Finger hoch, doch Rene schüttelt den Kopf und bestellt ein Wasser. Nachdem der Köbes das gepflegt kommentiert hat, bringt er uns die Getränke. Er stellt das Wasser mit einem zweifelnden Gesichtsausdruck vor Rene ab und erkundigt sich nach ihrem Wohlbefinden. Sie sagt, sie sei schwanger. Er sagt, dass er sich nicht an sie erinnere. Sie sagt, das hinge mit seinem weiten Heimweg nach Düsseldorf zusammen. Er schweigt kurz, was bei einem Köbes selten vorkommt. Schließlich verabschiedet er sich mit einem schlappen Mit-dem-Zeug-wasch-ich-meine-Füße-Spruch. Das Touristenpaar an unserem Tisch freut sich über das Stück Lokalkolorit.

Rene hebt ihr Glas.

»Auf uns.« Sie stößt ihr Glas gegen meines, trinkt einen Schluck, setzt es wieder ab, lehnt sich zurück und mustert mich. »Trottel. Wieso hast du dich nie gemeldet?«

»Du weißt, wieso.«

»Ja, aber *nie wieder*?«

Ich hebe die Schultern und lasse sie wieder fallen.

»Tut mir leid. Ich wollte damals einfach ...« Tja, was wollte ich eigentlich? »Ich brauchte Abstand. Ich habe versucht, dich zu erreichen, aber deine Handynummer war abgemeldet und deine Mailadresse funktionierte nicht mehr.«

Sie gibt ein Geräusch von sich, als hätte ich eine Quizfrage falsch beantwortet.

»Es ist heutzutage absolut unmöglich, jemanden

nicht wiederzufinden. Außerdem hättest du jederzeit meine Eltern anrufen können.«

»Wohnen sie immer noch da?«, lenke ich ab.

Sie nickt.

»Sie bleiben auch da. Mama geht's nicht gut, sie hat Brustkrebs.«

»Scheiße. Schlimm?«

Sie atmet tief ein und schaut weg. Ich lege meine Hand auf ihre.

»Tut mir leid.«

Als sie mich wieder ansieht, sind ihre Augen trocken.

»Und du? Bist du drüber weg?«

»Geht so, aber ich werde es überleben, ist ja nicht meine erste Trennung.«

Sie runzelt die Stirn, lässt mir aber den Themenwechsel durchgehen.

»Frisch getrennt?«

Ich nicke.

»Irgendwie hab ich es nicht so mit langen Beziehungen.«

»Hat sich ja echt viel geändert«, sagt sie und grinst leicht.

Ich gebe ihrer Hand einen Klaps.

»He, er war immer sehr bemüht. Und selbst? Was macht die Liebe?«

»Och.«

»Ah.«

»Jaja.«

»Tut mir leid.«

»Und mir erst.«

Wir grinsen uns an. Gott, tut das gut. Endlich

wieder jemand, den ich kenne. Und der mich kennt. *Meine Güte, Rene.*

Unser Touristenehepaar zahlt, wünscht uns einen schönen Abend und geht. Ihre Plätze werden sofort durch ein Touristenehepaar ersetzt, das genauso angezogen ist. Vielleicht ist es dasselbe, und sie haben es sich an der Tür noch mal überlegt. Während das Ehepaar umständlich beim Köbes bestellt, was dieser mit einem üblen Touri-Spruch quittiert, scannen wir uns weiter. Sie hat Falten in den Augenwinkeln bekommen. Wir werden älter. Sogar sie.

Ihr Lächeln wird breiter.

»Die Zeit vergeht, hm?«

Ich lächele. Schön, dass sie weiß, was ich denke. Isa wusste es meistens nicht mal, wenn ich es sagte.

Sie mustert mich aufmerksam.

»Und, bist du nun darüber weg oder nicht?«

»Klar«, sage ich, und es ist nicht mal so richtig gelogen. Meistens bin ich darüber weg, und ein- bis zweimal im Monat überfällt mich die Vergangenheit. Manchmal für einen Augenblick, manchmal für eine Stunde, manchmal für einen Tag, aber irgendwann verzieht sich die Wolke wieder. »Mir geht's gut, wenn ich nicht gerade nach Hause komme und eine halb leere Wohnung vorfinde.«

»Autsch«, sagt sie und lässt mir zum zweiten Mal einen Themenwechsel durchgehen. »Wieso hat sie dich verlassen? Gab es einen anderen?«

Ich nicke.

»Einen Sportler.«

Sie lächelt.

»Und was hat er, was du nicht hast, also bis auf

einen durchtrainierten Körper und tolle Ausdauerwerte?«

»Prima Spermien.«

Ihr Lächeln verschwindet, und ihre Augen wirken plötzlich dunkler.

»Im Ernst?«

Ich nicke.

»Ich bin zeugungsunfähig.«

Jetzt ist sie dran, ihre Hand auf meine zu legen.

»Tut mir leid.«

Ich zucke die Schultern.

»Hat auch Vorteile. Wäre ich zeugungsfähig, hätte ich jetzt Kinder mit Isa, denn sie wollte welche, und wir haben nie verhütet. Das wären weitere tolle Besuchsrechtsfälle fürs Jugendamt geworden. Und du ...« Ich nicke zu ihrem Bauch. »Kennst du den Vater?«

Sie schaut mich einen Moment lang überrascht an, dann lacht sie.

»Ja, du Trottel, natürlich kenne ich den Vater.«

»Und wie ist er so?«

»Weg«, sagt sie trocken. »Wir haben uns getrennt. Ich werde die Kinder alleine großziehen.«

Ich hebe die Augenbrauen.

»Plural?«

»Oh ja«, sagt sie und strahlt mich an. »Ich habe eine einjährige Tochter.«

Sie beginnt in ihrer Handtasche zu wühlen, holt ein Handy hervor und hält es mir vors Gesicht. Das Display ist klein, und meine Augen sind nicht mehr die besten, aber ein paar Dinge über Mütter habe ich schon begriffen.

»Mann, ist die süß!«

»Nicht wahr?« Rene strahlt. »Und in fünf Monaten bekommt sie einen Bruder.«

»Beide von demselben Kerl?«

»Das blöde Arschloch«, sagt sie aus voller Überzeugung, und in der nächsten halben Stunde erfahre ich, wie sie in München den Regisseur Volker traf, sich verliebte, seinetwegen nach Köln zog, er sie schwängerte, sie ein Kind bekam, er sie noch mal schwängerte und sie ihn vor zwei Wochen dabei erwischte, wie er seine Hauptdarstellerin in ihrem gemeinsamen Bett flachlegte. Seitdem wohnt sie bei ihren Eltern in Aachen und pendelt täglich nach Köln. Während sie redet, beobachte ich ihre energische Gestik und lache über ihre Beschimpfungen. Wenn mich jemand verlässt, werde ich traurig, sie wird wütend. So hat jeder seine Bewältigungsstrategie. Ihre gefällt mir besser.

»Dieser verdammte Idiot«, schimpft sie. »Er bumst sie in unserem Bett. Denkt der, ich merke das nicht? Glaubt der, ich rieche nichts? Der hat nicht mal die Bettwäsche gewechselt. Männer …« Sie schüttelt den Kopf. »Manchmal denke ich, er wollte mich einfach loswerden und war zu faul für ein Gespräch. Also nimmt er diese Bulimietussi mit nach Hause und erniedrigt mich so sehr, dass mir nichts anderes übrig bleibt, als ihn zu verlassen.«

»Wow! Es geht doch nichts über das Gespräch mit einem Freund. Plötzlich sehe ich positive Seiten an Isa. Immerhin war sie so rücksichtsvoll, nicht in unserem Bett fremdzugehen.«

Rene lacht.

»Ja, es hilft doch immer, mit jemandem zu sprechen, dem es noch beschissener geht.«

Sie wirkt nicht, als würde es ihr beschissen gehen, aber okay, sie war noch nie der Typ, der jammert. Als wir sieben oder acht waren, belauschten wir eines Tages ihre Eltern und erfuhren, dass die lieber einen Sohn gehabt hätten, doch nach Renes Geburt konnte ihre Mutter keine Kinder mehr bekommen. Von da an wurde sie tougher als alle Typen, die ich kannte, und versuchte, der Junge zu werden, den ihre Eltern sich gewünscht hatten. Sie kickte mit den größeren Jungs, und wenn einer einen Spruch riskierte, kämpfte sie, bis ihr die Puste ausging. Sie war die Erste bei den Mutproben und immer die Letzte, die nach Hause ging. Unsere Jugendclique war die einzige in Aachen, die eine weibliche Anführerin hatte, und wer darüber Witze machte, konnte sich warm anziehen. Und nun, Mutter. Das Bild passt irgendwie nicht zusammen.

»Und nun alleinerziehend? Hast du dir das gut überlegt? Vielleicht lohnt es sich ja doch, um die Beziehung zu kämpfen, ich meine, er ist der Vater deiner Kinder.«

Sie winkt ab.

»Gerade deswegen ist es die richtige Entscheidung. Ich wusste gleich, dass er 'ne Lusche ist. Er weigert sich, erwachsen zu werden, er wäre bestimmt kein guter Vater.« Sie leert ihr Glas und mustert es genervt. »Das Schlimmste ist, dass ich auf Alkohol verzichten muss. Frisch getrennt – und man kann sich nicht mal besaufen.«

Ich schaue zu dem Köbes rüber, der den Blick sofort bemerkt. Ich deute auf den Tisch und lasse meinen Finger rotieren. Er zieht eine Grimasse. Ich wende mich wieder Rene zu.

»Was ich nicht ganz verstehe ...«, beginne ich. »Wenn dieser Volker so 'ne Lusche ist, wieso hast du dich dann noch einmal von ihm schwängern lassen?«

Sie lächelt.

»Ich war total verliebt!«

»Da ist es wieder«, stöhne ich. »Verliebtheit – der 1-A-Beziehungsberater.«

Sie runzelt die Stirn.

»Sag nichts gegen Verliebtheit. Das Gefühl war großartig, nur der Typ war falsch.«

»Prima. Das ist, wie wenn ein Bergsteiger unbekleidet den Mount Everest besteigt, auf halber Strecke erfriert und dann sagt: He, sag nichts gegen FKK-Bergsteigen. Das Gefühl war großartig, nur das Wetter war falsch ...« Sie lacht nicht, stattdessen seufzt sie und lehnt sich zurück.

»Erzähl mir von ihr.«

In der nächsten halben Stunde erfährt sie alles über meine großen vierundzwanzig Monate mit Isabella, von denen die letzten sechs zweitligareif waren. Wie ich Isa kennenlernte, sie lustig und zugleich oberflächlich fand und eigentlich nur Spaß wollte, aber plötzlich zu verliebt war, um gegensteuern zu können. Wie ich mich immer mehr ihren Wünschen unterordnete, wie ich zustimmte, zusammenzuziehen, wie ich zustimmte, mir einen besser bezahlten Job zu suchen, und wie ich sogar zustimmte, mit ihren bescheuerten Freunden in Urlaub zu fahren, die allesamt in der Werbung arbeiteten und den ganzen Tag in Werbeslogans sprachen. Und wie ich schließlich eines Tages nach Hause kam und in einer halb leeren Wohnung einen halbseitigen Brief fand.

»Nicht mal einen richtigen Brief, sie hat einfach ein paar Worte auf eine Serviette geschmiert.«

Rene zuckt mit den Schultern.

»Immer noch besser als fremde Haare im Bett.«

»Ich Hirni habe wirklich geglaubt, dass sie am Wochenende immer müde vom Arbeiten war. Dabei brauchte sie wahrscheinlich nur einen freien Tag, um sich von dem Torschusstraining unter der Woche zu erholen.«

Rene lacht hämisch.

»Bei Volker hieß das Cutten. Die Zeit im Studio hat ihn immer völlig ausgesaugt.« Sie grinst böse und steht auf. »Bin gleich wieder da. Wehe, du verschwindest.«

Stattdessen verschwindet sie Richtung Toiletten. Ich sitze da und fühle mich so gut wie schon lange nicht mehr.

Der Köbes bringt Wasser und Bier und scheint enttäuscht zu sein, dass Rene nicht da ist. Wahrscheinlich hat er seit der letzten Bestellung an einem Gag gefeilt. Er zieht unbefriedigt wieder ab. Das Lokal wird immer voller. Es strömen mehrere Jungs herein, die T-Shirts tragen, auf denen *Selbst ich habe eine abbekommen* steht. Junggesellenabschied. Die meisten sind besoffen und singen eine sehr laute Sha-na-na-na-na-na-Version von irgendeinem Hit.

Rene kommt von der Toilette zurück. Sie setzt sich und wirft einen Blick auf die Männergruppe.

»Lass uns hier abhauen.«

»Wohin?«

»Hat deine Ex zwei Stühle dagelassen?«

»Zu mir?«, frage ich überrascht und nicke dann

sofort, als mir klar wird, was für eine grandiose Idee das ist. Geister vertreiben. »Okay, aber mach dir keine Hoffnung: Ich schlafe nicht mit dir.«

»Schwein gehabt«, grinst sie und steht auf. Sie wirft einen Zehner auf den Tisch, schnappt sich meine Hand und zieht mich zum Ausgang.

Draußen erwartet uns eine laue Sommernacht. Wir schlendern Händchen haltend los und tauschen ein paar Schuldzuweisungen aus, um uns schließlich darauf zu einigen, dass es eben Konstellationen gibt, die sexuell nicht füreinander geschaffen sind, was eine echt nette Umschreibung für den furchtbaren Sex ist, den wir hatten. Wir spazieren Hand in Hand durch die Straßen. Nichts nervt. Im Gegenteil. Ich freue mich aufs Nachhausekommen. Lange her.

In Köln auf Wohnungssuche zu gehen heißt: sehr viel Geld ausgeben oder sehr viel Zeit und Kompromissfähigkeit mitbringen. Ich kenne Menschen, die seit Jahren auf der Suche sind, weil sie sich weigern, ein Drittel ihrer Gesamteinnahmen für die Miete einer Wohnung auszugeben, in der sie nicht mal gerne wohnen. Dieses Los umging ich mit einem Glücksfall, als ich meine Wohnung fand. Während ich Kaffee mache, tigert Rene durch die Wohnung und kommentiert die Raumaufteilung. Sie ist auf Wohnungssuche, da sie auf Dauer nicht täglich zwischen Aachen und Köln pendeln will, und meine Wohnung wäre perfekt für eine Alleinerziehende mit zwei Kindern, ob ich denn nicht vorhätte auszuziehen, nach der Geschichte mit Isa. Sie findet allerhand Argumente dafür, wieso ich ausziehen sollte, und bringt mich mehrmals zum Lachen.

Den Kaffee trinken wir auf dem Minibalkon. Da meine Hollywoodschaukel Isa gefiel, sitzen wir auf Holzkisten und schauen über die nächtlichen Dächer. Ich habe ein paar Kerzen und eine Zigarette angezündet. Nähe ohne Unruhe. Hatte fast vergessen, wie das ist.

»Wie konnten wir uns so lange aus den Augen verlieren?«

»Weil du aufgehört hast, dich zu melden, du Trottel.«

»Und wieso hast du dich nicht gemeldet?«

»Weil ich beleidigt war, dass du dich nicht meldest.«

»Ach so. Na ja, jetzt habe ich ja deine Nummer.«

»Und ich deine«, sagt sie. »Und ich werde nicht zögern, sie einzusetzen!«

Wir wärmen ein paar alte Anekdoten auf und bringen uns dann auf den neuesten Stand, wer von unserem alten Freundeskreis verheiratet, geschieden, arbeitslos, erfolgreich, durchgeknallt oder spießig geworden ist. Wir reden über die Krankheit ihrer Mutter, die Geburt ihrer Tochter, ihre Beziehungen vor Volker, meine Beziehungen vor Isa. In Liebesdingen scheinen wir nicht das beste Händchen zu haben. Keine Beziehung länger als zwei Jahre, keinen Kontakt zu unseren Exfreunden. Wir entwickeln die These, dass es in unserer Gegend früher militärische Versuche gab, in denen biologische Waffen ausprobiert wurden, die beziehungsunfähig machen. Das wäre zumindest eine Erklärung, die hübsch bequem wäre. Die unbequeme wäre die, dass wir beide einfach zu blöd sind. Daran glauben wir beide nicht. Also, das verdammte Militär mal wieder.

Die Nacht wird kühler. Ich hole ein paar Decken raus, dann sitzen wir eingemummelt auf den Holzkisten, mit den Füßen auf der Balkonbrüstung. Ein Schweigen guckt vorbei, fühlt sich wohl und macht sich breit. Renes Kopf lehnt an meiner Schulter. Seit Minuten hat niemand mehr was gesagt. Ich spüre ein leichtes Lächeln in meinem Gesicht. Freundschaft. Es schlägt alles. Auch die Liebe. Freundschaft ist größer. Weil es beides ist. Liebe dagegen ist manchmal nicht mal freundlich.

»Bleibst du heute hier?«

»Klar«, sagt sie und stupst mich leicht mit ihrem Kopf an. »Lass uns wieder Freunde sein, ja?«

»Ja.«

»Ich meine es ernst. Lass uns eine Front bilden. Lass uns Feuer und Verderbnis über die Arschlöcher bringen. Lass uns zusammenhalten und jedem in den Arsch treten, der einem von uns wehtut.«

»Okay.«

Sie nickt ernst, dann lehnt sie sich wieder an meine Schulter und schaut über die Dächer. Das Schweigen nimmt erneut Raum ein. Ich rauche eine und versuche, mir den Moment zu merken. Renes Atem wird schwer und gleichmäßig. Gott, fühle ich mich gut.

Hinter den Bäumen und Hausdächern wird der Horizont langsam heller. Das graue Licht wird nach und nach farbiger und wirft Leben auf die Stadt. Das Morgenlicht ist wirklich schön. Und müde sein. Und nicht alleine sein, das ist das Schönste. Ich schließe die Augen und lausche auf das Atmen eines anderen Menschen, der noch da sein wird, wenn ich wieder die Augen öffne. Endlich wieder gerne aufwachen.

Etwas zieht mich an der Nase. Ich öffne ein Auge und kneife es gegen das Licht zusammen, das durch das Schlafzimmerfenster hereinfällt. Renes Gesicht hängt vor mir in der Luft. In dem Morgenlicht schimmern ihre Augen. Sie sieht hellwach aus und trägt meinen Bademantel.

»Du bist ja immer noch so 'ne Schlafnase«, sagt sie und drückt mir eine heiße Tasse in die Hand, die nach Kaffee duftet. »Was hast du eigentlich mit den leer stehenden Zimmern vor?«

»Weiß nicht«, sage ich und probiere den Kaffee. Hm. Sie kann immer noch keinen guten Kaffee kochen. »Wieso?«

»Das wäre perfekt für uns, für den Übergang. Es hat ja sogar ein eigenes Bad. Von hier aus wäre die Wohnungssuche wesentlich leichter.«

»Hm«, mache ich und nehme noch einen Schluck. »Solche Entscheidungen sollte man gründlich überlegen. Der Ersatzschlüssel hängt neben der Haustür.«

Sie grinst breit.

»Sicher?«

»Gestern hing er noch da.«

»Und was kostet mich die Sache?«

Ich sage ihr, was ich zahle, und ernte einen ungläubigen Blick, was in Köln normal ist, wenn man erzählt, was man an Miete zahlt. Ich erkläre ihr, dass ich fest angestellter Redakteur bei einem Frauenmagazin bin, weil Isa darauf bestand, mir einen Job zu besorgen, in dem ich genug verdiene, um mit ihr dreimal im Jahr in Urlaub zu fliegen. Ich erkläre ihr auch, dass ich lieber auf zwei Urlaube verzichte, als sie hier wieder rausmarschieren zu lassen. Wenn sie nicht einzieht, müsste ich ja auch die Wohnung alleine bezahlen. Dennoch mustert sie mich unschlüssig.

»Hast du schon mal mit einem Baby zusammengelebt?«

»Noch nicht.«

»Es kann die Hölle sein. Sie schreien, kacken und werden krank, und das meistens im falschen Augenblick. Vergiss Schlafen, ins Kino gehen, Freunde treffen. Außerdem werde ich noch ein Baby bekommen. Noch mehr Kacken und Schreien, und es gibt keinen Vater, der mich entlastet. Ich werde also gestresst und launisch und übermüdet sein, und es kann eine Weile dauern, bis ich beruflich so belastbar bin, dass ich die volle Miete aufbringen kann.«

Sie versucht, mir Angst zu machen. Wie erkläre ich ihr, dass nichts schlimmer sein kann als die letzten Wochen? Seit drei Jahren habe ich keine Medikamente mehr genommen, doch am Kühlschrank hängt ein Rezept, das ich mir vorgestern vom Arzt geben ließ. Damals, nach dem Unfall, verschrieben die Ärzte mir Antidepressiva und versprachen mir, dass ich mich bald wieder normalisieren würde. Aber ich konnte mich nicht normalisieren, denn meine alte Normalität war zerstört und meine neue bestand aus schmerzlichen Erinnerungen. Ich nahm immer mehr Tabletten, bis ich mir schließlich eingestand, dass ich süchtig war. Ich ging auf Entzug, doch es dauerte zwei Jahre, bevor ich morgens aufwachen konnte, ohne an Tabletten zu denken. Seitdem habe ich nie wieder verschreibungspflichtige Medikamente eingenommen, und alles, was mich davor bewahrt, dieses Rezept einzulösen, ist unbezahlbar.

»Versuchen wir es doch einfach eine Zeit lang.« Ich stelle die Tasse auf den Nachttisch und ziehe mir die erste Zigarette des Tages aus der Schachtel. »Wenn's nicht klappt, kannst du immer noch weitersuchen.«

»Unter einer Bedingung«, sagt sie.

»Ich weiß«, grinse ich und stecke mir die Kippe zwischen die Lippen. »Kommt mir sehr entgegen.«

»Keine Zigaretten.«

Wir mustern uns einen Augenblick, dann nehme ich mir die Zigarette aus dem Mund.

»Wollte eh aufhören.«

Nach einem Augenblick streckt sie die Hand aus und lächelt. Ich schlage ein. Und schon wohne ich nicht mehr alleine, und meine größte Angst löst sich in Luft auf. Wie einfach das Leben manchmal sein kann. Ich habe wieder einen Menschen in meinem Leben, dem ich vertraue.

Wir lächeln uns an, und Zuversicht breitet sich in mir aus, dass nun das Schlimmste vorbei ist. Zum ersten Mal seit Langem freue ich mich auf die Zukunft.

5 Jahre später …

Atemnot. Ich öffne ein Auge. Auf mir liegt eine Sechsjährige im Blümchenpyjama. Sie muss heute Nacht rübergekommen sein. Vielleicht ein Albtraum. Als sie klein war, haben wir sie manchmal zum Einschlafen auf meinen Bauch gelegt, seitdem kommt sie phasenweise vorbei. Ich schiele zum Wecker. Kurz vor sieben. Für einen Moment will ich wieder die Augen schließen, dann fällt mir ein, welcher Tag heute ist. Mist.

»Aufwachen, Süße.«

Sie bewegt sich nicht. Ich halte ihre Nase zu. Ihre Augenlider zucken, aber sie bleibt regungslos liegen und atmet durch den Mund.

»Weißt du eigentlich, wie schwer du bist?«

Sogar in diesem Alter ignorieren Frauen solche Kommentare, also drehe ich mich zur Seite. Lola rutscht auf die Matratze, greift nach der Decke und windet sich zwischen die Laken. Ich steige aus dem Bett und bleibe einen Augenblick stehen, um sie mir anzusehen. Wenn es eines Tages Zeitreisen gibt, wird das mein erster Ausflug. Als Kind, halb schlafend im Bett liegen bleiben, während meine Eltern aufstehen. Einfach vor sich hinträumen und mit einem Ohr zuhören, wie das Frühstück zubereitet und der Tag begonnen wird, bis mich irgendwann jemand ruft ... Was das angeht, war früher wirklich alles besser.

In der Küche empfängt mich fahles Morgenlicht. Am Küchentisch sitzt ein Fünfjähriger in Unterhose und lässt ein quiekendes Meerschwein auf dem Tisch herumlaufen.

»Schwein vom Tisch.«

Oscar dreht überrascht den Kopf. Ich bleibe schlagartig stehen.

»Was zum Henker ...«, ich schaue mich um. »Wo zum Teufel ist mein Kaffee?«

»Du warst ja nicht wach!«, sagt er empört und nimmt das protestierende Tier in die Arme.

»Aber jetzt bin ich wach, also Kaffee her und weck deine Mutter. Und Zähne putzen. «

»Manno«, nölt er, während sein Blick an mir herunterwandert. »Wieso heißt es Meerschwein? Susi ist ein Mädchen, das muss doch Sau heißen.«

»*Kaffee* ...«, stöhne ich und verziehe mich ins Bad.

Während ich dusche, höre ich ihn in die andere Wohnungshälfte flitzen und rumschreien, bis seine Mutter wach wird und ihn anschnauzt, dass er aufhören soll, so einen Lärm zu machen. Darauf folgt noch lauteres Geschrei.

Als ich aus der Dusche steige, fliegt die Badezimmertür auf, und Rene kommt im Morgenmantel hereingeschlurft. Ihr Gesicht ist vom Schlaf verquollen, und ihre blonden Struppelhaare stehen in alle Richtungen. Sie lässt den Mantel zu Boden fallen, drängt sich an mir vorbei und verschwindet in meiner Duschkabine, ohne mich eines weiteren Blickes zu würdigen. Vielleicht der Beweis, dass es doch eine platonische Freundschaft zwischen Mann und Frau geben kann. Vielleicht sollte ich bloß öfter ins Fitnessstudio gehen.

»Dein Sohn interessiert sich übrigens mehr für meinen Körper als du«, erkläre ich dem Duschvorhang.

Nichts.

»Wird er halt schwul«, lege ich nach. »Was soll's, dann müssen die Enkelkinder eben adoptiert werden.«

Keine Antwort. Obwohl das weibliche Sprachzentrum um elf Prozent aktiver ist als das männliche, liegt Rene morgens mit achtzig Prozent im Rückstand. Die Differenz holt sie nachher im Büro auf.

Ich bin fast glatt rasiert, als das Wasser zugedreht und der Vorhang zur Seite gezogen wird. Sie streckt die Hand aus.

»Was ist mit deiner Dusche?«, frage ich und reiche ihr ein Handtuch.

»Kaputt. Ich rufe einen Handwerker«, murmelt sie, und wir beide wissen, dass sie es vergessen wird und so lange bei mir duschen wird, bis ich einen rufe.

Sie stellt einen Fuß auf die Badewannenkante, beugt sich vor und trocknet ihre Füße ab. Muskeln und Sehnen spielen unter ihrer Haut. Der Freiberuflerstress hat sie gnadenloser abgekocht als jede Schlankheitskur. Die neue Superdiät: Mutter und selbstständig.

»Glotz nicht so, Perverso.«

»He, das ist mein Badezimmer.«

Sie richtet sich auf und trocknet ihren Oberkörper ab.

»Kein Grund, mich … autsch.« Sie lässt das Handtuch sinken, fasst sich an die linke Brust und zieht eine Grimasse. »Ich glaube, ich kriege einen blauen Fleck. Oscar hat sich voll auf mich draufgeworfen … «

»Ist nur fair. Deine Tochter klebte die halbe Nacht an mir.«

»Was ist daran fair?« Sie beginnt sich wieder abzutrocknen. »Lola will bloß schmusen, aber Oscar … Woran liegt es nur, dass Jungs immer so grob sind?«

Ich antworte nicht, denn sie kennt die Fakten. In Oscars Alter wird das männliche Gehirn permanent mit Testosteron überschwemmt, und zu viel davon tötet Gehirnschaltkreise für emotionale und soziale Sensibilität ab.

Rene wickelt sich in das Handtuch, lehnt sich vor zum Spiegel und untersucht ihre Nase.

»Du glotzt wieder.«

»Das ist der Unterschied zwischen Männern und Frauen. Wir wissen eine nackte Frau auch dann zu würdigen, wenn wir mit ihr befreundet sind.«

»Glotzen ist nicht Würdigen.«

Bevor mir dazu etwas einfällt, hat sie das Bad verlassen. So sind sie, die Pressefrauen: verbal zu schnell für diese Welt.

Als ich in ein Handtuch gewickelt aus dem Bad komme, sitzt eine moderne Familie am Küchentisch und frühstückt, sprich: ein abwesender Vater, eine gestresste Alleinerziehende und zwei Trennungskinder. Rene liest die Süddeutsche Zeitung, Oscar versucht, an einem Käsebrötchen zu ersticken, und Lola hängt über ihrem Müsli wie eine Grippekranke über einem Erkältungsbad.

»Morgen, Hübsche«, sage ich und küsse sie auf den Scheitel. »Hast du gut geschlafen? War ich bequem?«

Sie ignoriert mich und löffelt weiter Müsli.

»Aha«, sage ich und schnappe mir die dampfende Tasse, die vor meinem Platz steht. Ich probiere einen Schluck und nicke Oscar anerkennend zu. »Hmm, der ist gut.«

Er kaut, Rene liest, Lola schlürft. Keiner sagt was.

»Ist das so ein Wer-zuerst-spricht-hat-verloren-Ding? Dann macht mal 'ne Ausnahme, immerhin seid ihr hier in meiner Küche, da kann man auch mal Konservation machen.« Ich warte einen Augenblick. Niemand verbessert mich. Ich beuge mich vor und schaue Rene ins Gesicht. »Ich habe gestern eine tolle Nacht gehabt. Frag mich doch mal, wie toll.«

Sie liest weiter. Oscar schluckt einen Brocken runter und mustert mich neugierig.

»Was hast du denn gemacht?«

»Frag deine Mutter. Sie hat so etwas auch gemacht. Vor langer, langer Zeit.«

Er kichert. Er weiß nicht genau, worüber wir reden, aber er weiß, dass es so ein Erwachsenending ist.

»Mama? Was hast du gemacht?«

Rene lässt die Zeitung sinken und schaut mich genervt an. Ich wackele mit den Augenbrauen und verschwinde ins Schlafzimmer. Ich ziehe gerade meinen schwarzen Anzug aus dem Schrank, als sie hereinkommt und sich gegen den Kleiderschrank lehnt.

»Du bist was trinken gegangen und hast eine tolle Frau kennengelernt, aber dann hast du Schiss bekommen, weil sie ja toll war, also hast du sie stehen lassen und bist weitergezogen, um dir eine Frau zu suchen, die nicht so toll ist. Aber das macht ja auch keinen Sinn, also bist du schließlich besoffen nach Hause gewankt, und worauf bist du nun stolz?«

Ich erinnere mich daran, sie nie wieder beim Frühstück zu stören.

»Und, wie war dein Abend?«, sage ich und ziehe mir ein dunkelblaues Hemd an, damit ich nicht aussehe wie ein Bestattungsunternehmer.

Sie zuckt mit den Schultern. Soll heißen: wieder mal zu lange gearbeitet, Schuldgefühle wegen der Kinder, Schlafstörungen wegen des Jobs und schließlich beides mit Rotwein vor der Glotze bekämpft.

Sie nippt am Kaffee und mustert mich von oben bis unten.

»Du musst nicht mitkommen …«

»Ich mochte Edith.«

»Ich weiß«, sagt sie und sieht mich prüfend an. »Ich schaffe das schon alleine.«

Sicher tut sie das, aber manche Dinge sind zu zweit viel leichter, was sie nie zugeben würde. Sie hat mehr Männlichkeitsmacken abbekommen als ich.

»Was ziehst du heute Abend an?«, lenke ich ab und steige in die Anzughose.

Sie schaut fragend drein, und ich erkläre ihr sicher zum fünften Mal, dass heute Abend der große Zehn-Jahre-ANNA-Kostümball steigt. Es ist eine dieser Partys, auf der man sein muss, weil anschließend alle ein Jahr lang darüber reden. Eine riesige Kontaktbörse. Nicht nur beruflich. Man kann dort Jobs ergattern und Familien gründen. Letztes Jahr wurde eine Kollegin von der *Bunten* dort schwanger. Man erfuhr nie, wer der Vater war, aber die Gerüchte hielten den Flurfunk ein halbes Jahr in Schwung.

»Ich kann nicht. LOLA, OSCAR, FERTIGMACHEN!«, ruft sie, ohne sich die Mühe zu machen, dabei in Richtung Küche zu schauen.

»Du hast es versprochen«, erinnere ich sie.

Sie versucht, schuldbewusst dreinzuschauen, was misslingt. Sie gibt den Versuch auf und verpasst mir stattdessen einen Klaps auf die Schulter.

»Wir müssen los.«

Sie geht raus. Ich schlüpfe in das Jackett und betrachte mich im Spiegel. Der Anzug passt immer noch. Mein *The Sixth Sense*-Anzug. Wenn ich den trage, sehe ich tote Menschen. Ich habe ihn lange nicht mehr aus dem Schrank holen müssen. Eine schöne Aussage über die letzten Jahre.

Als ich klein war, gehörte der Mai zum Frühling. Jetzt nieselt es aus einem dunklen Himmel unaufhörlich auf uns herab, und eine Windböe lässt mich frösteln. Der Friedhof ist leer, nur um ein Erdloch herum drängen sich die Menschen und kondolieren Renes Vater, der heute seine Schwester Edith verabschiedet. Es wird geschnieft, gehüstelt und leise gesprochen. Der Wind weht Satzfetzen herum, aus denen man eine universelle Trauerrede zusammensetzen könnte: *Guter Mensch ... so freundlich ... aufgeopfert ... auch in schweren Zeiten ...*

Renes Vater lässt eine Blume ins Grab fallen. Dann legt er seinen Kopf in den Nacken und schaut in den grauen Himmel. Ich lege meinen Arm um Renes Schultern und spüre, wie ihr Handy tonlos in ihrer Tasche vibriert. Sie macht gerade die Pressearbeit für eine TV-Castingshow, die nächste Woche in die neue Staffel geht. Gestern hat ein Reporter rausbekommen, dass der Moderator doch nicht schwul ist, und seitdem steht die Medienwelt kopf. Dass jemand seine Heterosexualität verheimlicht, ist die Hammernachricht, auf die alle gewartet haben, um diesen Tag als unvergesslich in die Annalen der Menschheit zu manifestieren. Und der Show natürlich gute Quoten zu garantieren.

Ein älteres Paar tritt ans Grab, lässt Erde auf den Sarg fallen und wechselt ein paar Worte mit Renes Vater, der regungslos dasteht wie eine knorrige Eiche. Der Wind bauscht sein weißes Hemd auf und wirbelt seine grauen Haare durcheinander. Er trägt weder Jackett noch Regenschirm. Fünfzig Jahre auf dem Bau haben ihn abgehärtet. Er ist mittlerweile siebzig, wirkt aber immer noch genauso unverwüstlich wie damals, als ich ihn zum ersten Mal sah.

Wir rücken langsam vor. Ich werfe einen Blick auf meine Armbanduhr. Um achtzehn Uhr habe ich Redaktionsschluss, bis dahin muss ich einen Text abliefern, für den mir noch der Schluss fehlt. Im selben Moment wird mir klar, dass ich auf einer Beerdigung stehe und auf die Uhr schaue. Aber so ist das Leben. Es geht immer weiter. Als meine Eltern starben, habe ich das gelernt. Man denkt, die Welt müsste stehen bleiben, aber sie dreht sich weiter. Man hat weiterhin Hunger und Durst, und irgendwann ertappt man sich dabei, sich wieder über einen Sonnentag zu freuen. Zeit heilt. Eines der Weltwunder, die auf keiner Unesco-Liste stehen. Vielleicht weil es nicht immer funktioniert. Manche Dinge heilen nie wirklich, man lernt nur, so zu tun, als ob.

Wir rücken Schritt für Schritt vor und bleiben schließlich vor dem offenen Grab stehen. Rene umarmt ihren Vater, flüstert ihm etwas ins Ohr, während ich sie im Auge behalte. Ich habe sie noch nie weinen sehen, doch auf Beerdigungen kann alles Mögliche passieren. Niemand weiß das besser als ich.

Sie küsst ihn auf die Wange und löst sich. Ich trete vor und drücke seine bretthart Hand.

»Hallo, Herr Hacke. Tut mir leid um Edith.«

»Danke, Junge. Schön, dass du kommen konntest.«

Ich schaue in seine ruhigen hellen Augen. Vor fünf Jahren standen wir an einem Sommertag hier und verabschiedeten seine Frau. Da wirkte er genauso unerschütterlich.

»Passt du gut auf meine Kleine auf?«

»Ich gebe mir Mühe.«

»Gut.« Er schaut ins offene Grab, in dem jede Menge Blumen auf der Kiste liegen. »Jeder braucht jemanden, der auf ihn aufpasst.«

»Ja«, sage ich und kann plötzlich nicht mehr weitersprechen. Etwas drängt durch meine Brust und schnürt mir die Kehle zu. Tränen schießen mir in die Augen.

Er legt seine Pranken auf meine Schultern und mustert mich eindringlich.

»Alles in Ordnung, Junge?«

Nein. Nichts ist in Ordnung. Eine schwarze Wasserwand kommt auf mich zugeschossen. Meine Beine zittern. Plötzlich ist überall Schmerz. Die Welle kommt näher, gleich wird sie über mir zusammenbrechen. Ich werde ersticken. Ich spüre Nässe in meinem Hemdkragen und schnappe nach Luft. Ein weiterer Körper drückt sich an uns. Ich sehe Renes forschenden Blick, bevor sie mich umarmt und die Welt ausschließt.

Auf dem Heimweg fährt Rene mit zusammengekniffenen Augen, obwohl die Sonne nicht scheint. Eigentlich braucht sie schon lange eine Brille, aber sie ist zu eitel. Wir haben die halbe Strecke zwischen Dortmund und Köln zurückgelegt, als es losgeht.

»Papa nahm es ganz gut, oder?«

Jaja, im Gegensatz zu mir.

»Keine Angst«, sagt sie. »Ich mag dich auch als heulenden Laschwappen.«

»Danke schön.«

»Nein, wirklich, das war total süß, wie du vor allen Leuten geflennt hast.«

»Wenn du die Augen zusammenkneifst, kriegst du Falten.«

Sie wirft automatisch einen Blick in den Innenspiegel. Dann zieht sie eine Packung Kopfschmerztabletten aus der Handtasche und drückt sich eine Tablette in den Mund.

»Schon wieder Kopfschmerzen?«

»Krieg meine Tage«, bringt sie ihre Standardausrede.

»Vielleicht könnte ein Besuch beim Optiker die Blutung stoppen.«

Sie wirft mir einen genervten Blick zu, dann zieht

sie ihr Handy hervor und setzt sich ein Headset auf. Ich stöhne.

»Och, nö ...«

»Nur schnell das Wichtigste«, verspricht sie.

Bei der Aussicht, ihr auf dem ganzen Rückweg zuzuhören, wie sie profilierungssüchtigen Künstlermanagern erklärt, wieso ihre Klienten nicht die besten Sitzplätze, Sendezeiten oder Schlagzeilen bekommen haben, möchte ich fast wieder zurück zum Friedhof.

»Moni? Hi, ich bin's ... Wie ist der Stand der Dinge?«

Ich starre aus dem Fenster und denke an die Welle. Mittlerweile kommt sie seltener. Aber sie ist noch da. Im Hintergrund. Allzeit bereit. Damokles hatte nur ein Schwert, ich habe eine ganze verfluchte Gewitterfront, und manchmal bringt sie noch die Welle mit, eine turmhohe dunkle Wasserwand, die jederzeit mein Leben durch einen Tsunami verwüsten kann. Aber sie tut es nie. Sie bleibt immer vor mir stehen wie eine Drohung. Oder eine Warnung. Die Psychologen erklären das mit dem beliebten posttraumatischen Stresssyndrom, aber bisher konnte mir keiner sagen, was die Welle will und wie ich sie wieder loswerde. Einundzwanzig Jahre lebe ich mit ihr, und immer noch passieren Dinge wie vorhin.

Ich trete einen mentalen Schritt zurück, gehe aus der Situation heraus und bin nur noch Beobachter. Da, ein Mann. Da, eine Welle. Ich atme ruhig und gehe in die Angst. Ich blende alles aus, bis ich schließlich mit der Welle alleine bin. Ich schließe die Augen und tauche ein. Sie ist herrlich erfrischend. Ich habe keine Angst zu ertrinken. Die Welle ist mein Freund.

Nach ein paar Sekunden öffne ich die Augen wieder. Es funktioniert nicht. Die Welle ist nicht mein verdammter Freund. Sie will mich für etwas bestrafen, für das ich bereits bestraft worden bin. Aber warum? Die Psychologen meinen, ich habe meine Vergangenheit noch nicht verarbeitet, aber wer kann das schon von sich behaupten?

Ich lehne meinen Kopf gegen das kühle Seitenfenster. Draußen rast die Autobahn vorbei.

Eine Stunde später parken wir vor dem Gebäude im Rheinauhafen, in dem Rene ihr Büro angemietet hat. Auf der ganzen Strecke musste ich mir ihr Businessgequatsche anhören. Wenn das die wichtigen Gespräche waren, muss es um das Showbusiness schlimmer stehen, als ich gedacht habe. Sie stellt den Motor ab und schaut zu ihrem Bürofenster hoch. Fast lächelt sie. Gleich wird sie wieder die Kommandobrücke betreten, und ich weiß, es gibt wenig, was sie glücklicher machen könnte. Ein Workaholic par excellence.

Sie zieht die Beine an und dreht sich im Sitz, bis sie mir frontal gegenübersitzt.

»Gehst du eigentlich noch zu der Therapeutin?«

Na prima. Parklückentherapie. Ich werfe einen schnellen Blick auf meine Armbanduhr.

»Oh, mein Gott. Schon Viertel vor eins. Ich muss jetzt echt los.«

»Lass das. Wenn Papa dich nicht festgehalten hätte, wärst du noch glatt in Ediths Grab gekippt.«

Ich kneife die Augen zusammen und nicke ihr konspirativ zu.

»Gute Geschäftsidee. Jeder, der auf einem Friedhof

traurig wird, muss in die Klapse. Komm, wir bauen schnell ein paar Hundert neue Kliniken.«

Sie verzieht keine Miene.

»Gehst du noch zu der Therapeutin?«

»Ja, wieso, willst du mal mit?«

»Und wie oft gehst du zu ihr?«

»Manchmal«, sage ich.

Eine Antwort, die ihr nicht so gut gefällt.

»Meinst du nicht, du solltest …«

»Vor allem soll ich heute noch eine Kolumne schreiben, und dafür muss ich ins Büro, und zwar jetzt, sonst schaffe ich es nicht, deine Kinder rechtzeitig aus der Kita zu holen.«

Sie mustert mich einen Moment, dann atmet sie aus und schaut aus dem Fenster.

»Kannst du die Miete vorschießen? Volker hat vergessen, die Alimente zu überweisen.«

»Schon wieder? Was sagt eigentlich dein Anwalt dazu, dass der nie zahlt?«

»Er zahlt ja meistens.«

»Ja, klar, wann es ihm gerade passt. Verklag ihn«, rate ich ihr. »Anders lernt er es nicht.«

»Gott, du klingst schon wie mein Anwalt«, murmelt sie und sucht ihre Sachen auf dem Rücksitz zusammen.

»Und wieso hörst du nicht auf ihn?«

Sie wendet mir wütend ihr Gesicht zu.

»Weil er ein Mann ist, genau wie du, Mads.«

Ich schaue sie überrascht an.

»Was zum Teufel soll das heißen?«

Sie öffnet die Tür und steigt aus.

»He!«

Sie schlägt die Tür zu und marschiert Richtung Gebäude. Diskussion beendet. Ich hasse das an ihr. Mitten im Gespräch auflegen oder rausgehen. Das Gute ist, dass ich mittlerweile weiß, dass sie es auch nicht mag und sich später für ihr Benehmen entschuldigen wird. Aber nicht für ihre Haltung. Wir können über alles reden. Außer über Volker. Das ist eines der Dinge, die mich an Müttern gleichzeitig beeindrucken und nerven. Rene ist schlau und tough, sie lässt sich von niemandem etwas gefallen. Aber wenn es um das Glück ihrer Kinder geht, kann sie sich auf eine Art zurücknehmen, die mich beeindruckt. Vielleicht ist das der Grund, wieso die Natur bestimmt hat, dass Frauen die Kinder kriegen, denn ich hätte längst die Konfrontation gesucht. Doch so, wie Rene das macht, ist es besser für die Kinder, dadurch, dass sie zumindest sporadischen Kontakt zu ihrem Erzeuger haben, können sie sich ihr eigenes Bild von ihm machen. Ansonsten würden sie ihn vielleicht idealisieren. Doch dazu gibt Volker ihnen keine Gelegenheit. Sie kennen ihn.

Drei Stunden später maile ich meine Kolumne zwei Büros weiter in die Chefredaktion und lehne mich zurück. Durch mein linkes Bürofenster blicke ich auf den Rhein, durch das Trennfenster rechts von mir schaue ich zum Nebenbüro in Vanessas Gesicht. *Das Stück*, wie jemand sie getauft hat. Sie hat ihren Tisch so hingestellt, dass sie mich den ganzen Tag durch die Glasscheibe beobachten kann. Eine ihrer Psychonummern.

Bis vor sechs Monaten saß hinter dieser Scheibe meine Lieblingskollegin Britta. Doch sie machte den Fehler, Vanessa als Assistentin einzustellen. Plötzlich begann alles falsch zu laufen. Britta verpasste wichtige Termine oder kam mit der falschen Vorbereitung ins Meeting, doch weil sie ein herzensguter Mensch war, suchte sie den Fehler bei sich – sie konnte sich einfach nicht vorstellen, dass jemand so link sein könnte. Heute hat Vanessa ihren Job und gilt seit dieser Sache als *zielorientiert* und *durchsetzungsfähig*.

Hinter der Scheibe zieht das Stück eine dünn gezupfte Augenbraue hoch und lächelt spöttisch. Sie ist die einzige Frau in der Redaktion, die so aussieht wie die Frauen im Heft, und da alle Männer sie entweder erobern oder beschützen wollen, ist sie eine ernst zu nehmende Konkurrentin für den Chefsessel geworden. Dass sie erst ein Jahr Berufserfahrung hat und weder schreiben noch mit Menschen umgehen kann, scheint niemanden zu stören.

Ein Meerschweinchen quiekt. Ich schaue mich nach meinem Handy um. Letzte Woche haben wir Oscars Meerschweinchen als Klingelton aufgenommen, was sich alleine für seine Lachanfälle lohnt. Jedes Mal, wenn er das Handy hört, lacht er, bis ihm Schnodder aus der Nase kommt.

Ich finde das Ding in meiner Jackentasche. Auf dem Display taucht Renes Gesicht auf. Lachend am Strand. Lange her. Ich gehe ran.

»Tut mir leid, dass ich vorhin ausgestiegen bin.«

Ich höre ihrer Stimme an, dass sie nebenher noch etwas anderes macht.

»Du kannst es heute Abend wiedergutmachen. Fünf Tänze, und wir sind quitt.«

»Ich ersticke in Arbeit.«

»Deswegen. Erinnerst du dich überhaupt, wann wir das letzte Mal tanzen waren?«

»Ich krieg einen Anruf. Ich meld mich später.«

Klick. Die Verbindung ist tot. Oh Mann, wenn ich nicht schon dran gewöhnt wäre, würde ich ausrasten.

Ich lege das Handy weg und schaue wieder in Vanessas Gesicht. Man könnte eine Jalousie anbringen, aber den Triumph gönne ich ihr nicht, außerdem ist ihr Anblick wichtig für meine Sensibilisierung gegenüber modernen Geschäftsfrauen. In jedem Job, den ich hatte, gab es einen Psychokollegen, doch früher war das immer ein Mann. Dass manche Frauen beschlossen haben, so wie die Männer zu werden, die sie früher scheiße fanden, ist eine Emanzipationsvariante, die ich nicht bedachte, als ich mich für die Frauenbewegung engagierte. Klar, wäre ich tausende Jahre lang in der Gesellschaft unterdrückt, von der Kirche verbrannt und in Zwangsehen versklavt worden, würde ich mit der ersten Freiheit im Rücken auch richtig steilgehen, aber dennoch: Meine Eltern haben mich so erzogen, dass ich Frauen achte und beschütze, und ich habe lange gebraucht, bis ich verstand, dass ich bei Vanessa nicht auf sie, sondern auf mich aufpassen muss.

Die Bürotür öffnet sich, und die gute Seele der Redaktion steckt ihr rundes Gesicht herein. Sarah. Statt Sex: Essen. Statt Beziehungen: Katzen. Statt Depressionen: Tabletten.

»Der Chef will dich sehen.« Sie mustert meinen Anzug. »Ist jemand gestorben?«

Ich will etwas Witziges antworten, überlege zu lange und bekomme einen Hustenanfall, weil ich die Luft anhalte. Sofort lässt sie ihren Blick durchs Büro gleiten.

»Hab ich dich bei irgendwas erwischt?«

Sie tritt einen Schritt vor und wirft einen Blick auf meinen Bildschirm, immer auf der Suche nach Schweinkram. Was sie sieht, ist mein Bildschirmschoner. Ein Foto von Vanessa, aufgenommen auf der letzten Weihnachtsfeier. Sie lacht und zeigt dabei ihre perfekten Zähne. Wahrscheinlich ging gerade der Chef vorbei. Ich habe die Gunst der Stunde genutzt und ihr Gesicht auf einen Jäger kopiert, der gerade ein Robbenbaby totschlägt.

Sarah kichert.

»Und, kommst du heute Abend?«

»Glaubst du, ich lasse mir das entgehen?«

»Bringst du denn endlich deine Wir-sind-nur-Freunde-Mitbewohnerin mit, damit man die mal kennenlernt?«

»Sie muss arbeiten.«

Sarah runzelt die Stirn.

»Jedes Jahr muss sie arbeiten. Was macht sie denn?«

»Arbeiten«, sage ich. »Außerdem brauchst du nicht immer so bescheuert zu betonen, dass wir nur Freunde sind, obwohl wir zusammenleben, ich meine, he, deine Freunde haben Fell und fressen Ratten ... Ich hoffe, eure Beziehung ist auch nur platonisch.«

Sie winkt mit einem Zeigefinger ab.

»Sie ist eine Frau, du bist hetero. Ihr wohnt zusammen, habt beide keine Beziehung, du erziehst ihre Kinder, und das nennst du eine ganz normale Freundschaft?«

Ich starre sie an.

»Manchmal mache ich mir echt Sorgen, weißt du das? Das hier ist ein gottverdammtes *Frauenmagazin*! Jeder, der hier arbeitet, sollte doch auf dem Laufenden sein, was da draußen los ist. Wir haben 2,3 *Millionen* bunt zusammengewürfelter Familien in Deutschland, okay? Menschen, die zusammen leben, weil das *gut* ist, und nicht weil es der traditionellen Vorgabe für Paarbeziehungen entspricht. *Moderne* Menschen! Und diese Leute kaufen übrigens auch Magazine! Ach, Scheiße, wieso reg ich mich auf? Google mal ›moderne Familie‹!«

Aus irgendeinem Grund findet sie das witzig und

verlässt kichernd das Büro. Ich schaue zur Scheibe. Vanessa nickt vor sich hin. Es ist wie in *Alien 4*, wo die Forscher das Ungeheuer hinter einer Panzerglasscheibe gefangen halten. Das Glas ist absolut bruchsicher, aber man weiß, irgendwann wird irgendwas schiefgehen, und dann bricht die Hölle los.

Erstaunlich viele Frauenmagazine haben männliche Chefredakteure, die ANNA macht da keine Ausnahme. Unser Chefredakteur sitzt hinter seinem überdimensionalen Schreibtisch und starrt auf den Computerbildschirm. Gerd ist siebenundfünzig und hat alles für den Job geopfert; er ist geschieden, Alkoholiker und hat beim Thema Fettleibigkeit ein gewichtiges Wort mitzureden. Außerdem hat er kein Privathandy, da ihn niemand mehr privat anruft. Seitdem klar ist, dass er in Rente geht, umströmt ihn eine unglückliche Aura, wie eine Staubwolke, verstärkt durch seinen surrealen LSD-Opa-Modegeschmack. Er bevorzugt Sackhosen, Hemden mit Kragenknöpfen und farbige Fliegen. Die heutige ist grün. Sein Hemd ist gelb. Man wünscht sich, in der Stadt der Blinden zu sein.

Er zeigt wortlos auf den Besucherstuhl, ohne den Bildschirm aus den Augen zu lassen. Ich setze mich auf den Stuhl, der ein bisschen tiefer ist als seiner. Chefkultur aus den Achtzigern. Oder früher. Jedes Mal wenn ich hier sitze, muss ich an Chaplins *Der große Diktator* denken, wo Hitler und Mussolini ihre Friseurstühle um die Wette pumpen. Sobald ich den Job habe, wird der Stuhl genauso schnell verschwinden wie Vanessa. Vielleicht gebe ich ihn ihr als Abschiedsgeschenk mit.

»Gut«, sagt er und lehnt sich zurück. Er verschränkt die Arme, senkt seinen Kopf und mustert mich. Immerhin versteckt sein Doppelkinn so einen Teil der Fliege. »Ich habe eine schlechte Nachricht und eine schlechte.«

Ich schaffe es irgendwie, nicht die Augen zu verdrehen.

»Wegen der Finanzkrise werden alle Gratifikationen für dieses Jahr ausgesetzt. Auch das Weihnachtsgeld und das dreizehnte Monatsgehalt.«

Der Flurfunk hatte schon mal so was anklingen lassen, also trifft mich das nicht völlig unvorbereitet. Unser Mutterverlag macht zwar Rekordgewinne, aber er möchte natürlich noch mehr Gewinne machen. Ich überschlage kurz, was mich das kostet. Mist.

»Und die schlechte Nachricht?«

Mit spitzen Fingern nimmt er ein Blatt Papier vom Schreibtisch und liest.

»Verliebtheit ist etwas für Menschen, die zu schwach sind, sich bewusst für einen anderen Menschen zu entscheiden ...?« Er mustert mich einen Augenblick, bevor er weiterliest. »Ich kenne trockene Alkoholiker, die sich bemühen, nie wieder zu saufen, aber ich kenne keinen einzigen trockenen Verliebten, der nicht sofort bereit wäre, die lächerlichsten Dinge über sich ergehen zu lassen, um diesen jämmerlichen Rausch noch mal zu erleben. Verliebte sind nichts anderes als Junkies auf der Suche nach dem nächsten Schuss.« Er lässt das Blatt auf den Tisch fallen. »Was soll das?«

»Das sind die Fakten. Der neueste Stand der Gehirnforschung besagt, dass ...«

»Moment mal«, unterbricht er mich. »Du sollst unsere Leser nicht informieren, sondern zum Lachen bringen, damit sie mit guter Laune shoppen gehen.« Er schaut auf die Wanduhr aus Holz, die noch einen richtigen Kuckuck hat, der zu jeder vollen Stunde rausschaut und herumkrakeelt. »In drei Stunden ist Redaktionsschluss. Schaffst du das?«

Noch vor einem Jahr hätte ich eine Diskussion vom Zaun gebrochen, jetzt denke ich: Noch ein paar Monate ...

»Klar.«

Ich bin halb aus dem Stuhl, als er eine Hand hebt.

»Moment noch.«

Ich setze mich wieder. Er verschränkt die Arme.

»Wir verschieben das Neudeck-Interview und nehmen jemanden dazwischen.«

Ich schaue ihn überrascht an.

»Da gibt es nichts zum Schieben. Er will auf das Jubiläum der Grünhelme aufmerksam machen, also müssen wir das jetzt machen. Später hat er keinen Grund, mit uns zu reden.«

Beeindruckt ihn nicht.

»Rupert Neudeck ...« Ich nicke ihm suggestiv zu. »Gründer von *Deutsche Notärzte* und *Komitee Cap Anamur*, Vorsitzender der *Grünhelme*, hat mit Heinrich Böll *ein Schiff für Vietnam* gegründet und Hunderten von Flüchtlingen das Leben gerettet.«

»Eine große Persönlichkeit«, sagt er glatt. »Aber wir sind ein Frauenmagazin, kein Ökoblatt für Menschenrechtler.«

Keine Ahnung, was ihm heute über die Leber gelaufen ist. Ich versuche es anders.

»Rupert Neudeck ist seit vierzig Jahren mit seiner Frau verheiratet. Er hat bestimmt ein paar ganz besondere Beziehungstipps, wie man seine Ehe in Schwung hält und gleichzeitig der Gesellschaft hilft. Vielleicht hängt das ja zusammen? Vielleicht führt man eine bessere Beziehung, wenn man gemeinsam Gutes tut? Ist doch ein spannendes Thema, oder?«

Er mustert mich bloß. Alles klar, das Ding ist durch.

»Also, gut«, seufze ich. »Wer?«

Er saugt an der Innenseite seiner linken Wange, dann lehnt er sich zurück und schaut aus dem Fenster.

»Caro.«

Ich brauche einen Augenblick, bevor mir dämmert, wen er meint. Ich schaue ihn böse an, was mehr brächte, wenn er nicht aus dem Fenster gucken würde.

»Die Geilste?«

»Sie hat ihre Biografie geschrieben.«

»Was?« Ich lache. »Wie alt ist sie denn? Zwanzig? Was kommt als Nächstes, Lebensweisheiten von Sperma? Biografien direkt aus dem Uterus?«

Er stößt seinen Sessel an und schwingt sich rum, sodass wir uns wieder in die Augen sehen können. Er meint es ernst.

»Du wirst einen schönen Text über das deutsche Mädchen schreiben, das auszog, um die Welt zu erobern. Ein Tag im Leben des neuen deutschen Stars.«

Stars … Ich schließe die Augen und atme durch. Caroline Sprallersen. Eine künstlich lispelnde Jungschauspielerin, die irgendein unterbelichteter Pressetexter »die Geilste Deutschlands« getauft hat. Sie moderierte ein Tratschmagazin auf PRO7 und drehte nebenher einen Haufen Teenie-TV-Movies als Blondchen, bis ein debiler Regisseur auf den grandiosen Gedanken kam, sie gegen ihre Rolle zu besetzen und als Hauptdarstellerin in einem Drama über eine spastische Alleinerziehende zu engagieren. Die größte Fehlentscheidung seit dem Feldzug gen Osten. Sie zuckte und zischte sich durch den Film wie ein Würstchen in der Pfanne und gewann mit der Nummer allen Ernstes den Deutschen Fernsehpreis. Seither gilt sie als die neue deutsche Filmhoffnung.

Ich öffne die Augen und sehe als Erstes Gerds Fliege. Ich schließe die Augen wieder und zähle bis hundert. Bei vierundzwanzig räuspert er sich.

»Schreib eine herzzerreißende Reportage über ihre schwere Kindheit, ihre nächsten Ziele und großen Träume. Und vergiss nicht, das Produkt ordentlich zu erwähnen. Hier ist die Dispo.«

Ich öffne die Augen. Er schiebt mir einen Excel-Ausdruck rüber. Ich werfe einen Blick auf Caros Tagesablauf in Köln. Fotoshooting und Gewinnspiel mit Fans, exklusive Lesung für ihren Fanclub mit anschließender Signierstunde, Interviews für RTL, WDR, PRO 7, dann Print-Interviews für verschiedene Magazine und Tageszeitungen und schließlich Talkgast bei Kerner. Ein Tag im Leben eines Promis. Mein Blick bleibt an dem Datum haften. Einundzwanzigster Mai. Das ist …

»Morgen?«, sage ich und hebe den Blick. »Morgen ist Feiertag. Christi Himmelfahrt. Ein wichtiger Tag für alle Katholiken.«

»Du bist Atheist«, sagt Gerd ungerührt. »Der erste

Termin ist erst um zwölf. Das schaffst du.« Er saugt wieder an seiner Wange und betrachtet mich. »Sieh es so: Alle anderen kriegen fünfzehn Minuten mit ihr, du kriegst einen ganzen Tag.«

»Ich nehme die fünfzehn Minuten. Auf zwölf Monate verteilt.«

»Ich kann auch Vanessa fragen.«

Hallo? Was ist denn nun los? Als ich vor fünf Jahren hier anfing, hätte er jemanden wie Vanessa belächelt, und jetzt benutzt er sie als Druckmittel?

Als er meinen Blick sieht, zieht er die Mundwinkel kurz hoch, bevor er sie wieder humorlos fallen lässt.

»Na, bitte, jetzt bist du wach, was? Du kannst von Vanessa halten, was du willst, doch sie hat gute Kontakte. Sie ist öfters auf Premieren als du auf Partys. Gehst du überhaupt mal irgendwohin?«

»Gib mir interessante Persönlichkeiten, die etwas Beeindruckendes geleistet haben, dann gehe ich überallhin, aber diese heutigen kochshowsingenden Schauspielmoderatorenschriftsteller – das ist doch furchtbar. Seit wann muss man eigentlich nichts Spezifisches können, um ein Vorbild zu sein?«

Er schaut mich mit einem müden Blick an.

»Du weigerst dich immer noch, die elementarsten Dinge des Jobs zu akzeptieren.«

»Seit wann sind Promis elementar?«, werfe ich ein.

Er winkt genervt ab.

»Auflage ist elementar, denn die bezahlt dein Gehalt, und Promis erhöhen die Auflage, also …« Er mustert mich einen Moment genervt, dann stößt er seinen Sessel an, dreht sich und schaut wieder aus dem Fenster. »Denk an den Redaktionsschluss.«

Als ich das Büro verlasse, renne ich Steffy aus der Reiseredaktion über den Haufen, die mit einem iPod und in Laufschuhen unterwegs ist, um in der Mittagspause die fünfzig Gramm zu verbrennen, die sie in der Frühstückspause zu sich genommen hat.

»Kannst du was für mich recherchieren?«

»Ich hab Pause.«

Ich schaue sie überrascht an. Vielleicht hat sie ja vergessen, wer ihr den Job besorgt hat. Immerhin ist sie noch da. Sie trippelt auf der Stelle und wartet, dass ich ihr den Weg freimache.

»Das Interview mit Rupert Neudeck fällt flach. Stattdessen mache ich Caro Sprallersen, und zwar morgen. Ich brauche also alles, was du über sie finden kannst, und das heute noch.«

Sie hört schlagartig auf zu trippeln.

»Caro?« Sie strahlt. «*Die* Caro?«

Ich nicke vorsichtig.

»Cool!« Sie klingt begeistert. »Ich stelle dir was zusammen.«

Sie dreht sich um und eilt zu ihrem Büro zurück, und ich weiß noch nicht mal, ob sie mich veräppelt.

Eineinhalb Stunden später habe ich die Kolumne in eine lustige, nichtsnutzige Version ohne Fakten umgeschrieben. Am Ende verliebt sich der Verliebtheitshasser und gesteht sich schlagartig ein, dass er zuvor nur von Bindungsangst verblendet war und nun glücklich ist, wegen der Möglichkeit, diesen wunderbaren Rausch noch ein Mal erleben zu dürfen.

Ich maile sie Gerd rüber. Drei Minuten später mailt er zurück: *Geht doch*. Oh Mann. Für mein Berufsleben hätte Sigmund Freud eine neue Kategorie erfunden: *Die banale Phase.*

Um den Tag zu toppen, blättere ich mich durch das Leseexemplar von Caros Biografie MEIN SCHÖNES LEBEN, das in zwanzig Kapiteln, eines pro Lebensjahr, ihr Leben beschreibt, inklusive Geburt, erster Sex, zweiter Sex, dritter Sex – und, Grundgütiger, fünfundzwanzig Seiten über ein Nahtoderlebnis. Wo ist Ganztod, wenn man ihn braucht? Wenigstens ist das Ding gut geschrieben, denn kein Promi ist so verrückt, ein Jahr an ein schlechtes Buch zu verschwenden, wenn Ghostwriter das in vier Wochen richtig gut hinbekommen. Ausnahme: unser aller Popfürst. Er hat sein letztes Buch selbst geschrieben, um Geld zu sparen. Ein Multimultimultimillionär, der ein schlechtes Buch veröffentlicht, um das Honorar für einen Ghostwriter zu sparen. Daneben wirkt ein zwanzigjähriges Mädchen, das sich einfach auf die gute altmodische Art hochgebumst hat, weil es zu anstrengend ist, ein vertikales Handwerk zu lernen, fast sympathisch. Gott, es nervt, über diese Leute zu berichten. Sie sind nicht *wichtig*, sie sind bloß *bekannt*, und das kann heutzutage jeder werden, der sich mit Dünnpfiff ein Hakenkreuz auf die Stirn schmiert. Gott, was mache ich hier? Früher wollte ich die Welt verändern. Doch die Welt veränderte mich.

Ich schaue aus dem Fenster und atme den Anfall von Selbstmitleid weg. Im Kapitalismus gilt man als Gewinner, wenn man Geld verdient, und ich verdiene Geld. Nur das Gewinnergefühl will sich nicht einstellen. Vielleicht wird es in ein paar Monaten besser, als Chefredakteur bestimme ich die Themen und verdiene genug, um in ein Haus mit Garten am Stadtrand zu ziehen. Die Kinder werden ausflippen. Nur noch ein paar Monate.

Ich wende mich wieder Caros Leseprobe zu und blättere mich durch, ohne eine Stelle zu finden, die mich interessiert, also schiebe ich das Ding beiseite und brüte über einer watteweichen Recherchemappe mit den Infos, die Steffy über *die Geilste* zusammengestellt hat. Schwerpunkt: Kernaussagen von Caros bisherigen Interviews ... *Was ist Ihr Lebensmotto?* (»Tu Gutes« / Focus) ... *Was bemerken Sie bei Männern als Erstes?* (»Die Augen« / Bunte) ... *Kochen Sie gerne?* (»Pasta« / Gala) ... *Reisen Sie gern?* (»Malediven« / Frau im Spiegel.)

Ein Meerschweinchen quiekt. Renes Bild leuchtet auf dem Display. Ich gehe ran.

»He, die haben mir Neudeck gekippt. Weißt du, wen ich stattdessen porträtieren darf? Die Geil ...«

»Holst du bitte die Kinder?«, unterbricht sie mich. »Nina hat heute keine Zeit, und ich schaffe es nicht pünktlich, ich habe gleich noch ein Meeting.«

Ich zögere. Wenn ich die Kids hole, müsste ich schon bald losfahren, und außerdem wäre es vielleicht pädagogisch wertvoller, wenn ich nicht immer alles tun würde, was Rene will.

»Wenn du nicht kannst, muss ich Sandra fragen«, sagt sie.

Prima. Das heißt, die Kinder würden wieder Zeit mit Sandras schwachsinnigem Sohn verbringen, was bedeutet: Wenn sie später mal jemanden umbringen, kriegen sie dreißig Jahre Straferlass wegen seelischer Grausamkeit in der Kindheit. Für Sandras Sohn existieren Lebewesen nicht, Menschen sind Gegenstände, mit denen man machen darf, was man will. Wird später hundertpro Präsident einer Bank.

»Okay, aber dafür kommst du heute Abend mit.«

Die Verbindung ist tot. Manchmal frage ich mich, was sie ohne mich machen würde. Im selben Moment sticht mich ein Schuldgefühl. Sie ist nicht nur der Mensch, den ich am längsten kenne, sondern auch, neben ihrem Vater, der einzige Mensch in meinem Leben, der meine Eltern gekannt hat, und damit die einzige Verbindung zu meiner Vergangenheit. Sie ist meine Familie.

Während ich den Computer runterfahre und meine Jacke anziehe, spüre ich ein Kribbeln auf der Wange, wie das Züngeln einer Schlange. Ich brauche erst gar nicht hinzuschauen, ob Vanessa mich beobachtet. Ein chinesisches Sprichwort sagt: Achte auf deine Gedanken, sie sind der Anfang deiner Tat. So gesehen, muss Vanessa sich warm anziehen.

Trotz der Rushhour, die man so langsam in »Rushday« umbenennen könnte, stehe ich pünktlich um siebzehn Uhr an der Kita, und als die Kinder rauskommen, meine ich, ein zweistimmiges Juchzen zu hören. Sie sind mittlerweile schon so daran gewöhnt, zwischen den Babysittern herumgeschoben zu werden, dass ihnen ein pünktliches Abholen vermutlich wie Weihnachten vorkommt. Lola klammert sich an meinen Hals, Oscar brüllt mir ins Ohr. Nach ein paar Drehungen stelle ich sie wieder ab und wuschele ihnen durch die Haare.

»Habt ihr Lust, mit mir in die Stadt zu gehen und ein total schwachsinniges Kostüm zu kaufen?«

An dem Tag, an dem Kinder dazu Nein sagen, rufe ich einen Arzt. Also fahren wir wenig später Richtung Innenstadt, während Oscar mir seinen Tag minutiös nacherzählt. Ein Pädagoge erklärte mir mal, dass Jungs generell ab der Pubertät nicht gerne mit Erwachsenen reden, weil sie denken, dass die Erwachsenen sofort merken, dass sie die ganze Zeit nur an Sex denken. Super, nur noch sechs, sieben Jahre, dann hält er endlich die Klappe.

Lola dagegen schaut still aus dem Seitenfenster. Einmal fange ich ihren Blick im Innenspiegel und wackele mit den Augenbrauen. Sie mustert mich einen Augenblick, dann schaut sie wieder aus dem Fenster. Die kleine Mona Lola. Die Schulpsychologen meinen, dass sie hochbegabt ist, und ich male mir gerne aus, wie sie sich die ganze Zeit Weltrettungspläne ausdenkt. Oder die Urformel knackt. Oder Berechnungen anstellt, wie man eine gute Beziehung führen könnte. Mit einer Mama, die immer Zeit hat und trotzdem die Miete zahlen kann, was durchaus möglich wäre, wenn Papa nicht eine selbstsüchtige Lusche wäre. Volkers letzter Film handelt davon, wie ein Mann verzweifelt Selbstmord begeht, als er erfährt, dass seine Frau ihm die Kinder wegnimmt. Trottel.

Als ich mal wieder Lolas Blick im Spiegel fange, forme ich *Superlola* mit den Lippen. Sie mustert mich nachdenklich, dann schaut sie wieder aus dem Fenster und beginnt, gedankenverloren in der Nase zu popeln. Meine Mundwinkel schmerzen. Dieses Mädchen mag superschlau sein, aber es hat nicht annähernd eine Ahnung, wie süß es ist.

Kaum sind wir aus dem Wagen raus, brauchen wir trotz des Schietwetters dringend ein Eis, womit wir uns dann durch die Stadt kleckern. Als ich die Straße entlangschlendere, an jeder Seite ein Meter Leben, erfüllt mich das mit dem Gefühl, dass alles in Ordnung ist. Einfach alles. Es sollte Kindervermietungen geben, wo Singles sich ein paar Minihände zum Auftanken ausleihen können.

Mein Handy quiekt, Oscar schmeißt sich weg. Auch beim hundertsten Mal ist er noch nicht ganz darüber weg.

»Hast du sie geholt?«, fragt Rene.

»Habe ich sie jemals nicht geholt? Na bitte. Also kommst du heute Abend mit auf die Party.«

»Mads«, sagt sie, und ihre Stimme klingt müde, »wenn ich hier rauskomme, will ich nur noch ins Bett. Küss sie von mir.«

Sie legt auf. Immerhin hat sie sich irgendwie verabschiedet.

»Ich soll euch von eurer Mutter knutschen«, sage ich und stecke das Handy ein. »Wer will zuerst? Oscar?«

Er greift sofort mein Bein an und prügelt auf meinen Oberschenkel ein. Als er kleiner war, hielt ich in solchen Situationen immer seine Hand fest und erklärte ihm, dass die coolen Jungs argumentieren, statt zu prügeln. Seitdem quatscht er so viel, und so lasse ich ihm mittlerweile die Prügel durchgehen, weil er dabei immerhin die Klappe hält. Lieber blaue Flecken als minutenlange atemlose Sätze.

Als er sich ausgetobt hat, wuschele ich durch Lolas Haare.

»Und du, Süße?«

Sie schaut kurz zu mir hoch und vergisst mich auf der Stelle, weil uns eine Frau mit einem Hund entgegenkommt. Lola liebt Tiere. Wenn die Allergie nicht wäre, würden wir längst im Zoo wohnen. Krankheit als Chance.

Im Kostümgeschäft beraten die beiden mich, und als wir uns schließlich auf ein Schiedsrichterkostüm einigen, hat Oscar entschieden, dass er auch ein Kostüm will – und zwar ein Cowboykostüm mit Waffen und Hut und allem Drum und Dran. Ich versuche, ihm zu erklären, dass die Indianer eigentlich die Guten waren. Sie lebten in Harmonie mit der Natur, bis die sogenannte Zivilisation sie niedermetzelte. Durch diese gemeine Geschichtsverdrehung ernte ich zwölf Bauchschüsse von ihm. Die Spielzeugpistolen knallen bei jedem Schuss. Rene wird mich umbringen.

Lola dagegen bestätigt mal wieder ihren eigenen Kopf. Prinzessin? Engelchen? Biene? Mitnichten! Sie entscheidet sich für eine Kostümmischung aus Schöffengewand und Gesichtsschleier. Will sie Recht sprechen oder konvertieren? Richter oder Moslem? Steht sie einfach drauf, ihr Gesicht zu verstecken?

Jedenfalls kostet die Shoppingtour die beiden eine Menge Einsatzzeiten im Haushalt, aber sie nehmen den Deal klaglos an. Manchmal glaube ich, sie empfinden solche Deals bereits als Aufmerksamkeit. Ich sollte mal mit Rene darüber reden. Irgendwann, wenn sie mal den Kopf dafür hat.

Auf dem Heimweg behalten wir die Kostüme an und kassieren jede Menge lustige Kommentare von Passanten. Oscar knallt sie alle ab.

»Gewalt ist keine Lösung«, erkläre ich ihm und ernte eine entsprechende Reaktion.

Als Rene bei mir einzog, hatte ich keine Ahnung von Kindern, also las ich jeden Erziehungsratgeber, den ich auftreiben konnte. Ich recherchierte im Netz über kinderfreundliche Wohnungen, kindgerechte Ernährung und redete mit jeder Mutter, die ich traf, sowie mit mehreren Erziehern. Doch nichts davon nahm mir meine Unsicherheit. Dass mir viele Eltern versicherten, dass sie beim ersten Kind ebenso verunsichert gewesen seien, half mir auch nicht. Schließlich geriet ich an einen Pädagogen, der ein Internat für schwer erziehbare Jugendliche leitete und der mir die Top Ten seiner Erziehungsregeln diktierte. Eine dieser Regeln war: Kinder brauchen feste Zeitabläufe. Doch als wir nach Hause kommen, ist es halb sieben und Rene immer noch im Büro. Die Kinder reagieren da weniger drauf als ich, vielleicht auch, weil sie das Abendessen bestimmen dürfen, wenn ihre Mama nicht da ist. Es gibt endlich wieder Pasta.

Während die Nudeln kochen, zieht Lola sich ins Kinderzimmer zurück, um weiter an der Urformel zu basteln. Der Cowboy verschwindet ins Schweinezimmer, um Susi abzuknallen, und ich rufe Rene an. Mailbox. Das bedeutet entweder, dass sie auf dem Heimweg ist oder dass sie unsere Gespräche jetzt schon vorher abbricht.

Während ich ihr auf die Mailbox spreche, geht die Wohnungstür auf und die Angewählte kommt mit Einkaufstüten beladen herein. Ich lasse das Handy sinken und zeige ihr die gelbe Karte.

»Zu spät!«

Sie mustert mein Schiedsrichterkostüm, doch bevor sie etwas sagen kann, fliegen ihr von zwei Seiten Kinder in die Arme. Der Cowboy erklärt ihr ausführlich seinen Tag, die Hohepriesterin kuschelt sich an ihr Bein. Rene sieht so angeschlagen aus, dass ich vorschlage, Espresso über ihre Nudeln zu kippen. Sie lacht nicht.

Beim Essen hat ihre Stimmung alle angesteckt. Es herrscht Schweigen am Tisch, bis ich das Dessert aus dem Eisfach hole. Vor Freude über sein Lieblingseis knallt Oscar uns alle ab, bis Rene ihm die Knallpatronen wegnimmt. Schlagartig bekommt er schlechte Laune, worauf Rene ihn anraunzt und er erst recht schmollt. Das hat er echt drauf. Er verschränkt die Arme, presst die Lippen zusammen und schaut böse. Immer wenn er das macht, muss ich an diesen Spanierjungen in einer Asterixausgabe denken, der die Luft so lange anhielt, bis Obelix Asterix anflehte nachzugeben. Total süß, echt zum Dahinschmelzen. Das Problem ist nur: Wenn er merkt, dass man ihn süß findet, gibt es Stress. Schließlich brüllt er seine Mutter an, dass sie nie Zeit hat, weil er weiß, dass das ihr wunder Punkt ist, und packt dann noch ein paar Wörter aus, die er in der Kita gelernt haben muss. Ich will ihn auf sein Zimmer schicken, bis er sich beruhigt hat, aber Rene legt ihre Hand auf meinen Arm.

»Mads.«

In dem Moment bin ich raus. Die Kinder haben mich in den letzten fünf Jahren nicht seltener gesehen als ihre Mutter. Und tausend Mal mehr als ihren leiblichen Vater. Ich habe die beiden gewickelt, getröstet und miterzogen, doch auch nach fünf Jahren räumt Rene mir immer noch kein gleichberechtigtes Mitspracherecht bei den Kindern ein. Wenigstens liegt es nicht daran, dass ich nicht der leibliche Vater bin. Ihr Verhalten ist bloß auf ihre dominante Art zurückzuführen. Doch das ändert nichts daran, dass es mich verletzt. Jedes verdammte Mal.

Sie lehnt sich vor und legt ihre Hände auf Oscars schmale Schultern.

»Schatz, bitte, Mama hatte einen schweren Tag.«

»Das sagst du doch immer!«, schreit Oscar und

stampft auf den Boden. »Du hast nie Zeit! Und ich bin der Einzigste, der nie in den Ferien wegfährt!«

»Der Einzige«, sage ich und frage mich im selben Moment, wieso ich Rene helfe und Oscars Wut auf mich ziehe – eigentlich bin ich auf seiner Seite.

Er streckt mir sein wütendes Gesicht entgegen.

»Du bist doof!«

Bevor ich etwas erwidern kann, schaut Rene mich müde an. Ich halte die Klappe. Sie wendet sich wieder ihrem Sohn zu, der wie eine kleine Gewitterwolke vor ihr steht.

»Tut mir leid«, sagt sie mit müder Stimme. »Ich mache es wieder gut, ja? Dieses Jahr machen wir zusammen Ferien, ich verspreche es, und du kommst nie drauf, wohin wir fahren.«

Oscar versucht weiterzuschmollen, aber schließlich siegt die Neugier.

»Wohin?«, fragt er schon mit mehr Neugierde als Wut in der Stimme.

Rene lächelt bemüht.

»Das wird eine Überraschung, also sei jetzt nett, ja? Schön Zähne putzen, ausziehen und ab in die Falle. Mama kommt gleich und liest euch was vor.«

Lola mustert sie aufmerksam. Dann steht sie einfach auf und geht. Oscar versucht, ins Schweinezimmer zu entkommen. Ich erwische ihn am Ärmel.

»Falsche Richtung, Freundchen.«

Er schaut trotzig zu mir hoch. »Ich muss Susi füttern.«

»Das kann ich machen.«

Er starrt mich wütend an und sucht nach Argumenten. Ich nicke ihm aufmunternd zu.

»Ich kann verstehen, dass du sauer bist, aber schau mal, wir haben heute ein ziemlich cooles Kostüm für dich gekauft, wir haben Pasta gemacht, du hast Eis als Nachtisch bekommen, du fährst in den Ferien weg, und wir alle lieben dich. Du kannst nicht behaupten, dass das ein schlechter Tag war.«

Darüber lasse ich ihn kurz nachdenken. Er schmollt immer noch aufs Süßeste, und am liebsten würde ich ihn in den Arm nehmen und knuddeln, aber so was muss oscargerecht aufgearbeitet werden, also hänge ich meine Hand über einen imaginären Revolverhalfter.

»Außerdem ist die Küche nicht groß genug für uns beide.«

Seine Augen öffnen sich weit, dann kneift er sie zusammen und stellt sich genauso hin wie ich. Wir schauen uns kurz in die Augen, dann zieht er seine Spielzeugpistole ziemlich langsam und knallt mich ab.

»Peng! Peng! Peng!«, macht er.

Als ich getroffen zusammensacke, ist seine gute Laune wieder da.

»Du bist tot, Mads!«, strahlt er.

»Danke schön. Du hättest mir auch einfach die Waffe aus der Hand schießen können.«

»Tot!« Er lacht begeistert.

»Gut«, mischt Rene sich ein, »Zähne putzen und ab ins Bett. Mama kommt gleich.«

Er knallt mich noch ein paar Mal ab und folgt Lola. Kaum sind sie aus der Küche, lässt sich Rene mit einem Stoßseufzer gegen die Rückenlehne sacken.

»Gott, was für ein Tag. Wie machen andere Mütter

das? Haben ihre Tage mehr Stunden als meine? Gibt's da irgendeinen Trick?«

Früher hätte ich ihr jetzt Mut zugesprochen, aber mit der Zeit habe ich dazugelernt. Ich rutsche zu ihr auf die Sitzbank und umarme sie. Laut wissenschaftlichen Erkenntnissen wird beim Kuscheln im weiblichen Gehirn Oxytocin ausgeschüttet, das die Neigung verstärkt, dem Partner zu vertrauen. Damit erhöht sich die Chance, dass die Frau ihm alles glaubt, was er sagt.

»Ist nur ein schlechter Tag«, sage ich. »Morgen wird's besser.« Das lasse ich ein paar Sekunden einwirken, bevor ich nachschiebe: »Wieso weiß ich nichts von irgendwelchen Ferien?«

»Weil es keine gibt.«

»Das kannst du nicht machen.«

»Ich weiß.« Sie atmet tief durch und löst sich aus meiner Umarmung. »Ich werde irgendwas organisieren.«

Sie senkt den Blick und steht einfach da. Erledigt. Mit den Kräften am Ende. Seit Monaten rettet sie sich von einem Tag in den anderen, und die To-do-Liste wird immer länger.

Ich umarme sie wieder und verpasse ihr eine neuerliche Ausschüttung. Oxytocin ist ein Teufelszeug. Schweizer Wissenschaftler verabreichten neulich einer Gruppe von Investoren ein oxytocinhaltiges Nasenspray und verglichen sie mit einer anderen Gruppe, die lediglich ein Placebospray bekommen hatte. Unter dem Einfluss des Oxytocinsprays waren die Investoren bereit, doppelt so viel Geld einzusetzen wie die anderen, und genau *das* Hormon wird bei Frauen ausgeschüttet, wenn man sie länger als zwanzig Sekunden umarmt. Kuscheln macht glücklich. Wenn bloß alles so einfach wäre.

Ich streichele Renes Rücken und Nacken, und nach einer Zeit entspannt sie sich etwas und atmet nicht mehr ganz so schwer.

»Weißt du, was du jetzt brauchst?«, locke ich. »Gute laute Musik … eine fette Tanzfläche … Cocktails … und ein Dutzend notgeile Typen.«

»Ja, das wäre schön«, sagt sie leise. Dann strafft sich ihr Körper, und sie löst sich aus meiner Umarmung. »Aber ich muss –«

»Muss, muss, muss«, würge ich sie ab. »Einmal im Jahr musst du vor allem auch mal Spaß haben. Weißt du eigentlich, dass dein Lächeln mittlerweile nur noch eine Sekunde hält?«

Sie lächelt plötzlich ihr breites Scheißegallächeln, das sie jederzeit aus dem Nichts hervorzaubern kann.

»Jaja«, sage ich.

Ihr Lächeln verschwindet wieder, und sie wirkt groggy. Ihre Augen sind dunkel und müde. »Tut mir leid.«

»Scheiß auf ›Tut mir leid‹. Du bist nicht die Einzige, die Probleme hat. Fragst du mich mal, wie es im Büro war? Glaubst du, du kannst dir alles rausnehmen, nur weil du dein Leben nicht auf die Reihe kriegst? Echt, komm mal wieder runter!«

Ihre Augen funkeln wütend. Na, geht doch. Besser wütend als deprimiert. Schnell weiter.

»Du brauchst mal wieder ein bisschen Spaß, Süße. Los, komm mit auf die Party, wir besorgen dir einen guten Typen, du bleibst über Nacht weg, ich kümmere mich morgen um die Kinder, während du dich den ganzen Tag von Mister Sixpack verwöhnen lässt.«

»Maamaaa!«, ruft Oscar aus dem Kinderzimmer.

»Ich komme!«, ruft sie zurück, und als sie mich wieder anschaut, ist die Wut endgültig aus ihrem Blick verschwunden. »Klingt gut. Aber heute geht es nicht.«

»Wann dann?«

»Bald.«

»Mein Name ist Bald, Ganz Bald. Ich hab die Lizenz zum Vertrösten.«

Sie schaut mich düster an, steht auf und verschwindet ins Kinderzimmer, und ich frage mich mal wieder, wie lange sie das noch durchhält. Diese Härte hilft ihr vielleicht, ihr Tagespensum zu bewältigen, aber ewig steht das niemand durch. Irgendwann wird sie zusammenklappen, und ich habe keine Ahnung, was ich dagegen tun kann.

Im Schweinezimmer erwartet mich Susi mit aufmerksamen Knopfaugen. Ich begrabe sie unter einem Ballen Heu, den sie begeistert begrüßt. Um heute Abend wenigstens ein glückliches Mädchen zu sehen, lege ich ihr noch eine halbe Möhre in den Käfig. Eine Welle geht durchs Heu, und schon ist das Ding verschwunden. Geiles Lebenskonzept. Sich in Lebensmitteln verstecken und langsam den Weg nach draußen freifressen. Wie Marlon Brando, als er des Starseins müde wurde. Auf dem Höhepunkt seiner Karriere traute er sich, etwas völlig Neues zu machen – unattraktiv zu werden. Respekt. Ich schaffe es nicht mal, meinem Chef zu sagen, was ich von seiner Themenauswahl halte.

Susi vernichtet die Möhre und fällt dann über das Heu her. Dabei behält sie mich immer im Auge, sensibilisiert durch Oscars Art zu spielen. Wir kauften sie, als Volker Oscars dritten Geburtstag vergessen hatte. Er war irgendwo einen Film drehen, und seine Assistentin hatte vergessen, ihn an den Geburtstag seines Sohns zu erinnern. In der Folgezeit war Oscar aggressiv, bis er begann, im Park mit einem Hund zu spielen. Danach war er abends zum ersten Mal wieder umgänglich, und mir war klar, was nötig war. Lolas Allergien verhinderten einen Hund oder eine Katze, also gingen wir in eine Zoohandlung, und ich fragte ihn, welches Tier er haben wollte. Er zeigte auf Susi. Ich war skeptisch, aber Susi überlebte, und Oscar kümmert sich gut um sie. Das war die einzige Entscheidung bezüglich der Kinder, die ich in all den Jahren traf, ohne Rene einzubeziehen.

Das trockene Heu macht Susi zu schaffen. Immer wieder huscht sie zur Tränke und saugt wild an dem Wasserspender. Vom Zuschauen bekomme ich Durst, also gehe ich in die Küche, und dort trifft mich der Schlag. Am Küchentisch sitzt eine ... Nutte! Und zwar die vulgärste, die ich außerhalb eines Films je gesehen habe. Faserige Hotpants, Turnschuhe, löchrige Netzstrümpfe, übertriebene Schminke, glitzernder Strassschmuck und eine schwarze Fick-mich-Perücke sowie ein Dekolleté, in dem ihre Brüste so unsichtbar sind wie ein Nilpferd auf einem Wickeltisch. Die Persiflage einer Prostituierten.

Sie lässt ihren Kaugummi platzen.

»Hallo, Fremder. Lust auf ein bisschen Spaß?«

Ich lasse meinen Blick über ihre Kleidung wandern

und hebe die Augenbrauen. Sie zieht ihre Schultern hoch.

»Was anderes habe ich auf die Schnelle nicht gefunden. Vielleicht kann ich noch die Haushaltskasse aufbessern.«

»Und wo ist das Wrack von eben abgeblieben?«

»Das Wrack hat einen Babysitter angerufen und sich einen Espresso reingepfiffen. Es hofft jetzt auf ein bisschen laute Musik und Alkohol und Sex, damit die Sache sich lohnt. Das Wrack muss auch mal Spaß haben, weißt du?«

Sie lächelt und plötzlich wird aus einem Tag, der auf einem Friedhof begann, sich in einem Mobbingbüro fortsetzte und in einem Streitabend mündete, das Versprechen für eine durchtanzte Nacht. *I love Leben.*

Auf dem Parkplatz rollen Limousinen vor, überall stehen Securitys und hinter den Absperrgittern jede Menge Schaulustige, Autogrammjäger und andere Menschen ohne sinnvolle Freizeitbeschäftigung. Flakscheinwerfer beleuchten den Himmel, und die gesamte Halle ist von außen in rotes Licht getaucht. Vor dem Eingang liegt ein roter Läufer, und auf der linken Seite steht eine voll besetzte Tribüne für die Boulevardfotografen.

»Meine Fresse«, murmelt Rene, als wir aus dem Taxi steigen. »Da lässt sich jemand nicht lumpen.«

»Außer beim dreizehnten Monatsgehalt.«

»Dreizehntes Monatsgehalt?«, stöhnt sie. »Wofür kriegt man das eigentlich?«

»Keine Ahnung. Was soll's, gibt's eh nicht mehr.«

Sie schaut mich unschuldig an.

»Du meinst, deine zwölf müssen reichen?«

»Jaja, ich weiß, was ich verdiene. Darum kann ich mir leisten, mit dir zusammenzuwohnen.«

»Stimmt auch wieder«, sagt sie und hakt sich bei mir ein.

Wir schreiten über den roten Läufer auf die Eingangstür zu. Während wir uns anmelden, mustern die Securitys Rene unauffällig. Sie sind sich wohl nicht ganz sicher, ob Rene im Kostüm ist oder ob ich mir Begleitung engagiert habe. Obwohl sie für eine echte Bordsteinschwalbe zu billig aussieht.

»Hey, Jungs.«

Rene verpasst dem Größeren von beiden ihr Scheißegallächeln.

»He, ich dachte, du willst jemanden mit Geld?«, flüstere ich, um die Gefühle der Jungs nicht zu verletzen und damit auch mich selbst.

»Alles, was ich heute brauche, ist ein großer harter ...«

»Hallo!« Vor uns steht die obligatorische, zwei Meter große Medienparty-Transe. »Willkommen bei *Zehn Jahre* ANNA.«

Rene prustet los. Die Transe schaut mich fragend an. Ich winke beruhigend ab.

»Sie lacht über was anderes.«

Mein Beschwichtigungsversuch wäre glaubwürdiger, wenn Rene beim Lachen nicht ihren Zeigefinger auf die Transe richten würde. Aber als große Frau mit einer Stimme wie Ivan Rebroff ist man es sicher gewohnt, merkwürdige Reaktionen hervorzurufen. Doch wo man so gerne auf den Medien herumhackt, muss ich hier mal eine Lanze für sie brechen: Die Medienlandschaft ist toleranter, als man denkt. Wo könnte sich eine zwei Meter große Transe mit Perücke, Stöckelschuhen und einem Bariton sonst so normal fühlen, dass sie vergisst, wie es ist, ausgelacht zu werden?

Meine Mitbewohnerin prustet weiter.

»Jesus Maria ...!«, lacht sie. »Du bist aber ganz schön groß für 'ne Minderheit!«

Das war's. Sie beugt sich vor, stützt sich auf ihre Knie und lacht sich tot. Die Transe schaut mich genervt an. Ich ziehe die Schultern hoch.

»Alleinerziehend.«

Die Transe geht kopfschüttelnd los, um neue Gäste zu begrüßen. Ich mustere Rene, die nach Luft schnappt. Die Hotpants, die Netzstrümpfe, der Ausschnitt ... Die Fotografen nutzen den Moment, um circa fünftausend Fotos zu schießen – man weiß ja nie. Rene verpasst ihnen eine Ladung Scheißegallächeln. Als sie sich umdreht, sehe ich, dass sie ein Agentturshirt trägt, auf dem *Rene Hacke Public Relations* steht.

»Du bist nicht zum Arbeiten hier«, sage ich und ziehe sie weiter.

»Ein bisschen Werbung hat noch nie geschadet.«

»Als Nutte?«

»Any promotion is good promotion«, entgegnet sie, was mehr über ihren Berufszweig verrät, als man wissen will.

Als wir den Festsaal betreten, drängen uns lautes Stimmengewirr und pulsierende House-Musik entgegen. Die Party ist bereits im Gange und der Raum überfüllt mit Menschen in Kostümen, nur die Tanzfläche ist noch unbevölkert. In allen Ecken sieht man Piraten, Römer, Engel, Rocky Horrors, Polizisten, Punks und *Scream*-Kostüme. Vereinzelt entdeckt man auch die traditionellen venezianischen Masken, doch die meisten Anwesenden haben einfach ihr Karnevalskostüm reaktiviert.

»Was willst du trinken?«

Bevor sie antworten kann, legt der DJ *Feel* auf. Wir schauen uns an, dann marschieren wir geschlossen zur Tanzfläche, die jungfräulich vor uns liegt. Ich habe es schon immer gehasst, als Erster auf eine leere Tanzfläche zu gehen. Zuerst schließe ich die Augen, um nicht zu sehen, wie alle glotzen. Als ich irgendwann mal in die Runde linse, merke ich, dass mich niemand anschaut. Heutzutage wirken Tänzer oft, als wären sie Hauptdarsteller in einer Dauerwerbesendung für glückliche Menschen im Fitnessstudio. Ich bin aber noch mit Menschen aufgewachsen, denen es egal war, wie sie beim Tanzen wirkten – Hauptsache, sie hatten Spaß. So wie Rene. Sie geht neben mir ab wie ein fröhlicher Pinguin, und ihre Art zu tanzen ist so herrlich uncool. Wenn ich mit der Welt fertig bin, brauche ich nur zuzuschauen, wie eine Frau sich völlig hingibt, ob beim Sport, im Bett oder auf einer Tanzfläche.

Dem DJ gefällt's auch. Als Robbie durch ist, nutzt er die Gelegenheit, um uns Radioheads *Creep* zu verpassen. Gott, ich wünsche demjenigen, der vor dem Kehrreim die Gitarrensaiten kurz anschlägt, hundert glückliche Jahre. Mindestens. Wir schlängeln durch die Gegend und flippen bei dem Kehrreim völlig aus, das heißt ich schon vorher, wenn dieses Knacken von der Gitarre kommt. Ah! Musik ist auch Gott.

Am Ende leitet der DJ direkt über in *Dance little sister* von Terence Trent Darby, und als die Nummer abklingt, ist die Tanzfläche halb voll. Überwiegend Männer. Alle Rene zugewandt. Die getanzte Kontaktanzeige.

»Was willst du trinken?«

Sie hört mich nicht, tanzt mit geschlossenen Augen durch ihren Weltraum. Ich steuere die Cocktailtheke an, doch noch bevor ich da bin, werden Musik und Licht gedimmt. Arabische Musik ertönt. Ein Lichtspot wird auf die Eingangstür gerichtet. Und herein kommt: Vanessa. Beziehungsweise: Kleopatra. Ein Raunen geht durch den Saal. Bei Medienpartys mangelt es ja nie an schönen Frauen, aber in der Aufmachung sticht Vanessa jede der Anwesenden aus. Ihre Haare sind hochgesteckt, und der Umhang ist ein halb durchsichtiger Schleier, der einen Blick auf ihren durchtrainierten Luxuskörper im Bikinioberteil und Rock erlaubt. Spontaner Applaus brandet im Saal auf. Fast applaudiere ich mit. Die Königin der Ägypter huldigt der Menge, indem sie eine Hand hochhält, dann schreitet sie auf eine Sitzecke zu. Damit weiß ich auch, wo Gerd ist.

Die arabische Musik verstummt, und der Partysound wird wieder hochgefahren. Ein kurzes Intermezzo, das im ganzen folgenden Jahr diskutiert werden wird, ähnlich wie ihr Auftritt als Pocahontas im letzten Jahr. Man hätte das nur übertreffen können, wenn man als Selbstmordattentäter gegangen wäre und die Sache durchgezogen hätte.

Ich winke dem Barmann und ordere einen Hurricane. Als er sich an die Arbeit macht, bleibt mein

Blick an einer Frau hängen, die auf der anderen Seite der Theke steht. Sie hat einen Pagenkopf, und ihre dunklen Augen bilden einen scharfen Kontrast zu der Bleichheit ihrer Haut, was durch das Nonnenkostüm noch verstärkt wird. Neben ihr steht ein Zorro und redet auf sie ein. Während ich mich frage, ob ihre Bleichheit angeschminkt ist, wirft sie mir einen Blick zu. Unsere Augen treffen sich, und mein Magen sackt ab. Es fühlt sich an wie Turbulenzen im Flugzeug. Was zum Teufel ... Ach so.

Um auf Nummer sicher zu gehen, schaue ich noch mal rüber. Als unsere Blicke sich treffen, startet mein Magen erneut den Sinkflug. Geht das wieder los ... Sofort muss ich an Isa denken. So fing es mit ihr auch an. Ich traf sie auf einer Vernissage. Wir sahen uns einmal in die Augen, und ich war sofort hinüber. Während der folgenden Monate taumelten wir wie im Rausch hintereinander her, und obwohl unser Sex nicht besonders gut war, konnten wir nicht genug davon bekommen. Und obwohl unsere Gespräche nicht besonders gut waren, mussten wir ständig miteinander reden. Und obwohl wir eigentlich gar nicht zusammenpassten, mussten wir uns ständig versichern, dass es für immer war. Ohne diese Hormonausschüttungen hätte ich bestimmt ein paar Dinge hinterfragt, zum Beispiel, wieso Isa mir einen gut bezahlten Job besorgt und ihren eigenen kündigt. Ihr ganzes Gerede von individueller Freiheit bezog sich augenscheinlich darauf, dass ich arbeiten und sie shoppen ging. Ich hatte damals endlich meinen ersten Auftrag für den *Spiegel* an Land gezogen und stand kurz vor einem Recherchedurchbruch über Vergünstigungen der Atomlobbyisten für Regierungsbeamte. Doch Isabella stellte mich Gerd vor, er las ein paar meiner Texte und gab mir den Auftrag, einen Artikel über Udo Jürgens zu schreiben. Der Text wurde vom *Stern* auszugsweise abgedruckt, und ich war plötzlich Redakteur. Plötzlich saß ich in diesem Büro, verdiente das Achtfache und fand das eine Zeit lang sogar gut, bis zu dem Tag, an dem die Natur aus mir unerfindlichen Gründen die Hormonausschüttungen wieder einstellte. Nach einem Jahr Verliebtheit wachte ich plötzlich auf und vermisste meinen alten Job, konnte aber nicht einfach kündigen. Ich sah Isa plötzlich viel klarer, konnte mich aber nicht einfach trennen. In diesen zwölf verliebten Monaten hatten wir uns zu viel versprochen, angeschafft und geplant. Wir wohnten zusammen, sie hatte die Pille abgesetzt, und wir hatten für den Sommer eine zweimonatige Reise in die USA gebucht … Ich fand immer mehr Gründe, wieso wir nicht zusammenpassten, aber hätte Isa sich nicht von dem Fußballer tunneln lassen, wären wir vielleicht heute noch zusammen. Schwein gehabt. Der Fußballer allerdings nicht. Er verletzte sich schwer, und Isa verließ ihn. Heute ist sie mit einem Zahnarzt verheiratet und hat drei Kinder. Sie meint es nicht böse, sie ist nur eine dieser Frauen, die von dem weißen Ritter und einer perfekten Ehe träumen, und wenn irgendwas diesen Traum stört, laufen sie. Nichts macht mir mehr Angst, als dass ich je wieder an so eine Märchenbraut gerate, die mich verlässt, sobald ich nicht perfekt bin. Darum fühle ich mich zu Hause so wohl. Rene und die Kinder lieben mich, wie ich bin. Auch das ist Freiheit.

Ich werfe noch einen Blick zu der Nonne rüber.

Als unsere Augen sich treffen, springt mein Magen ansatzlos von einem Hochhausdach. Echt, ich liebe die Natur, aber als Partnervermittler ist sie eine Niete. Ich meine, der Raum ist voller attraktiver Frauen, was hat die Nonne, was die anderen nicht haben? Welche Kriterien sind für die Natur relevant? He, vielleicht liegt es ja an unseren *Sternzeichen*! Vielleicht ist es ja *Schicksal*! Vielleicht möchte die Natur aber auch nur, dass eine Ordensschwester mal wieder so richtig durchgeorgelt wird, hehe.

Sie nickt plötzlich, als wüsste sie, was ich denke, was sie natürlich nicht tut. Niemand weiß, wie viel Müll ich denke. Zumindest hoffe ich das.

Der Barmann bringt den Drink. Ich nehme einen kräftigen Schluck. Etwas berührt meinen Arm. Neben mir steht ein ehemaliger Redakteur der *Allegra* in einem zu großen Dreißigerjahre-Al-Capone-Anzug. Hermann war der perfekte Angestellte: zuverlässig, loyal, frei von höheren Ambitionen. Doch dann wurde die *Allegra* eingestellt. Seitdem muss er als Freiberufler Jobs akquirieren und erinnert an einen Hamster, der sich plötzlich in der Savanne wiederfindet. Mit großen Augen mustert er seine Umgebung, als könnte jeden Moment irgendwas aus dem Gebüsch springen und ihn fressen. Nicht jeder ist für Freiheit geschaffen.

Wir reden ein bisschen über die guten alten Zeiten, während ich am Glas nippe und die Nonne aus den Augenwinkeln mustere. Zorro redet immer noch auf sie ein. Sie wirkt dabei weder einladend noch abweisend, lässt es einfach über sich ergehen. Schließlich wünscht Hermann mir Gesundheit, ein langes Leben und viele Kinder, bevor er weiterschlurft, um auf Futtersuche zu gehen. Als ich wieder zur anderen Thekenseite schaue, hat sich die Nonne in Luft aufgelöst. Vielleicht ist sie kurz austreten. Aus der Kirche. Haha. Jesses, der Cocktail hat es in sich.

Ich ordere schnell einen weiteren und beobachte meine Mitbewohnerin, die sich auf der Tanzfläche zu Eurythmics *Missionary Man* bewegt. Um sie herum hat sich ein Ring aus Tänzern formiert. Planet Venus umgeben von notgeilen Meteoriten. Schätze, wenn ich nicht aufpasse, werde ich morgen mit einem Kollegen frühstücken. Im selben Augenblick entdecke ich die Nonne. Sie tanzt in einer Tanzflächenecke vor sich hin. Von Zorro keine Spur. Man könnte das als Zeichen interpretieren. Aber »Zeichen« steht gleich hinter »Verliebtheit« auf der Arschlochliste.

»Landratten an Bord!«, schreit mir jemand ins Ohr. »Captain Sparrow macht disch platt!«

Vor mir fuchtelt ein Pirat mit seinem Schwert herum. Unter Kopftuch, Perücke und Augenklappe erkenne ich TR, den Fotografen, den ich für die Reportage über Rupert Neudeck angefragt hatte.

»Isch töte disch und vergewaltige disch!«

»Mann, ich hoffe bloß, die Reihenfolge stimmt.«

Er lacht und sticht mir in den Bauch.

»Eh, zeig Respekt, sonst lasse isch disch kielholen.«

»Nach Kiel holen? Lieber tot. Und was soll der bescheuerte Dialekt? Hat Johnny Depp neuerdings einen Migrationshintergrund?«

»Ach, irgendwo sind wir doch alle Fremde.«

Ich ziehe eine Grimasse. Er lässt das Schwert sinken.

»Was war denn mit Neudeck?«

»Zu intelligent für uns. Aber mach dir keine Sorgen, wir haben schon einen neuen Auftrag.«

»Ich weiß«, sagt er. »Die Geilste. Da kommt Freude auf.« Er wirft einen Blick zur Tanzfläche. »Apropos, wer ist denn die da?«

»Meine Mitbewohnerin«, sage ich, und weil ich ihn kenne, füge ich hinzu, dass sie a) bloß ein Kostüm trägt und b) tabu ist. Als er mich weiterhin angrinst, zeige ich ihm die gelbe Karte und lasse durchblicken, dass er rotgefährdet ist.

»Schon gut«, grinst er. »Bis später.«

Er zieht von dannen, und ich nehme mir vor, ihn im Auge zu behalten. Rene hat ein dringendes Bedürfnis, und TR kommt bei Frauen gut an. Normalerweise machen viele Frauen einen Bogen um Männer, die als Aufreißer gelten, aber aus irgendeinem Grund nicht bei TR. Im Gegenteil. Ich habe ihn im Verdacht, der Vater des letzten Partybabys zu sein, denn natürlich würde keine Frau mit klarem Verstand zugeben, dass sie sich von TR flachlegen ließ. Lieber erzieht sie das Kind alleine. Hm. Vielleicht ist ja so die Mär von der unbefleckten Empfängnis entstanden. In der glorreichen Nacht war ein Urahne von TR in der Nähe von Josefs und Marias Hütte.

Zwei Hurricanes später habe ich mir ein Standbein angetrunken und unterhalte mich mit einem Kollegen von der *Vogue*, den es umhaut, dass ich einen Tag mit Caro verbringen darf. Er bittet mich allen Ernstes, ihm ein Autogramm mitzubringen. Für seinen, äh, Neffen. Ich frage ihn, was an Caro so besonders sei, und hoffe auf eine Inspiration für Fragen, aber ihm fällt nichts ein. Hm.

Er zieht weiter, und ich schaue zur Tanzfläche, auf der Rene unermüdlich herumhüpft. Dahinter winkt jemand. Gerd. Er trägt ein Obelixkostüm. Mit den orangefarbenen Zöpfen und der blau-weiß gestreiften Wampe sieht er schon fast süß aus. Neben ihm sitzt die Königin der Ägypter und scheint sich blendend zu amüsieren. Ich greife mein Glas und mache mich auf den Weg durch die Menge. Als mich die Masse auf der anderen Seite der Tanzfläche ausspuckt, sitzt Gerd alleine da. Sein Bauch wölbt sich aus dem Sessel heraus wie ein überfüllter Sack Altkleidung.

»Hey, Chef.« Ich lasse mich in den freien Sessel fallen und verkneife mir einen Spruch über Streifen, die schlank machen. »Deine letzte ANNA-Party, wirst du es vermissen?«

Er mustert mich verdrießlich.

»Ich will jetzt kein Gemeckere hören, okay? Kleine Planänderung für morgen. Der Treffpunkt ist auf neun Uhr vorverlegt.«

»*Neun Uhr*?«, platze ich heraus und starre ihn an.

Er starrt zurück.

»Wäre schön, wenn du mir jetzt deswegen nicht den Abend versaust.«

Na klar doch.

»Mann, hab ich ein Glück. Ich schreibe einen Artikel über eine zwanzigjährige talentfreie Hobbyprostituierte, aber dank der Uhrzeit und vier Promille werde ich es gar nicht merken. Cool.«

»Ich glaube kaum, dass das die richtige Einstellung ist«, mahnt er.

»Und ich glaube nicht, dass wir Caro als Idol präsentieren sollten. Laut Duden ist Prostitution die gewerbsmäßige Ausübung sexueller Handlungen, und Caro hat so ziemlich mit jedem gevögelt, der ihre Karriere fördern konnte. Wenn das Mode macht, wird das Land zu einem riesigen Nationalpuff, wo Teenies versuchen, sich ein Praktikum zu erbumsen.«

Er mustert mich einen Augenblick, dann stemmt er sich aus dem Sessel hoch, bleibt vor mir stehen und schaut genervt auf mich herab.

»Versau es morgen nicht. Ich meine es ernst.«

Er schiebt sich, Wampe voran, durch die Menge. Ich beobachte, wie er verschwindet. Als ich hier anfing, war er so etwas wie mein Mentor. Zwischenzeitlich dachte ich, er wird ein väterlicher Freund. Jetzt ist mir danach, ihm hinterherzulaufen und seine Zöpfe anzuzünden. Früher hatte er meine kritische Haltung gegenüber den Mechanismen des Showbusiness gefördert, doch nach fünf Jahren Reportagen und Kolumnen scheint Gerd zu wollen, dass ich so belanglos werde wie der Rest des Magazins. Seine Launenhaftigkeit kann auch mit seiner bevorstehenden Pensionierung zu tun haben. Seitdem feststeht, dass er in Rente geht, habe ich ihn nicht mehr lachen sehen.

Eine verschwitzte Nutte lässt sich in den frei gewordenen Sessel plumpsen. Ihre Schminke ist zerlaufen, und die Maschen ihrer Netzstrümpfe haben einige Zentimeter gutgemacht. Das perfekte Kostüm – es sieht von Minute zu Minute nuttiger aus.

»Jesus, tut das gut«, stöhnt sie. »Warum gehen wir so selten tanzen? Das ist fast so gut wie Sex. Wobei –

hm, ich habe eigentlich vergessen, wie Sex ist. Apropos, wer ist denn die Schönheit, die die ganze Zeit zu dir rüberschaut?«

Ich folge ihrem Blick und sehe Vanessa, die an der Theke sitzt und mich unverhohlen betrachtet.

»Das ist das Stück. Ich hab sie vielleicht hier und da mal erwähnt.«

»Ach, die ist das.« Sie mustert Vanessa fachmännisch. »Die sieht wirklich gut aus. Und wieso glotzt sie so?«

»Psychospielchen.«

Darüber denkt Rene ein bisschen nach, dann schüttelt sie ihren Kopf.

»Ich glaube, die ist scharf auf dich.«

Super, Vanessa ist gar keine misanthropische Schlampe, sie will bloß mit mir zusammen sein. Hilfe!

»Du auch was zu trinken?«

Ich will aufstehen, doch sie hält meine Hand fest und mustert mich eindringlich.

»Was ist?«

»Was soll sein?«

»Eben hattest du noch gute Laune.«

»Da hatte mich Gerd noch nicht wie einen Vollidioten behandelt.«

Ich will losgehen. Sie hält mich fest.

»Erzähl.«

»Ach, egal, der Job kotzt mich nur manchmal an. Wenn ich Promiarsch-Knutschen machen wollte, wäre ich zum Fernsehen gegangen.«

»Du verdienst einen Haufen Kohle damit.«

»Geld ist nicht alles.«

Sie grinst schief.

»Oh Junge, glaub mir, das sagst du nur, weil du es hast.«

Sie betrachtet mich, und ich weiß, dass sie kurz abschätzt, ob ich vielleicht kündigen und uns alle in Turbulenzen stürzen werde.

Sie verpasst meiner Hand einen leichten Klaps und lächelt.

»Nimm das alles nicht so ernst, heute wird erst mal gefeiert. Apropos …« Sie macht eine Kopfbewegung. »Wie ist denn der King?«

Ich folge ihrem Blick und entdecke Lars aus der Anzeigenleitung, mit dem ich vor drei Monaten zum ersten und letzten Mal Tennis spielen war. Einer der grobmotorischsten Menschen, den ich je auf einem Sportplatz gesehen habe. Heute trägt er ein Elviskostüm und eine überdimensionale Schmalztolle. Als er merkt, dass wir ihn beobachten, versucht er einen lasziven Hüftschwung. Fast springt mir eine Plombe raus.

»Lars ist Single. Soll ich spekulieren, warum?«

»Ja, bitte.«

»Er spricht bayrisch, bewegt sich furchtbar, ist ein Fan von Naturbehaarung und hat noch nicht verstanden, dass man Hornhaut entfernen kann.«

»Uh«, macht sie und zeigt auf einen Clown. »Und der?«

Ich brauche einen Augenblick, bevor ich hinter der Clownsbemalung Felix aus der Presseabteilung erkenne. Er steht neben der Tanzfläche, beglotzt Frauen und versucht, dabei lässig zu wirken, was in dem Kostüm so gut wie unmöglich ist.

»Hat er dich angefasst? Desinfizieren und Tetanusspritze. Ach, was sag ich, ruf das Gesundheitsamt! Die sollen mit 'ner Sondereinheit anrücken!«

»So schlimm?«, fragt sie lachend.

»Man munkelt, er lässt sich anpinkeln.«

»Puh!«

»Nicht zwingend von Menschen ...«

»Ihhhh!« Sie zieht eine Grimasse und presst sich die Hände auf die Ohren. »Warum erzählst du mir so was?«

»Um dich zu schützen.«

Und mich. Felix ist in Wahrheit nicht ganz so tierlieb, aber das fehlt mir noch, dass Rene etwas mit einem meiner Kollegen anfängt. Eigentlich bin ich mir nicht sicher, ob sie überhaupt mit irgendjemandem etwas anfangen soll, denn das würde unser Leben verändern, und unser Leben gefällt mir so, wie es ist. Gottlob verschreckt sie die meisten Interessenten schon beim ersten Date, aber man muss ja kein unnötiges Risiko eingehen.

»Wie zum Teufel soll ich hier jemanden kennenlernen, wenn du schon alles über jeden weißt?! Gibt es hier denn keinen einzigen Mann, der normal ist?«

Ich hebe die Augenbrauen.

»Du willst einen normalen Mann?«

»Ja.«

»Und geilen, hemmungslosen Sex, ganz ohne Tiere?«

»Ja!«

»Dann fang nichts mit meinen Kollegen an.«

In den nächsten Minuten informiere ich sie über die FKKs der Kollegen: Familienstand, Körper, krankhafte Neigungen. Ich warne sie vor Extremfällen und natürlich auch vor TR. Schließlich schaut sie enttäuscht zu Lars rüber.

»Da ist der King ja noch das kleinere Übel.«

Lars sieht, dass Rene ihn anschaut. Sein Gesicht hellt sich auf wie eine Glühlampe, und er macht eine Bewegung, die wie ein Wadenkrampf aussieht.

»Dann nicht«, seufzt sie. »Ich gehe tanzen, du holst was zu trinken.«

»Was willst du?«

»So viel wie möglich«, sagt sie und bringt mich zum Lachen.

Sie eilt zur Tanzfläche. Vanessa starrt immer noch rüber. Ob sie das mit Gerd eben mitbekommen hat? Mist, jetzt schafft sie es wirklich, mich mit diesem Scheiß zu verunsichern. Wieso lege ich sie nicht um und sage vor Gericht: Ein kleiner Schritt für mich, ein großer für die Menschheit?

Ihr Gesicht wird ein bisschen maskenhafter, als ich auf sie zugehe und mich neben ihr an die Theke quetsche. Der Barmann kommt. Ich ordere zwei Hurricanes und drücke meine Schulter gegen Vanessas, damit sie sich zurückzieht. Tut sie nicht. Also wende ich ihr mein Gesicht zu und schaue sie aus der Nähe an.

»Ich soll dich von Britta grüßen.«

Sie lächelt und zeigt ihre perfekten Zähne.

»Ich hoffe, sie findet was anderes.«

Wir starren uns an. An ihren Augen erkenne ich, dass sie überzeugt ist, im Recht zu sein. Wie macht sie das?

Der Barmann bringt die Getränke, ohne dass wir unseren Blickkontakt unterbrechen. Für ihn wirkt das vielleicht wie ein sehr kopflastiger Flirt. Und wer weiß? Vielleicht hat Vanessa tatsächlich eine komplizierte Art zu flirten? Vielleicht hat sie Verlustängste und will mich an sie binden, indem sie mich erst arbeitslos macht, um anschließend als Versorger zu glänzen? Vielleicht sollte ich auf Bier umsteigen, bevor mich die Hurricanes komplett wegwehen.

Ich schnappe mir die Gläser und marschiere zu einem Stehtisch neben der Tanzfläche, auf der Elvis-Lars Rene dümmlich grinsend antanzt. Er sieht aus wie ein debiler Terminator auf Starkstrom, aber Rene hat Spaß. Himmel, ich muss aufpassen, sonst nimmt sie ihn nachher noch aus Mitleid mit. Gib dieser Frau eine Stunde tanzbare Musik, und sie würde mit Satan schmusen.

Die Nonne tanzt auch noch in ihrer Ecke. In ihrer Nähe haben sich ein paar Typen eingefunden, die dringend konvertieren wollen. Unsere Blicke treffen sich. Mein Magen macht einen Salto. Ob es ihr auch so geht?

Gegen drei wird die Musik *nett*. Die Tänzer geben nicht mehr alles, und in der Luft liegt nichts, wofür es sich aufzuregen lohnt. Viele beschließen nun aufzubrechen, obwohl es noch verhältnismäßig früh ist. Vielleicht liegt es an der Erwartungshaltung. Nach letztem Jahr haben alle wieder eine Wahnsinnsparty erwartet, doch egal wie viel Geld ausgegeben wird: Party ist immer noch das, was wir selber machen, und dieses Jahr macht keiner was. Die meisten stehen rum und warten, dass etwas passiert. Der Raum leert sich. Uns zieht es zur Theke.

»Tequila, por favor!«

»Kein Schnaps«, sage ich.

»Hey, wenn wir schon mal auf einer Party sind ...«

»Kein Schnaps.«

»Machen Sie acht Tequila!«, ruft sie dem Barmann zu, doch der winkt ab.

»Feierabend!«

Rene schaut ihn an, als hätte er sie aufgefordert, sich grün anzumalen.

»Es ist erst *drei*!«

Er wendet ihr den Rücken zu. Rene schaut mich fassungslos an.

»Sag mal, auf was für Partys schleppst du mich eigentlich?«

»Doofe?«

Sie zaubert von irgendwo einen Schein hervor und wedelt damit rum.

»Was bekomme ich für zehn Euro?«

Der Barmann ignoriert sie.

»HEY!«, brüllt sie. »HAST DU EIN PROBLEM MIT NUTTEN?!«

Ich bedecke mein Gesicht mit beiden Händen. Nach ein paar weiteren, taktisch ungünstigen Formulierungen, die die Fronten eher verhärten, zupft Rene an mir.

»Der Typ ist tot. Komm, wir gehen woandershin.«

»In vier Stunden stehen die Kinder auf.«

»Welche Kinder?«, fragt sie.

»Du wirst den ganzen Tag in den Seilen hängen«, warne ich sie lachend.

Ihr Gesicht wird ernst.

»Mads. Süßer. So geht das nicht. Erst schleppst du

mich vor die Tür, dann gibt's hier nur Perverse, und jetzt willst du mich nüchtern ins Bett schicken? Entweder gehen wir noch woandershin, oder ich frage den King, ob er und sein kleiner Elvis mit zu uns nach Hause kommen wollen, und dann schwängert er mich und ...«

Ich reiße beschwichtigend die Hände hoch.

»Überredet!«

»Geht doch«, grinst sie. »Aber erst muss ich für kleine Mädchen. Versuch in der Zwischenzeit, nicht einzuschlafen.«

»Jawoll!«, schnarre ich und schlage die Hacken zusammen.

Sie zieht leicht schwankend in Richtung Toilette. Mehrere alkoholgeschwängerte Blicke folgen ihr. Zwei Meter neben mir stellt sich die Nonne an die Theke und versucht, den Barmann auf sich aufmerksam zu machen. Er ignoriert sie. Sie winkt noch mal. Gleiches Ergebnis.

»Nutten mag er auch nicht«, sage ich.

Sie wendet mir ihr blasses Gesicht zu. Aus der Nähe ist der Kontrast zwischen ihrer weißen Haut und den dunklen Augen fast hypnotisch. Mein Magen dreht eine Ehrenrunde. Sie mustert mich einen Moment, dann schaut sie wieder zum Barmann, der schwer damit beschäftigt ist, beschäftigt zu wirken.

»Hallo? Bedienen Sie mich?«

Er dreht ihr den Rücken zu. Sie mustert ihn regungslos. Vielleicht überlegt sie sich, ob sie ihm ihr Kreuz ins Hirn rammen soll. Vielleicht ist sie auch bloß so verschossen in mich, dass sie kein Wort rausbekommt.

»Entschuldige, kann ich dich was fragen?«

Sie schaut mich ausdruckslos an.

»Kommt in der Frage ›heiraten‹, ›Feuerwehrschlauch‹ oder ›kielholen‹ vor?«

Ich grinse. Also hat TR schon sein Glück versucht.

»Weder noch.«

Sie betrachtet mich, ohne eine Miene zu verziehen.

»›Kannst du mir deine Telefonnummer leihen, ich habe meine verloren?‹«

»Auch nicht«, lache ich. »Klingt, als hättest du heute Abend eine Menge durchgemacht.«

Sie nickt langsam und nachdrücklich. Echt lustig. An irgendwen erinnert sie mich.

»Meine Frage kennst du noch nicht«, versichere ich ihr.

Sie kneift ihre Augen zusammen.

»›Wo warst du mein ganzes Leben?‹«

»Nein.«

»›Hast du dir wehgetan, als du vom Himmel gefallen bist?‹«

»Nein.«

»›Merk dir meinen Namen, du wirst ihn die ganze Nacht schreien?‹«

Ich lache.

»Auch nicht.«

Sie denkt einen Moment nach, dann zuckt sie mit den Schultern.

»Ich gebe auf.«

»Wenn du mir in die Augen schaust, macht dein Magen dann wusch?«

Sie mustert mich wieder ausdruckslos. Ihr Gesicht verrät weder, ob sie Spaß hat, noch, ob sie sich gerade für die Flucht vorbereitet. Jetzt weiß ich auch, an wen sie mich erinnert, an diese Schauspielerin in *Good Will Hunting*, wie hieß die denn noch mal …

Schließlich schüttelt sie den Kopf.

»*Wusch* ist nicht dabei.«

»Gar nichts?«, hake ich nach. »Keine komischen Gefühle, kein Magengrummeln oder Ähnliches?« Ich hebe eine Hand. »Es ist für die Wissenschaft.«

Sie mustert mich einen weiteren Augenblick.

»Trotzdem nicht«, sagt sie.

Na prima. Einseitiges Verknallen – der sicherste Weg, um sich das Leben zu versauen. Vielen herzlichen Dank, Natur.

»Danke schön«, sage ich und schaue mich nach Rene um, die anscheinend im Klo stecken geblieben ist. Die Nonne räuspert sich.

»Das war's?«

»Jaja, die scheiß Natur mal wieder.«

Sie betrachtet mich prüfend. Vielleicht ist sie erleichtert, dass ich sie nicht weiter belästige. Vielleicht beleidigt, dass ich sie nicht weiter belästige. Ihrem Gesicht ist nicht das Geringste abzulesen. Wäre bestimmt eine gute Pokerspielerin.

»War das ein Flirtversuch?«

»Nein, ich wollte bloß wissen, ob du auch in mich verknallt bist.«

»Auch?«

Ich nicke.

»Ich bin in dich verliebt, aber keine Sorge, ich glaube nicht daran.«

Sie runzelt die Stirn und lächelt gleichzeitig ein bisschen.

»Du bist in mich verliebt und glaubst nicht daran? An Verliebtheit? Du glaubst nicht an Verliebtheit?«

Ihr Tonfall klingt, als würde sie mit einem Zurückgebliebenen sprechen.

»Rein faktisch betrachtet, ist Verliebtheit ein miserabler Berater. Ich meine, wo sind all die Menschen, in die wir verliebt waren? Jedenfalls nicht bei uns, oder?«

Ihre Augen flackern kurz, dann senkt sie den Kopf. Oh … Mist.

»Tut mir leid, falls ich was Blödes gesagt habe, ich wollte nur …«

Tja, was wollte ich eigentlich? Einer Fremden erzählen, dass ich in sie verknallt bin und es mir nichts ausmacht? Small Talk mal anders? Sie hat hundertpro gerade eine unglückliche Beziehung hinter sich. Manchmal frage ich mich, ob es überhaupt noch andere gibt.

Rene kommt aus der Toilette, winkt mir und gibt mir zu verstehen, ihr zu folgen, und steuert den Ausgang an.

»Also, nichts für ungut. Schönen Abend noch.«

Sie nickt, ohne ihren Blick von der Theke zu heben. Ich bleibe stehen.

»Alles in Ordnung?«

Sie nickt wieder. Ich kann ihren Gesichtsausdruck nicht sehen.

»Vergessen Sie es einfach, manchmal bin ich ein Trottel.«

Prima, ich beginne, sie zu siezen. Schnell weg, bevor ich mich noch lächerlicher mache. Ich gehe los. Am Eingang schaue ich noch mal zurück. Sie hat den

Kopf gehoben und schaut mir nach. Ein letztes Mal treffen sich unsere Blicke, und mein Magen tut es. Salto female.

Als ich aus der Halle komme, sehe ich als Erstes, wie TR uns das letzte Taxi vor der Nase wegschnappt. Neben ihm auf der Rückbank sitzt eine Frau, aber ich kann nicht erkennen, wer sie ist. Hoffentlich ist es das Stück. TR hat bewiesen, dass er furchtbar fruchtbar ist, und wenn sie schwanger ist, fällt sie eine Zeit lang aus. Andererseits würde sie dann ihre Gene weitergeben. Gott verhüte.

Der Security ruft uns ein Taxi. Rene verwickelt ihn in ein Gespräch und verpasst ihm dabei ein paar sexdeutige Blicke. Ich lehne mich gegen das Gebäude und atme eine typisch deutsche Frühlingsnacht ein: nicht kalt, aber frisch, nicht nass, aber feucht. Früher störte mich das Wetter nie, aber mittlerweile frage ich mich manchmal, wie es wäre, öfters unter blauem Himmel aufzuwachen.

Ich beobachte Rene beim Flirten und versuche, das blöde Gefühl zu ignorieren, das sich immer einstellt, wenn ich in ein Fettnäpfchen getreten bin. Vielleicht sollte ich auf Fettnäpfchenexperte umsatteln, dann könnte ich der italienischen Regierung einen Korridor freiräumen, durch den sogar Berlusconi das politische Bankett sicher betreten könnte.

Die Nonne kommt aus der Halle. Sie trägt einen

Mantel über ihrer Tracht und lässt ihren Blick über den leeren Parkplatz gleiten. Sie schaut kurz zu Rene und dem Security, zögert einen Moment, kommt auf mich zu und bleibt vor mir stehen. Wieder reicht ein Blick, um Turbulenzen auszulösen.

»Wie kommt man hier weg?«

»Die haben Organisationsprobleme, aber für uns kommt gleich ein Taxi. Wir fahren in die Innenstadt. Wenn du willst, kannst du mitfahren.«

»Danke«, sagt sie.

Und dann breitet sich Schweigen aus. Wir stehen da und gucken zu, wie Rene den Security in die Mangel nimmt. Seine Körpersprache signalisiert Abwehr, aber entweder ist Rene schon zu betrunken oder der letzte Orgasmus ist einfach zu lange her. Wahrscheinlich beides. Ich schiele die Nonne an. Sie wirkt entspannt. Ich stecke meine Hände in die Taschen. Ich ziehe sie wieder raus. Wenigstens habe ich aufgehört, sie zu siezen.

Sie räuspert sich und schaut mich an.

»Wie meintest du das vorhin?«

»Ach, vergiss es«, sage ich und schaue ihr in die Augen. Sofort sackt mein Magen ab. *Jaja, ich hab's kapiert!* »Manchmal rede ich Müll.«

Sie mustert mich auf diese stille konzentrierte Art, wodurch sie mich ein bisschen an Lola erinnert.

»Ich möchte es aber gerne verstehen. Wir kennen uns ja nicht, also kann es nur heute Abend passiert sein, richtig?«

Ich nicke und versuche, meinen Blick auf ihre Nasenspitze zu heften.

»Ein klassischer Fall von Liebe auf den ersten Blick,

besser gesagt, Verliebtheit auf den ersten Blick.« Mein Blick rutscht von der Nasenspitze ab, wandert nach oben und landet wieder in ihren Augen. *Wusch.* Gott, wenn mein blöder Magen nicht bald wieder runterkommt, wird mir schlecht. Vielleicht kennen deswegen so viele Männer die Augenfarbe ihrer Frauen nicht: Sie sind total verknallt und können einfach nicht hinschauen.

»Wie äußert sich das?«, will sie wissen.

»Herzklopfen. Magensausen. Und wenn ich dir in die Augen schaue, wird mir schlecht.«

Sie schiebt ihr Gesicht näher und starrt mich an.

»Jetzt auch?«

Ich schaue ihr in die Augen. Mein Magen apportiert.

»Ja«, sage ich und fixiere ihre Nase wieder.

»Und du hältst das für ... falsch?«

Wieder dieser Tonfall für Gestörte. Ich bin's gewohnt. Beim Thema Verliebtheit verlieren alle die Gelassenheit.

»Hör mal, das geht nicht gegen dich.«

»Natürlich nicht«, sagt sie. »Wir kennen uns ja nicht, aber ich würde es gerne verstehen.«

Ich schaue zu Rene rüber, die immer noch den Security bearbeitet. Das Taxi ist auch nicht in Sicht. Also gut.

»Verliebtheit ist ein Zustand, der von der Natur hergestellt wird, damit wir uns fortpflanzen, ja? Aber was, wenn man sich gar nicht fortpflanzen will? Und was, wenn man seinen Partner lieber mit klarem Verstand aussuchen will, was dann? Nichts dann. Dafür hat die Natur nämlich keine Strategie. Im Gegenteil:

Sie beschießt uns mit Hormonen, damit wir uns mit *irgendjemandem* fortpflanzen. Der Natur ist es völlig schnurz, wen sie zusammenbringt.«

»Man kann sich aber auch in den Richtigen verlieben«, sagt sie und bringt damit das klassische Totschlagargument aller Romantiker.

»Und weil das so verdammt oft passiert, ist die Welt voller glücklicher Paare in erfüllten Langzeitbeziehungen voller Zärtlichkeiten, Respekt und Sex.«

Ich verstumme und warte auf die Reaktion, die ich immer bekomme.

»Interessant«, sagt sie.

Ich mustere sie überrascht. Meistens höre ich mir an dieser Stelle an, dass ich bloß die richtige Frau brauche oder es für jeden Topf einen passenden Deckel gibt oder sonstigen Quatsch.

Ich reiche ihr die Hand.

»Mads.«

»Eva.«

Ich drücke ihre Hand kurz. Ihre dunklen Augen fixieren mich. Ist das schwarz? Oder dunkelbraun mit schwarzen Splittern? Uhh, zu lange hingeschaut! Mein Magen weiß nicht so richtig, was er machen soll: abspringen oder wegtauchen. Bevor er sich entscheiden kann, gibt Rene den Versuch auf, den Sicherheitsmann ins Risiko zu locken, und kommt kopfschüttelnd zu uns rüber.

»Irgendwas stimmt mit dem nicht.« Sie lächelt die Nonne an. »Hi, ich bin Rene.«

»Eva«, sagt die Nonne. »Dein Freund hat mir eine Mitfahrgelegenheit angeboten.«

»Du meinst mein *Mit-be-woh-ner*. Er verdient

ganz gut, mag Kinder und ist zu haben.« Sie verpasst Eva eines ihrer Scheißegallächeln. »Nur im Bett soll er nicht so gut sein.«

Ich starre sie an.

»Wir könnten eh nicht miteinander schlafen«, sagt die Nonne. »Er ist ja verliebt.«

»Ach ja?« Rene wirft mir einen fragenden Blick zu. »In wen?«

»Na, in mich«, sagt sie.

Rene schaut zwischen uns hin und her, doch bevor sie etwas beisteuern kann, fährt das Taxi vor. Aus dem Wagen dringt laute Musik, die noch lauter wird, als wir die Türen öffnen. Die Frauen steigen hinten ein. Als Rene mich mit auf den Rücksitz ziehen will, schnauzt mich der Fahrer an, so gehe das nicht, einer müsse nach vorne, wir wären hier nicht in Afrika. Erinnert mich dran, eines Tages einen Afrikaner zu fragen, ob bei denen tatsächlich drei auf die Rückbank passen und ob bei den Hottentotten wirklich nie aufgeräumt wird.

Ich steige vorne ein und nicke ihm zu.

»n' Abend. Können Sie die Musik bitte leiser stellen?«

Er ignoriert mich und schaut in den Rückspiegel.

»Wohin?«

»Irgendwohin, wo's nett ist und wo es was zu trinken gibt«, ruft Rene von hinten.

»Wohin?«

Ich lächele ihn an.

»Würden Sie die Musik leiser stellen?«

Er starrt mich an. Seine Pupillen sind geweitet.

»Was willste?!«

Ich bin mir nicht sicher, ob ich Spucke abbekommen habe, jedenfalls steht sein Blick auf Pegel, und er sucht anscheinend nach einem Grund, sich abzureagieren. Früher hätte ich jetzt einen dringenden Erziehungsauftrag verspürt, aber ich bin schlauer geworden. Ich schaue nach vorne und halte die Klappe. Er schaut wieder in den Rückspiegel.

»Wohin?«

»In die Innenstadt«, ruft Rene.

Er fährt los. Viel zu schnell, viel zu riskant. Vielleicht ist er gar nicht sauer auf uns, vielleicht ist er auf alle sauer – dann sollte man das ja nicht persönlich nehmen, oder? Ein Liberaler würde jetzt die Kindheit, Herkunft, Intelligenz, Drogenabhängigkeit und Lebensumstände des Fahrers betonen. So unfair bin ich nicht. Mir ist seine Herkunft völlig egal. Er ist ein Arschloch, weil er sich wie eines verhält, und es ihm durchgehen zu lassen fühlt sich an wie eine Niederlage. Aber was tun? Ich weiß aus schlechter Erfahrung, dass Gewalt nahezu immer für alle Beteiligten negativ endet. Wenn nicht im Hinspiel, dann im Rückspiel. Oder im Nachspiel. Gewalt ist nicht das optimale Mittel, um Frieden zu stiften. Aber was dann? Was hätte Gandhi jetzt getan? Und ist das überhaupt ein hilfreiches Beispiel? Immerhin ist er von einem Fundamentalisten umgebracht worden.

Ich werfe einen Blick auf die Fahreridentifikation. Das Foto darauf ähnelt dem Gesicht unseres Fahrers nicht im Geringsten. Damit hätte sich die Beschwerde bei seinem Chef erledigt. Am liebsten würde ich ein Handyfoto von ihm machen, es an die Taxizentrale schicken und sie bitten, diesen Mitarbeiter im Keller einzusperren. Aber wenn ich ihn fotografiere, ist die gewaltfreie Phase vermutlich vorbei. Das nervt mich am meisten an Assis: Ihre Dummheit zwingt mich, meine Kommunikationsebene – Argumente – auf ihre Kommunikationsebene – Schläge – zu senken.

Ich schiele auf seine Hände und versuche herauszufinden, ob er Hornhaut auf den Knöcheln hat, aber in der Dunkelheit kann man nichts erkennen. Hundertpro hat er irgendeine illegale Waffe im Wagen. Einen Schlagstock wohl kaum, Pfefferspray macht auch wenig Sinn, also vielleicht einen Elektroschocker oder bloß ein Messer.

Während ich die Möglichkeiten eines Präventivschlags in Erwägung ziehe, kommt eine Hand zwischen den Sitzen nach vorne und tippt dem Fahrer auf die Schulter.

»Entschuldigung«, ruft eine Frauenstimme durch die Musik. »Halten Sie bitte an.«

Er glotzt genervt in den Rückspiegel.

»Was is!«

»Ich muss kotzen.«

Als hätte man die Handbremse gezogen. Kaum steht der Wagen, wird hinten eine Tür geöffnet. Ein Blick nach hinten verrät mir, dass die Nonne ausgestiegen ist. Rene macht es ihr nach, also steige ich ebenfalls aus und werfe die Tür zu.

Da stehen wir im Nieselregen. Niemand bewegt sich. Der Fahrer mustert uns durch die Scheibe. Wir stehen einfach da und schauen zurück. Schließlich versteht er, dass sich hier niemand übergibt und dass wir auch nicht wieder einsteigen werden. Diese Erkenntnis verarbeitet er, indem er im Wagen herumschreit, uns mit der Faust droht und schließlich losfährt.

Wir schauen dem Wagen nach.

»Misa Fotza?«, sagt Rene. »Junge, Junge, der konnte ja noch nicht mal richtig fluchen.«

»Vielleicht war er aus Bayern und meinte liabas Fotzl?«, schlag ich vor. »Ist da unten vielleicht ein Kosewort?«

Beide schauen mich einen Moment lang an, dann blickt Rene Eva an.

»Hast du gut gemacht. Man darf den Arschlöchern nicht alles durchgehen lassen.«

Sie zückt ihr Handy, ruft die Taxizentrale an und landet in der Warteschleife. Ich schaue mich um. Ein Problem in Köln ist der Mangel an zentralen Veranstaltungshallen, daher steigen größere Partys, wie der Fernsehpreis oder der Comedypreis, meistens in einem Industriegebiet vor der Stadt. So auch die ANNA-Party. Die Straße liegt leer und öde da. Niemandsland. So gesehen ein Glück, dass unser Linguistikexperte weiterfuhr. Hier hätte er locker drei Leichen verschwinden lassen können. Von hier aus sind es bestimmt sechs, sieben Kilometer bis in die Stadt, und der Regen nimmt zu.

»Da!« Rene zeigt mit dem Handy auf eine fast unsichtbare Leuchtreklame auf der anderen Straßenseite. »Einen Absacker, während wir warten.«

Wir steuern auf die Kneipe zu, die aus der Nähe auch keinen vertrauenswürdigen Eindruck macht. *Em Veedel* verrät uns ein Schild, das hoffentlich mal schönere Tage gesehen hat. Als wir eintreten, erfahren wir, dass das Veedel drinnen so riecht, wie es von außen wirkt. Fünfzehn vom Leben verurteilte Gesichter hängen über der Theke und starren uns an. Keiner lächelt. Nicht mal der Wirt. Kap der Hoffnungslosen. Man kann hier in Ruhe sein Kölsch trinken. Man kann aber auch was aufs Maul bekommen, wenn man nervt oder in diesem Kalenderjahr schon mal gelächelt hat, was dasselbe ist. Zum Glück weiß ich, was man in solchen Momenten sagen muss.

»Morgen! Wie hat denn der FC gespielt?«

Einmal, als ich mit dem Motorrad im Regen unterwegs war, legte ich mich lang. Ich rutschte über die Mittellinie in den Gegenverkehr, genau zwischen zwei bremsenden Autos hindurch. Als die Autos auf mich zukamen und ich keine Chance hatte, irgendetwas zu unternehmen, wurde mein ganzer Körper taub, als wollte er sich gegen den Schmerz wappnen. Dasselbe Gefühl habe ich jetzt, als ich die Bayer-Leverkusen-Wipfel über der Theke entdecke.

»Guten Abend!« Rene lässt ihr Scheißegallächeln aufblitzen und zeigt mit dem Daumen auf mich. »Kölsch für die Dame und für uns zwei Gedeck. Und wir hätten gern ein Taxi.« Sie zieht mich zu einem Plastiktisch, der einsam am Ende des Raums im grellen Licht steht. »Bist du des Wahnsinns?«, prustet sie lachend. *»FC!«*

»Nicht so laut«, antworte ich. »Ich will nicht, dass die Typen an der Theke mitkriegen, dass wir Spaß haben. Die flippen glatt aus.«

Rene zieht die Nonne lachend in Richtung Toilette. Ich übe mich derweil in wissenschaftlichen Studien. Ich wollte schon immer wissen, woraus diese Fliegenfängerstreifen hergestellt werden. Als ich meine

Hände von der Tischplatte lösen will, erfahre ich es. Hoffentlich kann ich nachher meine Schuhe mit nach Hause nehmen.

Zähe Sekunden verrinnen. Ich versuche, nichts zu berühren. Die Frauen bleiben verschollen. Gitte will einen Cowboy als Mann, und von der Theke starren Gesichter rüber, die Mimik für etwas Schwules halten. Ich versuche, nicht zurückzustarren.

Rene kommt von der Toilette zurück. Einer der Thekentypen fällt bei dem Versuch, ihren Hintern anzuglotzen, fast vom Hocker. Ich werfe ihm einen Blick zu. Er glotzt böseblöd zurück. Aufgepasst! Neben Verliebtheit ist Beschützerinstinkt der schnellste Weg, sich das Leben zu ruinieren.

»Oh, Mann«, sagt Rene und rutscht hinter den Tisch. »Was für ein Drecksloch.«

»Nicht die Hände auf den Tisch legen.«

»Ihhh!«, sagt sie und hängt sich bei mir ein. »Wie meinte die himmlische Schwester das, du bist in sie verliebt?«

Ich versuche, mir eine witzige Antwort einfallen zu lassen, doch so viel Zeit lässt sie mir nicht.

»Oha, oha…!«, macht sie und grinst dreckig. »Kein Wunder, ich meine, hast du ihren Mund gesehen? Ich wette, die küsst gut. Vielleicht könnte die deine idiotische Gefühlsblockade kurieren.«

»Hallo? Sie ist eine *Nonne*!«

Sie tippt mir lachend an die Stirn.

»Du bist so ein Spinner!«

»Nee, im Ernst«, sage ich. »Keine Frau wählt ihr Kostüm ohne Hintergedanken, das müsstest du doch wissen. Du willst Sex und brauchst Geld …« Ich schaue vielsagend an ihr herunter. »Und jetzt frag dich, wieso sie auf Nonne macht. Ich wette hundert zu eins, dass sie gerade eine unglückliche Beziehung hinter sich hat. Was glaubst du denn, wieso sie so bleich ist?«

»Knast? Sonnenallergie? Urlaub in England?«

»Liebeskummer.«

»Dann tröste sie gefälligst.«

Das Gesprächsthema kommt von der Toilette zurück und trocknet sich die Hände an ihrem Gewand.

»Mit Putzen haben die es hier nicht so.«

Mir liegt ein blasphemischer Putzspruch über das Turiner Grabtuch auf den Lippen, doch der Wirt bringt uns die Getränke, und ich schweige vorsichtshalber. Er trägt eine fleckige Lederweste über einem schmuddeligen Baumwollhemd, das mal unifarben war, und ein silbernes Kreuz um den Hals. Er knallt zwei Gedeck und ein Kölsch auf den Tisch, nimmt Renes Taxierinnerung zur Kenntnis und geht zurück zur Theke. Ich frage mich, a) was in den Köpfen solcher Leute vorgeht und b) wie man die Gläser vom Tisch abbekommt.

Unsere Nonne schaut dem Wirt nach.

»Man sollte ein System entwickeln, das unfreundlichen Menschen Punkte verpasst wie in Flensburg.«

»Superidee«, sagt Rene. »Wenn die dann zu viele Punkte haben, müssen sie zum Knigge-Test.«

»He! Genial!«, sage ich. »Daraus machen wir eine TV-Sendung. Ich habe auch schon einen Titel: *›Das war Ihr Trinkgeld*!‹«

Darauf stoßen wir an und feilen in den nächsten Minuten am Konzept. Die Nonne ist lustig, auch wenn ihr Gesicht nie mitmacht. Sie lächelt wenig und verbreitet staubtrockenen Sahara-Humor. Als die Gläser leer sind, ist vom Taxi immer noch nichts zu sehen. Dafür ist einer der Glotzer mit dem Kopf auf der Theke eingeschlafen. Ihm läuft irgendwas aus dem Mund. Ich hoffe, der Wirt merkt nichts. Wäre die perfekte Recycling-Zapfanlage.

Die Nonne schaut mich an.

»Ist es in Ordnung, wenn ich dich noch mal was frage?«

»Wer nicht fragt, bleibt dumm«, sagt Rene. »Vor allem bei Männern«, fügt sie hinzu.

Ich verdrehe die Augen. Sie lächelt. Die Nonne heftet ihren Blick auf mich, was meinen Magen abstürzen lässt, weil ich zu spät wegschaue.

»Also, du meinst, dass Verliebtheit daran schuld ist, dass viele Menschen den falschen Partner haben?«

»Sicher. Das Problem ist ja ...«, beginne ich und werde von Rene unterbrochen.

»Dass er vor hundert Jahren mal mit einer Spinnerin zusammen war und seitdem denkt, alle spinnen.«

»... dass Verliebtheit ein künstlich herbeigeführter Rauschzustand ist, der uns eine Zeit lang Glück vortäuscht«, fahre ich fort. »Eine Zeit lang glaubt man, man wird wirklich so geliebt, wie man ist, und ist glücklich. Also vernachlässigt man seine Karriere, seine Freunde und den Sport, und wenn man nach einem Jahr wieder von der Natur ent-liebt wird, ist man arbeitslos, fett und sozial isoliert und hat ein Jahr seines Lebens mit einem Menschen verbracht, den man vielleicht noch nicht einmal respektiert – aber hey, dafür war man ja *verliebt*! Supersache das.«

Rene stöhnt.

»Ich kann den Mist nicht mehr hören …«, jammert sie.

Ich lächele sie herausfordernd an.

»Wie oft warst du denn schon verliebt, und wie oft haben sich daraus tolle Beziehungen entwickelt?«

Rene hält sich die Ohren zu und beginnt zu summen.

»Meine Eltern verliebten sich und hatten eine lange, gute Ehe«, gibt die Nonne zu bedenken.

Ich winke ab.

»Es gab auch Widerstand gegen die Nazis, und trotzdem war der Krieg scheiße, oder?«

Sie lacht. Rene hört auf zu summen und nimmt die Hände runter.

»Er klingt bloß bei dem Thema völlig meschugge, eigentlich ist er ganz normal«, sagt sie zur Nonne. »Er hat nur total Schiss vor Enttäuschungen.«

»Verständlich«, sagt die Nonne.

»Blödsinn«, sage ich zu Rene. »Ich versuche nur, nicht immer denselben Fehler zu wiederholen. Wo bleibt eigentlich das verdammte Taxi? Das müsste doch längst da sein. Der Wirt hat bestimmt vergessen anzurufen. Wenn wir nicht hier frühstücken wollen, sollten wir langsam los.«

Rene fischt ihr Handy hervor, ruft die Taxizentrale und bestellt uns einen Wagen. Ich ordere derweil eine Abschiedsrunde beim Wirt, diesmal ohne Kölsch. Jürgen Drews will ein *Bett im Kornfeld*. Einer der Besoffenen an der Theke schreit »Korn im Feldbett« und lacht dann polternd, bis sein Husten ihn erstickt.

Der Wirt bringt die Abschiedsrunde. Wir fordern die Rechnung und diskutieren verschiedene Kriterien, nach denen man seinen Partner auf keinen Fall auswählen sollte. Aussehen steht ganz oben auf der Liste, aber wir sind uns einig, dass Aussehen wichtig ist. Dann folgt Geld. Danach sollte man sich auch nicht richten – aber schön, wenn es da ist. Idealisieren darf man, aber nicht zu sehr anhimmeln. Kinderwunsch – nicht entscheidend, aber wichtig. Irgendwann ist auch die letzte Runde alle. Immer noch kein Taxi. Immer noch keine Rechnung. Eine verdreckte Wanduhr zeigt Viertel nach vier. Zu Fuß wären wir schon fast zu Hause. Was zum Henker machen wir hier? In fünf Stunden führe ich ein Interview. Oder so.

Wir bestellen eine allerletzte Runde. Der Wirt scheint das Konzept langsam zu verinnerlichen, denn er bringt die Getränke zeitnah. Vielleicht wird er ja bei jeder Order schneller. Nur noch dreißig Runden, dann kann er als Kellner arbeiten. Als er die Getränke vor uns hinstellt, nuschelt er etwas, das wie »Wohlsein« klingt. Schockschwerenot.

Er geht, wir trinken. Unser Gespräch erlahmt. Jeder hängt seinen Gedanken nach. Udo Jürgens verrät uns zum tausendsten Mal, dass er noch niemals in New York war. Kann doch nicht sein, dass ausgerechnet *er* nie in zerrissenen Jeans durch San Francisco ging. Man sollte für ein Ticket sammeln. Oder auch nicht. Er hat ja genug Geld. Selber schuld, wenn er nie rübergeflogen ist. Gott, bin ich blau. Korn ist böse. Wird ein prima Interview mit der Geilsten. Ein Himmelfahrtskommando. Falls ich überhaupt hinkomme. Vielleicht bleiben wir ja auch für immer hier kleben. Vielleicht waren die Thekenzombies auch einmal nichts anderes als unschuldige Passanten, die sich hier kurz unterstellen wollten und bis heute auf ein Taxi warten. Ich begutachte das Kreuz, das unsere Nonne um den Hals trägt. Wie war das noch mal? Muss ein Kreuz geweiht sein, um Vampire abzuhalten? Und wie kann der Wirt eins um den Hals tragen, ohne Verbrennungen zu erleiden? Mann, so blau, und immer noch kein Taxi. Dafür Schnaps. Der Wirt füllt die Gläser mittlerweile am Tisch auf. Gott, noch zehn Minuten, dann saufen wir aus der Flasche. Manchmal gibt es solche Nächte. Da zählt nur das Versacken. Und das Zusammensein. Zusammen versacken.

Die Kneipentür öffnet sich. Ein Schwarzafrikaner steckt den Kopf herein.

»Hatten die Herrschaften ein Taxi bestellt?«

Rene marschiert wortlos hinaus. Die Nonne folgt ihr. Prima. Ich zahle die Getränke, wünsche dem Wirt ein tolles Leben und atme erleichtert auf, als ich draußen im fahlen Morgenlicht stehe. Wir rutschen zu dritt auf den Rücksitz. Der gut gelaunte Fahrer hat nichts dagegen. Mir ist danach, mich dafür zu bedanken, dass er fließend Deutsch spricht, aber damit würde ich mir nur einen Spruch einhandeln, weil er wahrscheinlich in Köln-Ehrenfeld geboren ist. Also schweige ich. Fettnäpfchen umkurvt. Ich sollte öfters saufen.

Rene nennt unsere Adresse und lehnt ihren Kopf an meine Schulter. Wir fahren los. Auf der einen Seite wird Renes Körper schlapp, auf der anderen spüre ich den Nonnenkörper. Sie sitzt zurückgelehnt, hat den Nacken auf die Rückbankkante gelegt und starrt durch das Fenster in den Himmel.

»Wo sollen wir dich rauslassen?«

Sie wendet mir ihr weißes Gesicht zu.

»Ich möchte nicht nach Hause.«

Das könnte man jetzt so oder so verstehen, aber sie erklärt sich nicht, und ich mag das. Sie will einfach nicht nach Hause. Punkt. Ich weiß noch, wie ich vor fünf Jahren die halb leere Wohnung vorfand. In den folgenden Wochen ging ich auch nicht gern nach Hause. Wer weiß, vielleicht würde ich heute noch herumvagabundieren, wenn ich nicht Rene auf dem Schiff getroffen hätte.

»Du kannst bei uns schlafen. Du kriegst mein Schlafzimmer, und ich schlafe bei Rene. Sie wollte heute ja unbedingt jemanden ins Bett kriegen.«

Rene verpasst mir einen Stoß in die Rippen und ist dann wieder voll damit beschäftigt, so zu tun, als würde sie uns nicht belauschen.

»Danke«, sagt die Nonne.

»Gern.«

Ich lege den Kopf in den Nacken und starre durch das Rückfenster in den Himmel. Auf beiden Seiten spüre ich warme Körper.

»Glaubst du wirklich, wir wären glücklicher, wenn wir unseren Partner nach rationalen Gesichtspunkten aussuchen würden?«, murmelt jemand.

Ich drehe meinen Kopf. Die Nonne schaut ebenfalls durch das Rückfenster in den Himmel. Jetzt, wo ich sie endlich mal angucken kann, ohne dass mein Magen ausflippt, sehe ich, dass Rene recht hatte: Sie hat wirklich einen tollen Mund, groß, mit vollen ausdrucksstarken Lippen und kleinen Kerben am Mundwinkel.

»Na ja, man könnte es zumindest mal ausprobieren, oder? Ich meine, was hätten wir zu verlieren?«

Sie wendet mir ihr Gesicht zu.

»Und das kann man wirklich beschließen?«

»Klar«, sage ich und schiele auf ihre Nase. »Schau uns an. Den ganzen Abend fährt mein Magen Achterbahn. Jedes Mal, wenn ich dir in die Augen schaue, bekomme ich kleine Stromschläge. Aber mein Körper kann rotieren, wie er will: Ich werde nicht mit dir schlafen.«

Neben mir stöhnt Rene leise.

»Da haben wir ja noch mal Glück gehabt«, sagt die Nonne, ohne eine Miene zu verziehen.

Ich grinse sie an.

»Tja, ohne ein bisschen Glück schafft es keiner durchs Leben.«

»Genau«, sagt sie und lächelt schief.

Wir legen wieder die Köpfe in den Nacken und schauen in den Himmel. Wir rollen durch eine aufwachende Stadt. In meinem Arm meine beste Freundin, neben mir eine Fremde, die einfach mal mitkommt. Leben ist gut.

Atembeschwerden. Ich öffne ein Auge. Lola sitzt in ihrem Pyjama auf mir und hält mir die Nase zu. Ich kneife die Augen gegen die Kopfschmerzen zusammen. Mein Mund ist trocken. Meine Schläfen pochen.

»Was ist?«

»Mama ist krank.«

Was ...? Ach so. Ich strecke eine Hand aus und piekse sie in den Magen.

»Mach dir keine Sorgen. Wir haben ein bisschen gefeiert. Übergibt sie sich?«

Sie nickt.

»Das ist gut«, erkläre ich ihr. »So wird sie das böse Zeug in ihrem Magen wieder los. Sie hat was Falsches getrunken. Weißt du noch, als du den bösen Fisch gegessen hast und es dir dann schlecht ging?«

»Aber sie liegt im Badezimmer auf dem Boden.«

Herrje. Ich schließe die Augen. Schlechte Idee. Ich öffne sie wieder.

»Ich komme.«

Sie rutscht von mir runter und wieselt zur Tür. Als sie von meinem Bauch verschwindet, gibt sie den Blick frei auf ein bleiches Frauengesicht. Für einen Moment habe ich Probleme mit der Einordnung. Ohne Kostüm sieht sie gar nicht mehr keusch aus. Im Gegenteil.

»Die Kleine ist einfach über mich rübergeklettert …«, sagt sie und lächelt, als sei das eine gute Sache.

»Sie ist sehr gradlinig«, sage ich und versuche, nicht auf ihre elfenbeinfarbigen Brüste zu schauen. Gleichzeitig merke ich, dass ich unter dem Laken nackt bin, und Kleidung ist nicht das Einzige, was mir fehlt. Erinnerung ist genauso wenig vorhanden. Die Nonne, sie wollte nicht nach Hause. Gut, da ist sie auch nicht. Sie ist ja hier. In meinem Bett. Ach so, ja, das hatte ich ihr versprochen. Gut. Aber warum liege ich hier? Und wieso bin ich nackt? Und warum schaut sie so … intim? Gut, eins nach dem anderen.

Ich rolle mich aus dem Bett, schlüpfe in einen Bademantel und muss mich kurz an der Wand abstützen. Junge, Junge, wenn da mal nicht gleich zwei Leute auf dem Badezimmerboden liegen. Apropos Boden, auf meinem liegen nirgends aufgerissene Kondompackungen. Ist das jetzt gut oder schlecht? Haben wir nicht verhütet? Oder haben wir gar nicht? Oder haben wir anschließend aufgeräumt und gesaugt? Oder nur gesaugt?

Meine Bettbesucherin betrachtet mich. Soll ich sie fragen, wie ich war? Wie sie war? Ob was war? Also, wir kamen hier an und weckten die Babysitterin, dann verschwand Rene ziemlich schnell mit einem ziemlich dreckigen Grinsen in ihr Bett. Eva und ich nahmen noch einen Sekt auf dem Balkon. Zwei Sekt? In der Küche? Drei? Im Bett? Scheißschnaps! Immer wenn ich Hochprozentiges trinke, geht es mir wie Politikern vor Gericht.

Meine Bettgenossin beobachtet mich immer noch.

»Bis gleich«, murmle ich und wanke los.

Das Bad ist leer. Ich brauche eine Weile, um dieses Rätsel zu lösen. Als ich dahinterkomme, ziehe ich weiter zu Renes Badezimmer. Sie hockt mit Slip und T-Shirt bekleidet auf der Kante ihrer Badewanne, den Kopf gesenkt, die Kloschüssel im Blick. Auf dem Boden liegt ein Handtuch. Neben ihr steht Lola und mustert sie bekümmert. Mir wird klar, dass es ein guter Augenblick ist, um souverän zu wirken.

»Okay Süße, da bin ich, alles gut. Mach uns einen starken Kaffee, ja? Wir kommen gleich.«

Ich schwanke noch mal. Sie betrachtet mich. Ich lächle. Sie wirft ihrer Mutter einen bekümmerten Blick zu. Rene winkt leicht, soll wohl beruhigend wirken, wirkt aber wie das Abschiedswinken einer Mumie.

»Mama hat was Falsches gegessen, aber gleich ist alles wieder gut«, sagt sie.

Ich forme *ge-trun-ken* mit den Lippen. Sie schaut mich verständnislos an. Schließlich schaffen wir es, Lola so weit zu beruhigen, dass sie uns allein lässt. Kaum ist die Tür zu, lässt Rene stöhnend den Kopf hängen.

»Ooooh … ich sterbe.«

»Stimmt.« Ich drehe sie etwas und hebe ihr linkes Bein in die Wanne. »Aber nicht heute«, füge ich sicherheitshalber hinzu und hebe auch das rechte rein. Dann klopfe ich ihr auf den Hintern.

»Zieh dich aus, ich will deine Unterwäsche auf eBay verhökern.«

Sie schielt mich mit einem halb geöffneten Auge an, denkt ziemlich lange darüber nach, dann schüttelt sie den Kopf, stöhnt sofort und hält still.

»Dann nicht.« Ich greife nach dem Duschkopf.

»Oh nein.«

»Oh doch«, sage ich und drehe den Wasserhahn auf. Nichts. Ach so.

Ich stehe auf und hebe Rene hoch. Sie schlingt ihre Arme um meinen Hals und legt ihren Kopf auf meine Schulter. Muss ich mir merken. Falls ich mal schmusen will, einfach Schnaps bestellen.

»Du bist eigentlich ziemlich süß, wenn du mal nicht so tough bist.«

»Halt's Maul«, ächzt sie.

Als wir durch die Küche kommen, steht Lola auf einem Stuhl am Herd und rührt in einem Topf. Eva steht daneben. Sie trägt wieder ihr Kostüm.

»Hey. Alles in Ordnung, wir kommen gleich.«

Beide schauen zu, wie ich Rene in mein Badezimmer trage. Dort stelle ich sie vorsichtig hin.

»Kannst du stehen?«

Sie nickt. Ich lasse sie los. Sie schwankt in die Dusche. Ob ich sie daran erinnern soll, dass sie noch etwas anhat?

Bevor sie das Wasser aufdreht, kommt erst das Shirt, dann ihr Slip über den Duschvorhang geflogen. Damit könnte ich wieder auf den eBay-Plan zurückgreifen.

Als ich mich rasiert habe, lässt sie sich Handtuch und Zahnbürste reichen und verbringt noch weitere zehn Minuten in der Dusche, bevor die Kabinentür sich schließlich öffnet und sie zum Vorschein kommt. Außer dass ihre Haare jetzt nass sind und sie in ein Handtuch gehüllt ist, hat sich nicht viel verändert. Sie sieht immer noch so aus, wie ich mich fühle.

»Grins nicht so dämlich«, murmelt sie.

Ich grinse dämlicher. Sie schwankt zur Badezimmertür und verschwindet. Ich steige in die Dusche, doch bevor ich das Wasser aufdrehe, schnuppere ich an mir. Ich rieche nicht nach Sex, aber das will nichts heißen. Vielleicht bin ich schneller gekommen, als ich schwitzen konnte. Hat es alles schon gegeben. Als ich vierzehn war, schwängerte ich meine allererste Freundin beim Petting. Ich hatte noch die Klamotten an und schwupps, schon war sie befruchtet. Bis heute ist es mir ein Rätsel, wie man jemanden beim Fummeln schwängern kann, ohne dass einer der Beteiligten nackt ist und ohne dass man sich an den Geschlechtsorganen berührt. Aber es geht. Doktor Sommer behauptete in der *Bravo*, so etwas passiere sehr selten, aber ausgerechnet mir passierte es. Wenn die Nonne also ein neuer Fall unbefleckter Empfängnis wird, bin ich der Hauptverdächtige. Sogar noch vor TR.

Als ich in ein Handtuch gewickelt in die Küche komme, scheint die Sonne durch die Fenster. Es riecht wunderbar nach Kaffee und warmem Hefeteig. Am Küchentisch sitzt ein Sechsjähriger und versucht, an einem Brötchen zu ersticken, daneben schlürft eine Siebenjährige Müsli, und gegenüber nippt eine Nonne an einer Tasse. Rene sitzt fertig angezogen da, die Ellbogen auf die Tischplatte gestützt und ihr Gesicht in den Händen vergraben. Vor ihr sprudelt ein Glas. Daneben liegen vier leere Aspirintüten.

Ich streichele Lola über die Haare.

»Siehst du? Mama geht es schon viel besser, nicht?«

Sie nickt. Ich gieße mir einen Kaffee ein. Oscar würgt einen golfballgroßen Bissen runter.

»Oscar, weißt du, wieso Schlangen ihre Beute in einem Stück verschlucken?«

Er schüttelt den Kopf und sieht für einen Moment wirklich aus, als würde er selber an einem Bissen ersticken.

»Weil sie keine Zähne haben«, murmelt Lola.

»Schlaues Mädchen«, sage ich.

Sie senkt ihren Kopf noch tiefer über ihren Teller.

»Aber das ist die wissenschaftliche Betrachtungsweise«, lege ich nach. »Ich dagegen weiß, was es im Hinblick auf die kriegerische Fähigkeit bedeutet. In Wirklichkeit schluckt die Schlange ihre Beute in einem Stück, weil …«

Ich mache eine Kunstpause. Oscar hört auf zu kauen und starrt mich aufmerksam an. Alle gucken. Sogar Rene hebt schließlich den Kopf.

»… sie doof ist.«

Oscar runzelt die Stirn.

»Was?«

»Ist doch klar. Wenn die Schlange eine riesige Beutelratte im Magen hat, kann sie schlecht kämpfen. Darum ist es wichtig, Essen immer zu kauen, bevor man es schluckt. Zum einen ist das gesünder, zum anderen bist du so immer kampfbereit, falls du urplötzlich in eine Schlacht geraten solltest.«

Er denkt circa drei Sekunden darüber nach, dann beißt er ein Viertel seines Brötchens ab. War einen Versuch wert.

Die Küche ist nur für vier ausgelegt, also lehne ich

mich an die Wand, trinke meinen Kaffee und schaue den Kids beim Frühstücken zu. Es ist das erste Mal in ihrem Leben, dass sie morgens eine fremde Frau am Tisch haben, aber falls es sie stört, lassen sie es sich nicht anmerken. Manchmal lächelt Eva mich an, aber mein Magen bleibt ruhig. Wie ein Junkie, der seinen Schuss bekommen hat.

Schließlich steht sie auf, bedankt sich für das Frühstück und verabschiedet sich von allen, auch von den Kindern. Ich mag, wie sie das macht. Als wäre es ihr wichtig, dass die Kids merken, dass es ihr wichtig ist. Dann begleite ich sie in den Flur. Vor der Haustür verharren unsere Füße. Wir stehen uns gegenüber. Niemand spricht. Sie lächelt leicht. Mein Magen wird wach und wirft sich einen Abgrund hinunter. Jetzt keinen Mist bauen, weder küssen noch Telefonnummern austauschen, noch verabreden. Fünf Minuten aufpassen, dann ist es überstanden.

»Danke«, sagt sie.

»Gern«, sage ich. »War es schön?«

Das entlockt ihr ein ziemlich breites, ziemlich tolles Grinsen.

»Hast du einen völligen Filmriss?«

»Nicht ganz. An das *Veedel* erinnere ich mich leider. Soll ich dich fahren?«

Sie schüttelt ihren Kopf.

»Ich gehe ein Stück zu Fuß. Frische Luft wird mir guttun.«

Ich lasse meinen Blick über ihr Kostüm gleiten.

»Du willst so durch die Stadt spazieren?«

»Vielleicht muss ich ja Buße tun«, sagt sie und verpasst mir ihren regungslosen Blick.

»Okay, das reicht«, knurre ich. »Was war heute Nacht?«

Ihre Augen funkeln vergnügt.

»Ich habe wirklich noch nie erlebt, dass ein Mann sich so einen Kopf macht, ob er Sex hatte oder nicht.«

»Die hatten auch keine Ordensschwester im Bett. Alles, was ich wissen muss, ist: Trifft mich Gottes Zorn, ja oder nein?«

»Vermutlich nicht«, gickelt sie.

»Und wieso waren wir dann nackt?«

»Also wirklich ...« sagt sie lachend. »Eigentlich wolltest du mir nur zeigen, wo ich schlafe, dann haben wir noch ein bisschen geredet, und dann bist du eingeschlafen.«

»Nackt?«

»Als ich eingeschlafen bin, warst du angezogen. Du musst dich irgendwann ausgezogen haben.«

»Und wieso warst du nackt?«

»Ich schlafe immer nackt.«

»Ah.«

Sie grinst immer breiter, hat anscheinend einen Heidenspaß.

»Mach dir keinen Kopf, nichts passiert, außer einer wirklich schönen Nacht.« Sie beugt sich vor und drückt mir einen Kuss auf die Wange. »Danke. Das war genau, was ich brauchte.«

»Toll.«

Sie grinst wieder dieses schiefe Grinsen.

»Ich geh dann mal. Ich wünsche dir ein schönes Leben, aber das hast du ja schon.«

»Danke. Mach's gut.«

Sie lächelt noch mal, dann geht sie die Treppe runter. Mit jeder Stufe wird sie kleiner. *Durchhalten! Nur noch dreißig Sekunden, dann ist sie weg!* Eine andere Stimme schreit: *Ihre Nummer! Ihre Nummer! Du brauchst ihre Nummer!* Die Stimme der Unvernunft. Dieselbe Stimme schrie damals bei Isa: *Die ist es! Die ist es!*

Ich schaue ihr nach, bis sie zwei Stockwerke tiefer verschwindet. Als unten die Haustür ins Schloss fällt, atme ich erleichtert auf und fühle mich zugleich enttäuscht. Verliebtheit ist ein diskrepantes Ding.

Zehn Minuten später stehe ich in einem frischen Anzug in einer leeren Küche und genehmige mir meinen dritten Kaffee und ein Aspirin. Irgendwo in der Wohnung poltern die Kinder herum, oder nur Oscar. Er übernimmt fünfundneunzig Prozent des Krachs, den die beiden fabrizieren. Rene kommt rein und gießt sich ihren was-weiß-ich-wievielten Kaffee ein. Ich mustere ihr Businesskostüm und hebe eine Augenbraue.

»Ich dachte, heute ist Kindertag.«

»Muss nur kurz ins Büro. Ich nehme die Kinder mit.«

»Ins Büro? An einem Feiertag?«

Sie ignoriert meinen Blick, schnappt sich dafür mein Aspiringlas und leert es in einem Schluck.

»Wer hat gestern die Schnäpse geordert?«

»Du.«

»Wenn ich das je wieder tue, töte mich.«

»Das sagst du jedes Mal.«

»Dann tu es endlich.«

Sie massiert ihre Schläfen, kneift die Augen zusammen und scheint in sich hineinzuhorchen. Sie sieht wirklich nicht fit aus, aber man müsste schon auf sie schießen, damit sie mal einen Tag freimacht.

»Und, wie war es?«

»Keine Ahnung, ich hab einen Filmriss«, sage ich.

»Spar dir den Scheiß«, sagt sie und winkt müde ab. »Ich komme schon damit klar, dass wenigstens einer in diesem Haushalt am sexuellen Leben teilnimmt.«

»Glaubst du wirklich, man kann in dem Zustand noch Sex haben?«

»Volker konnte.« Sie reibt sich die Schläfen und mustert mich aus zusammengekniffenen Augen. »Heißt das, du hast nicht mit ihr geschlafen?«

»Glaub nicht.«

»Trottel«, sagt sie mit Nachdruck. »Und wann seht ihr euch wieder?«

»Gar nicht.«

Sie hört auf, ihre Schläfe zu massieren, und starrt mich an.

»Hast du den Verstand verloren?«

»Nein, im Gegenteil, ich höre ihm zu.«

»Du hast dir nicht ihre Nummer besorgt?«

Ich zucke mit den Achseln.

»Hat sich nicht ergeben.«

Sie starrt mich einen Moment lang an, dann lächelt sie zu meiner Überraschung.

»Da hast du aber Glück gehabt.«

»Ach ja?«

Sie fischt ein Handy aus ihrer Tasche und legt es auf den Tisch. Ich gucke drauf. Meins ist es nicht. Renes auch nicht. Ach so. Verstehe. Ich schaue sie strafend an. Sie lächelt unschuldig.

»Ist ihr aus der Tasche gefallen.«

»Klar doch. Und was, wenn ich sie nicht wiedersehen will?«

»Die will doch jeder wiedersehen. Sogar die Zwerge mochten sie.«

Ich breite meine Hände aus.

»Gefällt dir unser Leben nicht mehr? Willst du wirklich, dass ich eine Frau kennenlerne, sie heirate und wegziehe? Dann musst du umziehen.«

»Dreh nicht durch. Nur weil du mal eine Frau mitbringst, ändert sich nicht gleich alles.«

»Klar«, sage ich. »Und was tust du, wenn sie mit mir zusammenziehen will? Wer holt dann deine Kinder jeden Tag aus der Kita?«

Sie winkt ab.

»Ach, Süßer, du könntest doch nie ohne die Zwerge leben«, sagt sie mit absoluter Gewissheit. »Außerdem bist du beziehungsgestört, schlecht im Bett und zeugungsunfähig, also wie gut stehen deine Chancen, dass diese Frau ihr Leben mit dir verbringen will, hm?« Sie blinzelt mir zu. »Wieso tobst du dich nicht einfach mit ihr aus und schaust, wo das endet?«

»Danke schön. Und was ist, wenn sie auf beziehungsgestört, schlecht im Bett und zeugungsunfähig steht?«

Sie zuckt die Achseln.

»Dann finden wir schon eine Lösung.«

»Lösung?« Ich hebe die Augenbrauen. »Was hast du vor? Willst du sie dann umbringen?«

Sie legt ihre Hände auf meine Wangen und starrt mir aus nächster Nähe in die Augen. Trotz Zähneputzen hat sie eine kleine Fahne.

»Hallo! Aufwachen! Wir haben uns gegen den Erwartungsdruck der Gesellschaft durchgesetzt und ertragen die ganzen blöden Fragen der Leute. Alleine gestern auf der Party haben mich fünf Leute gefragt, wieso wir zusammenleben, ob die Kinder von dir sind und so weiter. Wir leben eine moderne Familienform, warum nicht weiter modernisieren? Irgendwann wird sich einer von uns verlieben, und dann müssen wir eben noch jemanden in unser Leben integrieren.«

»Und wie soll das gehen?«

Sie zuckt mit den Achseln.

»Keine Ahnung, aber wenn du die Leute vor hundert Jahren gefragt hättest, wie eine Patchworkfamilie funktioniert, hätten die es auch nicht gewusst.«

»Wissen viele heute noch nicht.«

»Deren Problem. Eins kann ich dir versprechen, wenn ich eines Tages meinen Traumtypen treffe, werde ich ihn nicht ignorieren, nur weil wir zusammenleben, und wenn er damit nicht klarkommt, ist er eben nicht mein Traumtyp.« Sie deutet auf das Handy. »Also los, schnapp dir die süße Nonne.« Sie schaut zur Tür. »LOLA! OSCAR! FERTIG MACHEN!« Sie sieht mich wieder an und wirkt überrascht. »Du bist ja immer noch hier …«

Ich schaue sie an. Schließlich atmet sie hörbar aus, seufzt und hebt eine Hand.

»Okay. Du bist ja so ein Idiot, aber wie du willst. Besorg mir ihre Adresse, dann gebe ich das Handy mit dem Kurierdienst raus, und sie hat es heute Nachmittag.«

»Gut.«

Sie mustert mich kopfschüttelnd.

»Sie könnte Eine sein, das ist dir klar, ja?«

»Eine was?«

»Na, *die* Eine, Trottel. Es gibt nur eins, was man mit tollen Frauen nicht machen darf – sie gehen lassen.«

Sie greift sich das Handy, schaut mich noch mal missbilligend an, dann verschwindet sie in mein Badezimmer.

»He, benutz dein eigenes!«

Sie schlägt die Tür hinter sich zu. Ich trinke den Kaffee aus und kämpfe gegen das Gefühl an, ein Idiot zu sein. Ich weiß, dass ich mich nur so fühle, weil ich so programmiert bin. Es ist halt nicht leicht, sich gegen die Natur zu behaupten.

Pünktlich um neun sitze ich im Foyer des Hotels. TR ist auch schon da und verbreitet Gerüchte von gestern. Nur wer bei ihm im Taxi saß, will er mir nicht verraten. Als ich ihn frage, ob es Vanessa war, tut er unschuldig. Verdächtig. Ich erkläre ihm, dass er nie wieder von mir einen Job bekommt, wenn er es mir nicht verrät. Er erklärt, wenn er Vanessa vögelt, wäre er nicht mehr darauf angewiesen. Ich zeige ihm einen Finger. Er zeigt mir seinerseits einen Finger und fragt, ob ich wirklich nicht mit der Nutte liiert sei. Ich sage, nein, wir leben nur zusammen. Er fragt, wieso er sie dann nicht kennenlernen darf. Ich zeige ihm einen Finger. Er zeigt mir einen Finger. So kriegen wir locker eine Viertelstunde rum. Immer noch niemand da, also kippe ich weitere Espressi in mich rein, blättere meine Notizen durch und fühle mich, als hätte ich vergessen die Herdplatte abzustellen. Zuerst schiebe ich es auf den Restalkohol, dann gehe ich meine Fragenmappe noch mal durch. Alles da, was die Welt nicht braucht. Ich checke mein Kinn. Glatt. Anzug, Hosenschlitz, Hemdkragen, Knöpfe, alles okay. Dennoch fühle ich mich komisch. Vielleicht wegen der Uhrzeit. Der Gedanke hält sich immerhin ein paar Sekunden, bis ich an Eva denke. Im selben Moment macht mein Magen *wusch*. Geht das wieder los. Scheißverliebtheit. Nimmt einem die Konzentration. Wer weiß, wie viele Flugzeuge wegen diesem Mist schon abgestürzt sind.

»Wer war eigentlich der Typ mit der Zorromaske?«

TR klackert an seiner Kamera herum und wirft mir einen wissenden Blick zu.

»Du meinst den, der mit der Nonne kam, die dann mit dir und der Nutte gegangen ist?«

»Ja.«

»Das war der Barth vom *Cosmopolitan*.«

»Stephan? Ist der nicht schwul?«

»So schwul, dass er Glitzer schwitzt.« Er grinst mich an. »Eine Nonne, die mit einem Schwulen zur Party kommt und sie mit einer Professionellen und dir verlässt, da sind ja wirklich alle Kombinationen gesichert. Wie lief es denn?«

Ich schaue ihn nur an. Er hebt die Hände.

»Meine Lippen sind versiegelt.«

Klar, aber nur, wenn es um seine eigenen Geschichten geht. Bei anderen sieht er sich in der Auskunftspflicht. Eine verschwiegene Petze.

Ich gehe ein paar Schritte zur Seite und rufe Stephan an. Mailbox. Ich hinterlasse eine Nachricht, dass er mich anrufen soll, gehe zurück und lasse mich wieder in die Sitzgruppe fallen, in der mich TR mit einem dreckigen Grinsen empfängt.

»Und?«, grinst er. »War sie da?«

»Wer?«

»Die Nonne.«

»Wer saß neben dir im Taxi?«

»Wer?«

So geht es zwanzig Minuten weiter, dann kommt Caros Managerin. Eine von diesen hartlippigen Stressfrauen, die vor dreißig Jahren das letzte Mal gelacht haben, und das aus Schadenfreude. Hinter ihr steht eine kleine, hübsch verhärmte Businesskostümblondine, die uns weder vorgestellt wird noch spricht. Dafür instruiert Caros Managerin uns. Sie erklärt, dass Caro jetzt Caroline genannt und nur eine Minute am Anfang der Lesung fotografiert werden möchte, keine Fragen zu ihrem Privatleben, außerdem muss der Titel ihres Buchs im Text dreimal genannt werden. Sie schafft quasi die Pressefreiheit ab, und ich muss an Margaret Thatcher denken. Was die wohl heute macht? Schließer im Kindergefängnis? Robbenjägerin?

Während Thatcher auf uns einredet, bohre ich in der Nase und tue, als würde ich was finden. Sie kommt kurz aus dem Konzept und mustert mich blasiert. Sofort rauscht die Gesichtskavallerie heran und kittet den Riss in der Maske. Sie blafft ein paar Anweisungen an die blonde Assistentin, dann eilen beide wieder zum Fahrstuhl, um *sie* zu holen, während TR mir ein paar muntere Ansichten über Thatchers Hintern mitteilt. Ich bezweifle zwar, dass Thatchers Problem ein äußerliches ist, aber bevor ich das mit TR diskutiere, winke ich lieber dem Kellner, dass er mir noch einen Espresso bringen soll. Frauen wie Thatcher können nichts dafür: Man hat sie in dem Glauben erzogen, dass es nur eine Möglichkeit gibt, um in unserer Gesellschaft von Wert zu sein – Karriere. Also schiebt sie eine Sechzigstundenwoche und hat keine Zeit für Familie, Beziehungen, Freunde. Alles, was sie hat, ist ihr Job, und den erledigt sie pflichtbewusst bis zur Selbstaufgabe.

TRs Kamera klackert. Vielleicht fotografiert er mein Gesicht und schickt es mir später ohne Augenringe, um mich zu verwirren. Vor dem Fenster geht eine schwarz gekleidete Frau vorbei. Ich denke *Nonne*, sofort taumelt mein Magen, dabei ist mir eh schon schlecht. Gott, ich hab bestimmt noch zwei Promille. Ich bin kurz davor einzuschlafen, als der Fahrstuhl *pingt*. Die Tür öffnet sich und spuckt Thatcher und ein Gefolge von sechs Leuten aus. In der Gruppe erkenne ich die Geilste. Sie trägt Jeans, Shirt, Turnschuhe, Sonnenbrille, iPod und ein leichtes Lächeln, das ihre Fans gerne »entrückt« nennen.

»Na endlich«, murmelt TR.

Wir stehen zur Begrüßung auf, doch die Gruppe zieht an uns vorbei in Richtung Ausgang. Thatcher macht bloß eine Handbewegung über ihrer rechten Schulter, dass wir ihnen folgen sollen. Wir folgen der Gruppe zum Parkplatz, wo zwei Großraumlimousinen warten. Die beiden wichtigen Leute steigen in die vordere Limousine. Wir kriechen mit der Crew und Thatchers Assistentin in den anderen Wagen. Jeder sucht sich einen Sitzplatz und sagt Hallo. Dann beginnt man zu telefonieren. Modern talking.

Nach ein paar Minuten hält der Wagen wieder. Als wir aussteigen, stehen wir vor einem der Kranhäuser am Rheinufer. Von hier aus kann man das Hotel erkennen, das wir eben verlassen haben. Immerhin haben wir nicht den Heli genommen.

Laut Plan findet hier ein Fantreffen statt, also folgen wir dem Telefonpulk brav ins Gebäude und stoßen dort zum Promipulk, der vor dem Fahrstuhl wartet. Thatcher stellt uns die Geilste vor. Sie begrüßt uns nett mit Handschlag und nimmt dabei sogar kurz den Kopfhörer ab. Dann tut sie, als würde sie meine Kolumnen toll finden und setzt sich den Kopfhörer wieder auf. Ich schaue TR an. Er schaut mich an. Dann warten wir auf den Fahrstuhl. Von den neun Leuten, die hier stehen, telefonieren sechs, vielleicht auch sieben, denn bei Caro bin ich nicht sicher, ob ihre Ohrstöpsel vielleicht mit einem Handy verbunden sind. Ich höre jedenfalls keine Musik, obwohl ich neben ihr stehe. Vielleicht Methode. Durch den Kopfhörer kann sie so tun, als hätte sie eine Autogrammbitte nicht gehört, ohne arrogant zu wirken. Passives Fanabwehrsystem. Um mich zu integrieren, hole ich mein Handy hervor und schreibe eine SMS an mich selbst. *Halt durch! Eine Stunde ist rum! Du packst das!*

Schließlich landen wir im vierten Stock, einer leer stehenden Etage, in der man eine provisorische Fotokulisse aufgebaut hat. Plakate und Stellfiguren für Caros nächsten Film. Caro wird hier gleich den Gewinner eines Preisausschreibens begrüßen. Ich unterdrücke ein Kreischen. Und dann folgen zwanzig Minuten Langeweile. Irgendwann steht die blonde Assistentin vor mir und bittet mich zum Gespräch. Eine Fangruppe verspätet sich, dadurch sei ein Zeitfenster entstanden, das man für ein Vorgespräch nutzen könnte, wenn ich möchte. Ich möchte. Man bringt mich zu Thatcher, die mich zu Caro führt, und schon sitze ich der Geilsten an einem Tisch gegenüber. Ich stelle mich noch mal vor, frage sie, wie es ihr geht, lobe ihren letzten Film und beschieße sie dann mit eminent wichtigen Fragen, wie der nach ihrem Lieblingstier (Delfin), ihrem Lieblingsfilm (Titanic) und ihrer Lieblingsmodemarke (Armani). Gerade als sie ein bisschen lockerer wird, kommt Thatcher und unterbricht das Gespräch. Die Fangruppe ist da. Ich trotte zu meiner Sitzecke zurück, wo TR versucht, mit der Assistentin zu flirten, die ihn mustert wie eine Maus einen Adler.

Die *Bravo* hat ein persönliches Treffen zwischen dem Star und einem Zwölfjährigen arrangiert, der in einem Preisausschreiben den Namen von Caro wusste. Er bekommt ein Geschenk, lässt sich mit Caro fotografieren, gesteht ihr stotternd seine Liebe und wird mit großen Schmachtaugen wieder abgeführt. Gott, wo ist das Jugendamt, wenn man es braucht?

Kaum ist das Drama überstanden, schon wird der nächste schmachtende Teenager hereingebracht. Die Eintönigkeit und der Restalkohol tun sich mit meinem Schlafdefizit zusammen und stellen mich vor eine ernste Zerreißprobe. Die Assistentin bringt uns literweise Kaffee, aber er verpufft wirkungslos. Ich frage sie nach etwas Härterem. Sie bietet mir Tee an. So ein Tag ist das.

Viele beklagen, dass das Leben irgendwann endet. Dabei vergessen wir, dass auch alles Unangenehme von endlicher Dauer ist. Zahnwurzelbehandlungen, Schlägereien, schlechter Sex, furchtbare Beziehungen – alles endet mal – sogar Promotermine. Irgendwann sitzen wir wieder in der Zweite-Klasse-Limousine und fahren zum nächsten Tagesordnungspunkt, einer Buchhandlung, in der Caro ihrem ersten Fanclub ihr Leben signieren wird. Der Wagen rumpelt durch die Stadt.

Alle telefonieren. Gott, bin ich müde. Das einzig Aufregende ist die Frage, wie lange die blonde Assistentin sich noch gegen TRs Charmeoffensive wehren wird. Er ist wie Plutonium: Um seine Ausstrahlung zu überstehen, braucht es mindestens einen Schutzanzug, besser aber tausend Kilometer Sicherheitsabstand. Die Blondine hat beides nicht und beginnt schüchtern zurückzulächeln. Ich beobachte, wie sie langsam ihrem Siedepunkt entgegensteuert und schätze, dass sie dank TRs Qualitäten heute Nacht eine Kernschmelze erleben wird. *Nonne!* Das Wort erscheint plötzlich vor meinen Augen, mein Magen macht einen Sinkflug, und meine Erinnerung erteilt mir plötzlich die Freigabe für ein paar Bilder von heute früh.

Bevor ich mich weiter auf das Thema versteifen kann, kommen wir an dem Buchladen an. Obwohl wir eine halbe Stunde zu früh sind, wartet bereits eine Menschenmenge, die sofort loskreischt, als der Wagen am Haupteingang vorbeifährt.

Als wir vor dem Hintereingang parken und reinwollen, ist der verschlossen. Thatcher pflaumt die Assistentin mit leiser, aber beißender Stimme vor allen Leuten an. Die Kleine sieht kreuzunglücklich aus, entschuldigt sich mehrmals und telefoniert panisch.

»Meine Stiefmutter …«, beginnt TR. »Sie hatte dieselbe Stimme, wenn sie mit meinem Stiefvater sprach. Ich glaube, deswegen bin ich so gerne Single.«

Ich werfe ihm einen überraschten Blick zu.

»Wusste gar nicht, dass du in einer Pflegefamilie warst.«

»Hm«, sagt er, fummelt an der Kamera herum und wirkt plötzlich verlegen. Wir kennen uns seit fünf Jahren und haben fünfunddreißig bis vierzig gemeinsame Einsätze gemacht, er ist mir sympathisch, und trotzdem wird mir bewusst, dass ich nichts über ihn weiß. Früher kannte ich alle, mit denen ich arbeitete. Und ihre Freunde. Und meine Nachbarn. Und deren Freunde.

»Was machst du hiernach?«, frage ich TR und packe mir ein paar Snacks für später ein.

»Wieso?«

»Wir könnten was trinken gehen.«

Er mustert mich reserviert.

»Weil ich im Heim war?«

»Ich stehe total auf Findlinge. Und ich will wissen, wer mit dir im Taxi saß«, füge ich hinzu.

Er atmet erleichtert auf, als ich auf das Sprüchelevel zurückkehre.

»Welches Taxi?«

»Das von gestern Abend.«

»Gestern Abend war ich im Bett.«

»Ja, klar, und mit wem?«

Statt zu antworten, strahlt er an mir vorbei. Ich folge seinem Blick und sehe, dass die blonde Assistentin auf uns zukommt. Sie bleibt vor uns stehen, entschuldigt sich vielmals für die Wartezeit und die Unannehmlichkeiten und wirkt dabei sichtlich unglücklich. Muss Horror sein, mit so wenig Selbstwertgefühl neben Thatcher zu arbeiten. Sie sollte wirklich TRs Werben nachgeben, denn auch wenn er beziehungsgestört ist, so muss er im Bett ein wahrer Zen-Meister sein. Und manchmal braucht man eine durchvögelte Nacht. Oder eine durchknutschte. Oder einfach nur eine gemeinsame. *Nonne!* Mein Magen tut, was mein Magen tun muss. Zwanghaftes Turbulieren.

Die Assistentin bittet mich in den Backstagebereich, wo Caro vor einem Spiegel sitzt und sich von einer Mitarbeiterin die Haare machen lässt. Thatcher instruiert mich noch mal, dann lässt man uns alleine.

Kaum sind sie raus, schnappe ich mir einen Stuhl und rücke so nah an sie heran, wie mir Wolfgang Korruhn in seinem Workshop beibrachte. Die Intimsphäre knacken, damit die Leute unruhig werden und etwas tun oder sagen, was sie sonst nicht tun oder sagen würden. Nur dass sie weder was tut noch was sagt, also entscheide ich mich für die P&P-Eröffnung, zu der mir Blacky Fuchsberger mal geraten hat. Pannen und Pausen.

»So eine Promoreise ist bestimmt ganz schön anstrengend«, beginne ich und hole meinen Handyrecorder aus meiner Umhängetasche.

»Ein bisschen«, sagt sie, »aber ich mache das gerne.«

»Macht bestimmt Spaß mit den Fans ...«

»Meine Fans geben mir viel. Sie sind meine größte Motivation.«

Sie lächelt mich freundlich an. Bisher ein prima Interview für sie: anwenderfreundliche Suggestivfragen.

»Sind Sie gesund?«

Sie zögert kurz.

»Ich fühle mich fit.«

»Freut mich«, sage ich und fummle mit dem Diktafon. Erst verliere ich den Popschutz, dann den Drehfuß. Als ich beides wieder aufgehoben und draufgesteckt habe, öffnet sich das Batteriefach, und die Batterien rollen auf dem Stuhl herum. Sie schaut sich alles schweigend an. Ich fummle weiter. Schließlich habe ich die Batterien wieder drin. Ich lehne mich zurück und nicke ihr zu, doch statt sie mit Fragen zu löchern, senke ich meinen Blick und fummle weiter mit dem Aufnahmegerät herum, das jetzt läuft.

Nach einer Minute holt sie Luft, doch ich bin schneller.

»Ist doch das Wichtigste im Leben.«

»Wie bitte?«

»Gesundheit. Was würden Sie tun, wenn Sie wüssten, dass Sie todkrank wären?«

Bevor sie was sagen kann, quiekt ein Meerschwein. Caro schaut sich überrascht um. Scheiße. Eines Tages erwischt es jeden, aber muss es ausgerechnet heute sein?

»'tschuldigung …« Ich fische mein Handy aus der Umhängetasche, stelle den Ton ab und spüre, wie meine Wangen brennen. Nicht mal bei Anfängern sind Anfängerfehler lustig, und nach ein paar Berufsjahren schmerzen sie doppelt. Zu meiner Überraschung lächelt Caro, und zum ersten Mal sehe ich so etwas wie Interesse in ihren Augen.

»Mögen Sie Meerschweinchen?«

»Äh, ich habe eins.«

Ihre Augen öffnen sich weit.

»Wirklich? Die sind süß, oder? Ich hatte als Kind zwei. Harry und Sally.«

»Wie in dem Film?«

»Ja, genau.« Sie kneift die Augen ein bisschen zusammen. »Wie hieß der noch mal …?«

Ich starre sie an.

»Der Film mit Harry und Sally?«

Sie nickt und grübelt noch einen Augenblick, bevor

sie das Thema mit einer leichten Handbewegung vom Tisch wischt.

»Meerschweinchen sind total süß, aber heute würde ich mir keine mehr kaufen. Ich hab in Indien gesehen, dass man sie als Fastfood züchtet. Es gibt dort Meerschweinchenburger. Ich habe sogar einen probiert, ohne es zu wissen. Es schmeckte nicht mal schlecht, aber ich bin ja Vegetarierin.«

Mögen Sie Meerschweinchen? – Gegrillt/ Anna. Ich freu mich schon auf das Gesicht von Thatcher, wenn sie mir wenigstens ein bisschen in den Popo kriechen muss, um dieses Zitat verschwinden zu lassen. Und jetzt wo wir Haustierfreunde sind, ist es an der Zeit loszulegen. Mein Gesprächseinstieg wurde vom Handy neutralisiert, also was soll's, direkt drauf.

»Sind Sie ein Vorbild?«

Sie zögert, und das zu Recht. Wenn sie jetzt behauptet, dass sie ein Vorbild ist, wirkt das arrogant, und die Leser werden sie niedermetzeln. Behauptet sie aber, dass sie kein Vorbild ist, habe ich eine knallige Überschrift, die Thatcher mir nicht autorisieren würde, aber ein bisschen Spaß muss sein.

Caro kommt zu einem Entschluss.

»Ich glaube, jeder versucht, ein Vorbild zu sein ...«

Ich nicke ihr aufmunternd zu.

»Und was tun Sie, um ein Vorbild zu sein?«

Sie senkt ihren Blick affektiert nach unten.

»Ich gehe damit nicht gerne hausieren.«

»Das verstehe ich«, sage ich verständnisvoll und bleibe dran. »Was unterstützen Sie? Den Tierschutz?«

»Ich liebe Tiere«, sagt sie sofort.

Klar, wer nicht. Der Tierschutz hat in Deutschland eine riesige Lobby, die sehr gute Geschäftskontakte mit sich bringt, ähnlich wie der Karneval in Köln. Es hat schon die eine oder andere Karriere gerettet, über Nacht Tierfreund geworden zu sein.

»Also spenden Sie für den Tierschutz, ja? Beziehungsweise Sie engagieren sich bei Charityveranstaltungen für Tiere, richtig?«

Sie nickt. Klar. Offiziell machen Promis Charitys unentgeltlich, aber meistens fließt eine Aufwandsentschädigung. Erst letzten Monat durfte ich bei einer Charityveranstaltung für Delfine erleben, dass eine aufgetakelte Schlagersängerin aus den Achtzigern neuntausend Euro für einen zwanzigminütigen Auftritt erhielt. Da hilft man doch gern.

Ich lächele Caro an.

»Geld ist ein Tabuthema, aber vielleicht fühlen sich Ihre Fans aufgefordert, mehr für Tiere zu spenden, wenn sie wüssten, wie viel Sie selber spenden?«

Sie runzelt ihre sonst so glatte Stirn.

»Sie wollen die genaue Summe wissen?«

»Wenn es Ihnen nichts ausmacht.«

Eigentlich erwarte ich, dass sie jetzt mit einer Stiftung für benachteiligte Kinder anfängt, mit der sie Steuern am Fiskus vorbeischiebt, aber sie sitzt einfach regungslos da und sagt nichts.

»Alles in Ordnung?«, frage ich sie.

Sie legt ihren Kopf schief und lächelt freundlich.

»Sicher. Ein Journalist, der mich herablassend behandelt, das bin ich ja gewohnt.«

Was?? Ich starre sie an. Hat sie das wirklich gesagt?

Sie streckt ihre Hand aus und schaltet mein Aufnahmegerät aus.

»Darum erlaube ich mir manchmal einen Spaß, vor allem wenn der Journalist einen Korruhn-Workshop besucht hat und mich für so blöd hält, dass ich den Titel von *Harry & Sally* nicht weiß.«

Was? Wer spricht da?

Sie dreht sich etwas auf dem Stuhl, damit sie mich besser ansehen kann.

»Freud sah die Identifizierung mit einem Vorbild als einen psychodynamischen Prozess, der eine Angleichung des eigenen Ich an das Vorbild-Ich zum Ziel hat. Jugendliche brauchen solche Orientierungspunkte, um ihre eigene Persönlichkeit zu entwickeln, und da ich jede Menge Fans habe, bin ich zwangsläufig ein Vorbild, daher ist die Frage, ob ich ein Vorbild bin, zu ungenau. Die Frage müsste lauten, ob es gut ist, dass ich ein Vorbild bin. Sie haben die Frage falsch formuliert, verstehen Sie?«

Sie lächelt, und in ihren Augen liegt ein vergnügtes Funkeln. Ich sollte jetzt etwas Intelligentes sagen, aber alles was mir einfällt, ist: Drangekriegt. Reingefallen. Ätsch.

»Sie haben mich die ganze Zeit verarscht.«

Sie lacht und klatscht begeistert in die Hände.

»Wenn schon stigmatisiert, kann man das auch nutzen, um ein bisschen Spaß zu haben, oder? Das Leben ist doch ernst genug, finden Sie nicht? Sie haben doch Humor?«

»Na, total.«

Sie lacht vergnügt. Ihr Blick ist immer noch freundlich und neugierig wie der eines Therapeuten, der die Reaktion seines Patienten studiert. Ich befeuchte meine Lippen und versuche, irgendwie in Kontakt mit meinem Gehirn zu treten.

»Sie stellen sich also blöd, um Karriere zu machen …«

Sie legt den Kopf wieder schief.

»Meine Eltern waren Gründungsmitglieder der Grünen. Als Kind träumte ich davon, eine politische Talkshow zu moderieren, aber bei meinem ersten Praktikum merkte ich, dass es beim Fernsehen keine Jobs für intelligente Frauen gibt.«

Ihre Eltern waren Gründungsmitglieder der Grünen??! Stand davon irgendwas in der Recherchemappe? Nein. Hätte ich es verdammt noch mal dennoch wissen müssen? Aber hallo! Das kommt davon, wenn man bequem wird und Recherche delegiert.

Mein Gehirn erwacht kurz aus dem Koma und funkt eine Nachricht.

»Anne Will.«

»Eine Ausnahme«, sagt sie sofort.

»Und Maischberger?«

»Gut«, sagt sie, »und nun nennen Sie mir eine Dritte.«

Eine Dritte. Kein Problem. Hm. Unter Druck konnte ich noch nie gut denken. Eine Dritte. Hm. Wie hieß denn die damals bei *Zak* noch mal … Auch schon lange her. Es muss noch andere geben.

Ihr Lächeln wird breiter.

»Gegenfrage: Zehn Frauen, die sich im TV benehmen, als wären sie geistig behindert.«

Sofort rattern mir Namen durchs Bewusstsein. Herr Gott, hat sie recht? Müssen Frauen sich dumm stellen, um beim Fernsehen einen Job zu bekommen? Das würde zumindest einiges erklären.

»Übrigens spende ich schon lange kein Geld mehr. Stattdessen habe ich mit anderen Prominenten einen Mikrofinanzfonds gegründet, der zinsfreies Startkapital für sozial schwache Existenzgründer bereitstellt. Oft reicht eine Anschubfinanzierung von ein paar Tausend Euro aus, um aus einem Menschen ohne Perspektive einen erfolgreichen Unternehmer zu machen. Es ist ein fantastisches Gefühl, so etwas zu ermöglichen.«

Caro mustert mich genau und lässt sich nichts von meiner Verlegenheit entgehen. Gleich schabt sie ein paar Hautfetzen von mir ab und erhitzt sie in einem Reagenzglas. Wo sind Herzinfarkte, wenn man sie braucht?

Thatcher taucht auf und fragt, ob wir fertig sind. Caro lächelt mich zuckersüß an.

»Noch Fragen?«

Ich kann sie bloß anstarren. Als sie aufsteht, bleibt sie neben mir stehen, legt eine Hand auf meine linke Schulter und lächelt auf mich herab.

»Ihre Reportage über die Beziehungsunfähigkeit von Politikern hat mir gefallen, daher war meine Erwartungshaltung für heute groß, und Sie haben mich nicht enttäuscht.« Sie kniept mir zu. »Mit richtigen Journalisten zu sprechen ist eine Wohltat.«

Sie drückt meine Schulter, und nach diesem allerletzten Ablöscher verlässt sie den Raum und geht, dicht gefolgt von Thatcher, hinaus in den Veranstaltungsraum. Die Fans empfangen sie mit einem donnernden

Applaus, und ich weiß nicht, ob ich mich schämen oder umbringen soll. Seit meinem Volontariat bei der Aachener Zeitung bin ich nicht mehr so vorgeführt worden. Allerdings bin ich heute kein blutiger Anfänger mehr. Ich hole mein Ersatzdiktiergerät aus meiner Jackentasche. Eine kurze Hörprobe versichert mir, dass das Gespräch aufgezeichnet wurde. Unsere Stimmen klingen ein bisschen dumpf, aber man versteht jedes Wort. Schön. Und was nun?

Mein Handy vibriert tonlos. Als ich es aus der Tasche hole, sehe ich Stephans Nummer auf dem Display. Er fragt mich mit rauer Stimme, ob ich eine Macke habe, ihn um diese Uhrzeit anzurufen, und er hofft, dass es verflucht noch mal wichtig sei. Ich frage ihn nach der Adresse der Nonne. Daraufhin drückt er mir hundert blöde Sprüche rein, was ich denn mit seiner Nachbarin zu klären hätte. Da ich nicht weiß, wie nahe die beiden sich stehen, gehe ich nicht darauf ein. Nach hundert weiteren Sprüchen habe ich ihre Adresse und ihren Nachnamen. Eva Wien. Passt zu ihr.

Ich bedanke mich und bitte ihn erst gar nicht, die Sache für sich zu behalten. Wahrscheinlich hat er das Gespräch mitgeschnitten und es als Livestream auf eine Flurfunkseite hochgeladen.

Ich drücke Renes Kurzwahlnummer. Sie geht nach dem zweiten Klingeln ran.

»Ich habe jetzt die Adresse von der Nonne.«

»Gut, du weißt ja, was zu tun ist.«

Sie legt auf. Ich starre einen Moment auf das Handy, dann drücke ich wieder die Kurzwahlziffer. Diesmal geht sie sofort ran.

»Was ist?«

»Wenn du noch mal einfach auflegst, verkaufe ich die Kinder an eine Regieschule und mache kleine Volkers aus ihnen!«

Es bleibt still in der Leitung. Gut, keine Witze mehr.

»Was willst du, Mads?«, fragt sie irgendwann genervt.

»Ich sollte *dir* die Adresse besorgen, damit *du* ihr das Handy zuschickst.«

»Schau mal in deine Tasche, du Pappnase, und stell dich nicht wieder so blöd an.«

Sie unterbricht. Ich schaue in die Umhängetasche, dort liegt ein Handy. Das Handy von heute früh. Das mutmaßliche Handy von Eva, der Nonne. *Wusch*. Mein Magen tut es wieder. Wird ja immer besser. Jetzt brauche ich nur einen Gegenstand von ihr anzuschauen.

Ich stopfe mir die Tasche mit Süßigkeiten vom Catering voll und gehe raus in den Veranstaltungsraum. Caro sitzt vorne am Tisch und liest. Sie hat wieder ihre Rolle eingenommen und lispelt leicht beim Lesen. Das Publikum hängt an ihren Lippen, und obwohl da nur Belangloses rauskommt, wirken alle superglücklich. Jetzt, wo ich weiß, dass sie alle nur veräppelt, finde ich sie irgendwie attraktiv. Vielleicht stehe ich ja drauf, an der Nase herumgeführt zu werden. Vielleicht stehen wir da alle drauf. Auch das würde einiges erklären.

Ich stelle mich zu TR, der an der hinteren Wand steht und das Publikum mit verschränkten Armen und tiefem Stirnrunzeln betrachtet. Ich reiche ihm eine Handvoll Süßigkeiten.

»Danke.« Er stopft sie in die Tasche und heftet seinen Blick wieder auf das Publikum, das plötzlich auflacht. »War das witzig?«

»Keine Ahnung.«

Er brummt etwas, steckt sich ein Mars in den Mund und mustert weiterhin die Caro-Fans. Die hören gebannt zu, wie Caro von ihrem Nahtoderlebnis berichtet. Wie sie anschließend auf einer Wiese zu sich kam und ein helles Licht sah. Oh Mann. Ich denke an das Material auf meinem Diktafon. Damit könnte man einige saftige Storys im Blätterwald lancieren. Thatcher würde mir zwar ihren Medienanwalt auf den Hals hetzen, aber es würde sich trotzdem rechnen, wenn die Storys genug Honorar einbringen. Einer der vielen Momente, in dem man sich zwischen Selbstachtung und Karriere entscheiden muss. Soll ich mich für eine Schlagzeile nach der Seife bücken und mich gleichzeitig zum Deppen der Innung machen?

Das Publikum lacht wieder.

»Fledermäuse«, sagt TR und nickt mehrmals. »Die können Dinge hören, die wir nicht hören.«

»Ich bin kurz weg. Bis später.«

Er mustert mich, als hätte ich ihm die Nase geleckt.

»Wo willst du denn hin?«

»Mit wem hast du gestern Nacht geschlafen?«

»Wer?«

»Siehste.«

Ich schlage ihm auf die Schulter, gehe los, schaffe es, über niemanden zu stolpern, und erreiche die Tür zur Außenwelt. Ich werfe noch einen Blick in die Runde und sauge das Bild in mir auf: ein fröhliches

Publikum, das an den Lippen einer Blondine hängt, die sich gerade innerlich totlacht. There is no biz like showbiz.

Ich trete hinaus in die Realität. Die Sonne scheint, und ich fühle mich, als wäre ich noch mal davongekommen. So fühle ich mich in letzter Zeit öfter, wenn ich von der Arbeit komme. Sollte ich dringend mal drüber nachdenken.

Eine Frau öffnet die Wohnungstür. Statt Nonnenkostüm trägt sie Jeans, T-Shirt, Clogs und ein Handtuch um den Kopf, doch ihre gespenstische Bleichheit identifiziert sie.

»Guten Tag. Ich hätte gerne Schwester Eva gesprochen. Ich muss was beichten.«

Ihr Mund verzieht sich zu einem schiefen Lächeln. »Steht vor dir.«

»Bist du es wirklich?« Ich kneife die Augen zusammen. »Ohne Kostüm siehst du auch nicht schlecht aus.«

»Du meinst wohl ganz ohne Kostüm«, sagt sie und grinst.

»Na ja, so viel hab ich ja nicht mitbekommen.«

Sie lehnt sich gegen den Türrahmen, verschränkt die Arme und sieht verboten gut aus. Die entstehende Gesprächspause nutzen wir, um uns ein bisschen anzulächeln, was mein Magen mit einem Looping quittiert.

»Und, immer noch verliebt?«, fragt sie.

»Jaja.« Ich winke seufzend ab. »Ätzend.«

In der Etage über uns öffnet sich eine Tür und schließt sich wieder. Irgendwo weint ein Baby. Wir stehen einfach da und schauen uns in die Augen. Das sollten die Krankenkassen mit ins Programm nehmen. Gucken und Lächeln. Ist so einfach. Tut so gut. Kostet so wenig. Wenn jeder das machen würde, müssten ein Haufen Ärzte ihre Praxen schließen. Seltsam, dass so viele keinen Gebrauch davon machen. Vielleicht steckt die Pharmabranche dahinter. Haben Anti-Lächel-Lobbyismus betrieben, bis alle depressiv wurden und ihre Medikamente brauchten.

Ich ziehe das Handy aus der Tasche und halte es ihr entgegen.

»Ah«, sagt sie leichthin. »Danke.«

Als sie es nimmt, berühren sich unsere Finger, und ich bekomme einen kleinen Schlag. Sie legt das Handy achtlos auf einen Stapel Umzugskartons, der neben der Tür steht. Ich nutze den Moment, um einen Blick in die Wohnung zu werfen. Der Flur sieht kahl aus. Entweder sie ist Spartanerin oder gerade eingezogen oder zieht gerade aus, oder sie wurde ausgeraubt, oder es wurde gepfändet oder …

»Wolltest du nicht ein Interview machen?«, fragt sie.

»Doch, aber …«, ich deute auf das Handy, »ich dachte, du brauchst das Ding vielleicht.«

»Eigentlich nicht.«

»Ah«, sage ich, und dann fällt mir nichts mehr ein. Wir gucken uns wieder an. »Wieso nicht?«

Scheint eine schwierige Frage zu sein, denn sie denkt darüber nach und mustert mich. Schließlich atmet sie tief durch die Nase ein und wirkt, als wäre sie zu einer Entscheidung gekommen.

»Hast du Hunger?«

»Ja«, lüge ich.

Sie verschwindet in der Wohnung und kommt wenig später ohne Handtuch, dafür mit einer Sommerjacke und einer Sonnenbrille wieder.

Die Domplatte ist voller Menschen, die den Feiertag und das gute Wetter nutzen, um sich vor den Dom zu stellen, »Wow« zu sagen und diesen magischen Augenblick mit fünftausend Fotos zu manifestieren.

»Das war großartig«, sage ich und lehne mich zurück. Wir sitzen vor einem Café in der Sonne und genießen die Nachwehen von erstklassigem Gulasch.

»Gulasch«, sagt sie, »direkt von Muttern.« Sie lehnt sich ebenfalls zurück und seufzt wohlig. »Der Fisch ist ebenfalls großartig.«

»Dein Lieblingsrestaurant?«

»War es mal«, sagt sie und schaut zum Dom rüber.

»Ah«, sage ich und wüsste schon, was ich fragen könnte. Mir ist nur nicht klar, ob ich schon wieder in ein Fettnäpfchen treten möchte.

»Bist du wirklich in mich verliebt?«, fragt sie wie nebenbei.

»Yep.«

»Aber du …« Sie streicht sich eine Haarsträhne aus dem Gesicht und schaut mir kurz in die Augen, was mein Magen mit Freitod quittiert. »Du wirkst so entspannt. Wenn ich verliebt bin, bin ich ein bisschen aufgeregter, glaube ich.«

»Na ja, ich hab mir den ganzen Morgen die Haare gerauft und rumgestöhnt, jetzt reiße ich mich zusammen.«

Sie lacht nicht. Eigentlich reagiert sie gar nicht. Sie mustert mich nur aufmerksam. So müssen sich die

Meeresorganismen gefühlt haben, als Jacques Cousteau sie im Mikroskop betrachtete.

»Du bist sicher, dass das keine Masche ist?«

»Du meinst, um Frauen kennenzulernen?«, frage ich.

Sie mustert mich bloß mit diesem undurchsichtigen Blick. Gott, ich hasse es, wenn Leute mir unterstellen, dass ich lüge.

»Keine Masche«, sage ich und versuche, ruhig zu bleiben. »Ich scheiße drauf, dass ich verliebt bin, und zwar aus demselben Grund, aus dem das hier nicht mehr dein Lieblingsrestaurant ist. Du warst mit einem falschen Mann hier, und jetzt kannst du diesen Ort nicht mehr genießen? So geht es mir mit Mallorca und Kopenhagen und noch ein paar anderen Orten. So was passiert eben, wenn man sich in Menschen verliebt, die einem nicht guttun und verbrannte Erde hinterlassen, aber ich mache da nicht mehr mit. Ich will, dass meine Beziehungen mich bereichern. Wenn es schon nicht für immer hält, dann will ich hinterher zumindest nicht ein Jahr leiden müssen und nirgends mehr hinkönnen. Ich will durch Beziehungen nichts mehr verlieren. Keine Orte, keine Zeit und keine Menschen.« Ich breite die Hände aus. »Verstehst du? Ich will mich bewusst entscheiden, statt einem diffusen Gefühl zu folgen – also scheiß auf Verliebtheit. Ich bin nicht hier, weil ich in dich verliebt bin, sondern weil du dein Handy vergessen hast und weil es gestern ein schöner Abend war. Und wenn es ein Problem für dich ist, dann sag es einfach, dann bin ich wieder weg, kein Problem.«

Sie mustert mich regungslos und sagt nichts. Eine Nanosekunde bevor ich aufstehe, lächelt sie.

»Also, das ist ja wirklich das Interessanteste, das ich seit Langem gehört habe.«

Ich mustere ihr Gesicht skeptisch, aber sie sieht nicht aus, als würde sie sich lustig machen. Gut, in diesem Gesicht könnte sich auch ein ganzes Ironie-Regiment verstecken, ohne dass ich es entdecken würde.

»Meinst du das im Ernst? Du wärst die erste Frau, die mich nicht sofort einweisen lassen will, weil ich Verliebtheit ablehne. Seit der Behauptung, die Erde sei 'ne Scheibe, hat niemand mehr so verzweifelt an einer nicht funktionierenden These festgehalten wie an diesem Mist!«

Sie lacht.

»Du nimmst dir das Thema wirklich zu Herzen, was?«

»Klar«, sage ich und nicke vielleicht etwas zu heftig. »Und ich wünschte, es würden viel mehr Leute darüber nachdenken. Ich meine, wie viele glückliche Pärchen kennt man denn so? Stattdessen gibt es Rekordscheidungszahlen, Trennungskinder, Depressionen, Vereinsamung, Isolation und Singlehaushalte. Aber wehe, man stellt die aktuellen Beziehungsformate zur Diskussion, dann gilt man gleich als beziehungsgestörter Freak.«

Ein Pärchen vom Nebentisch schaut zu uns rüber. Okay, einen Gang runterschalten. Ich lächele Eva beruhigend an.

»Das monogame Zweierbeziehungsformat hat versagt. Ich habe mein halbes Leben damit verbracht, merkwürdige Dinge zu tun, um für eine Frau attraktiv zu sein, um beziehungsfähig zu sein und um später über das Ende der Beziehung hinwegzukommen. Ich hab die Schnauze voll von merkwürdigen Dingen! Ich will keinen Kampf mehr, ich will Frieden. Und den habe ich durch die Wohnsituation mit Rene und den Kindern. Ich habe ein Leben voller Liebe, Verantwortung und Spaß – ein Beziehungsmodell, das funktioniert. Und interessiert das jemanden? Nö, im Gegenteil, ich muss mich ständig dafür rechtfertigen.« Ich zucke mit den Schultern. »Es ist wie mit den Sterbehilfegesetzen. Die Holländer und Dänen sind uns meilenweit voraus, doch kommen wir deswegen auf die Idee, die Konzepte von denen auszuprobieren? Nein, wenn man hier Schluss machen möchte, muss man bis in die Schweiz fahren. Das heißt, man ist eh schon fertig mit der Welt und muss dann auch noch Bahn fahren …«

Sie lacht. Ich nutze die Gelegenheit und wende mich dem Nachbartisch zu. Eigentlich will ich die beiden, die uns ganz offensichtlich belauschen, ins Gespräch einbeziehen, doch als ich sie anlächele, schauen sie auf eine Art zurück, die mir die Lust nimmt. Da schaue ich lieber wieder Eva an, die sich langsam einkriegt und mich mit funkelnden Augen betrachtet. Hübsch ist sie. Und interessant. Eine Tatsache, die mein Magen mit einem doppelten Absacker unterstreicht.

»Muss ein schönes Gefühl sein«, sagt sie.

»Was?«, frage ich.

»So sicher zu sein. In Beziehungen kann man jederzeit wegen allem Möglichen verlassen werden, Freunde tun das nicht so schnell. Man ist viel sicherer.«

»Und man hat Familie, und das ist nicht schlecht für einen Kerl, der keine Kinder zeugen kann.«

Wie alle Frauen quittiert sie das mit einem einfühlsamen, mitleidigen Blick.

»Das tut mir leid.«

»Glück im Unglück.«

Sie nickt langsam. Unsere Augen liefern sich ein stilles, sinnliches Duell. Meine Gesichtshaut beginnt zu prickeln.

»Und was ist mit dir und Rene? Hattet ihr noch nie was miteinander?«

Ich lache.

»Oh doch! Leider! Einmal und nie wieder! Seitdem ist sie meine übelste Kupplerin. Ich wäre gar nicht hier, wenn sie nicht dein Handy geklaut und in meine Tasche gesteckt hätte.« Ich ziehe eine Grimasse, als mir ein paar von Renes Kuppelversuchen wieder einfallen. »Sie hat schon versucht, mich mit jeder ihrer Kolleginnen zu verkuppeln, und da sind ein paar dabei ... Ich schwöre dir, wenn die Alliierten die gehabt hätten, wäre der Krieg früher zu Ende gewesen.«

Die Falten um ihre Augen vertiefen sich.

»Also wirklich nur Freunde.«

Ich lasse ihr das »nur« durchgehen und nicke.

»Und wie lange ist deine letzte Beziehung her?«, fragt sie.

Autsch. Treffer.

»Okay«, gebe ich zu, »seitdem Rene eingezogen ist, werden eine Menge Bedürfnisse von ihr und den Kindern abgedeckt. Ich kümmere mich nicht groß darum, jemanden kennenzulernen. Vielleicht macht Patchwork faul, aber was soll's, mir geht's gut.«

»Nun ja«, sagt sie. »Eigentlich seid ihr ein ganz normales Ehepaar. Ihr erzieht die Kinder und habt keinen Sex.«

Sie grinst. Ich zucke mit den Schultern.

»Erklär das mal den Ämtern. Wir sind vielleicht eine gefühlte Familie, aber ohne die gesellschaftliche Stellung. Nicht mal ein Banker wird so schief angeschaut wie ich, wenn ich die Kinder von einem Kita-Geburtstag abhole und auf die Frage, ob ich der Vater sei, antworte: Nein, ich bin mit der Mutter befreundet und lebe mit den Kids seit dem Tag ihrer Geburt zusammen. Ich meine, ab wann ist man denn der Vater? Wenn man einmal unverhütet gebumst hat oder wenn man die Kinder großzieht? Aber das ist den Leuten egal. Wenn dein Penis nicht zum Zeugungszeitpunkt in der Mutti war, bist du verdächtig.«

Das Paar vom Nebentisch steht auf und geht. Wir schauen ihnen nach.

»Scheint ein unangenehmes Thema zu sein«, sagt Eva. »Apropos ...« Sie wendet mir ihr Gesicht zu. »Also schläfst du mit anderen Frauen?«

»Klar«, sage ich und strahle sie an. »Aber ich bringe nie jemanden mit nach Hause. Du warst die Erste.«

Sie senkt ihren Blick, und so kann ich in aller Ruhe ihr Gesicht betrachten. Manche Frauen sind schön, manche sind hübsch, manche sind interessant. Evas Gesicht hat ein gesundes Drittel von jedem. Durch ihre unglaubliche Bleichheit wirkt sie in dem einen Moment wie eine griechische Statue, in dem nächsten sieht sie aus wie ein hübsches Gespenst. Schöngeist.

»Tja, so sieht es also bei mir aus ...«, locke ich sie. »Und, was macht dein Liebesleben?«

»Och nee ...«, murmelt sie. »Es war gerade so schön.«

Sie hebt ihr Gesicht, stützt ihr Kinn auf die rechte

Handfläche und stiert gedankenverloren über die Domplatte. Ich werfe einen Blick auf die Uhr. Nach der Lesestunde muss Caro noch signieren, ein bisschen Zeit habe ich wohl noch, also lehne ich mich zurück, falte die Hände auf dem Bauch und schaue ebenfalls in die Runde. Immer noch werden neue Busladungen verklappt. Dom. *Wow*. Knips. Dom. *Wow*. Knips. Ein unendlicher Strom von Ausländern, die sogar den Neonazis willkommen sind, weil sie ihr Geld hier ausgeben und anschließend freiwillig wieder in ihre Heimat zurückkehren.

»Ich bin seit fünf Monaten getrennt. Vorher war ich drei Jahre lang mit einem Mann zusammen.«

Ich löse meine Augen von der Westfassade des Doms und hefte sie auf etwas Schöneres.

»Und dann traf er eine andere.«

»So ungefähr«, sagt sie langsam. »Ich war die andere. Er war die ganze Zeit verheiratet, und ich war seine Geliebte.«

Ich richte mich auf.

»Ups. Lass mich raten, er hat irgendwie vergessen, dir mitzuteilen, dass er verheiratet ist?«

Sie lächelt merkwürdig und klemmt sich eine Haarsträhne hinter ihr rechtes Ohr.

»Wir suchten gerade eine gemeinsame Wohnung, da rief mich eine Frau an, die behauptete, seine Ehefrau zu sein. Sie war wieder von ihm schwanger und bat mich, ihren Mann nicht mehr zu treffen – wegen der Kinder.« Ihre Stimme wird spröde, und als sie mich anschaut, steht der Schmerz in ihren Augen. »Als würde ich je einem Kind …« Sie atmet tief durch und starrt vor sich hin. »Das Merkwürdige ist, irgendwie wusste ich immer, dass es mit uns nicht passt, aber …«, sie schüttelt ihren Kopf leicht, »… ich habe ihn geliebt.«

Sie lehnt sich zurück. Ihre Augen glitzern. Mir ist danach, sie in den Arm zu nehmen, stattdessen reiche ich ihr eine Serviette.

»Und stimmte es? War sie seine Frau? War sie schwanger?«

Sie nimmt die Serviette und drückt sie sich vorsichtig unter die Augen, um nicht den Kajal zu verschmieren.

»Sie waren seit neun Jahren verheiratet. Die ganze Zeit jonglierte er mit mehreren Beziehungen, und ich habe nichts davon bemerkt. Erst im Nachhinein sind mir so viele Hinweise aufgefallen, ich war einfach zu verliebt. Wenn er bei mir war, fühlte ich mich so …«, sie wirft mir einen Blick zu und lächelt kläglich, »… wertvoll.«

Ich lege meine Hand auf ihren Arm. Sie mustert sie, und für einen Augenblick weiß ich, dass sie mich gleich fragen wird, was zum Henker wir hier machen. Aber sie fragt nicht, und das ist gut, denn ich weiß es auch nicht, ich weiß nur, wie es sich anfühlt.

Sie wendet sich dezent ab, um ihre Nase zu putzen, und trötet dann wie ein wütender Elefant. Als sie sich wieder umdreht, schimmern ihre Augen.

»Ich bin schlecht in Beziehungen. Ich achte nie darauf, ob ich glücklich bin, ich will nur, dass er glücklich ist. Wie ein Hund, der immer neben dem Herrchen sitzt und darauf wartet, dass der einen Stock wirft.«

Sie macht auf mich nicht den Eindruck eines Wesens, das auf Kommando Stöckchen holt, aber falsche

Beuteschemata haben schon die seltsamsten Verhaltensmuster zutage gebracht. Als ich mit Isa zusammen war, fing ich an jeden Abend mit ihr auszugehen, weil ich zu Hause merkte, dass wir uns nichts zu sagen hatten.

»Entschuldige mich«, murmelt Eva.

Sie steht auf und verschwindet ins Café-Innere. Ein weiterer Touristenbus fährt vor und spuckt seine Fracht aus. Dom. *Wow*. Knips. Dom. *Wow*. Knips. Nachlassverwalter müssen irre werden, wenn sie Wohnungen ausräumen und in jeder Dutzende Kartons mit Fotos vom Kölner Dom finden.

Ich werfe einen Blick in den Himmel. Er ist blau. Tolle dicke weiße Wolken ziehen ihre Runden wie Zeppeline. Es könnte ein schöner Tag sein, wenn ich nicht zu Caro und ihrem Rollenspiel zurückmüsste. Für einen Moment fällt mir kein Grund ein, wieso ich das tun sollte. Dann fällt mir ein, dass wir in einer Welt leben, in der man Geld braucht und ich einen Job habe, der mir Geld bringt und ich dafür eine Leistung erbringen muss, und Leistung wird in wirtschaftlicher Produktivität gemessen. Aber wäre es für die Welt nicht ertragreicher, wenn ich noch ein paar Stunden mit einer guten Frau verbringe und wir beide dadurch glücklicher werden und diese positive Energie mit der Welt teilen? Ja! Aber interessiert das jemanden, wenn ich später arbeitslos bin und meine Miete nicht mehr zahlen kann? Nö.

Ein Schwein quiekt. Ich fische das Handy aus der Tasche. Renes Foto leuchtet.

»Na, wie läuft's?«, fragt sie. Im Hintergrund ist wildes Gekreische zu hören.

»Was soll laufen?«

»Bist du bei ihr?«

Ich sage nichts.

»Ha!«, macht sie, und man kann hören, dass sie breit grinst. Hinter ihr kreischt es ohrenbetäubend weiter.

»Und wo bist du?«

»Mit den Zwergen im Phantasialand. Pack die Nonne ein und komm her. Ich schmeiße eine Runde *Free Fall.*«

»Brauchst du einen Babysitter, oder was?«

»Hey, ich hab euch verkuppelt, und jetzt biete ich dir die Chance abzuchecken, wie sie mit Kindern ist.«

»Ich muss nichts abchecken.«

»Oh doch, musst du. Bring sie her, heute geht alles auf mich.«

Die Verbindung ist tot. Sie will hundertpro noch arbeiten und braucht einen Aufpasser für die Kinder. Es gibt Schlimmeres.

Eva kommt von der Toilette zurück. Für eine verletzte Frau wirkt sie ganz schön stark und unversehrt. Sie kann immer noch den Kellner anlächeln. Und mich.

Sie setzt sich.

»Immer noch da?«

»Na ja, ich wollte abhauen, aber ich hatte noch kein Dessert.«

»Gute Idee«, sagt sie und schnappt sich die Karte.

Ich nehme sie ihr weg.

»Nicht hier.«

»Wo dann?«, fragt sie.

»An einem Ort, an dem es richtig zur Sache geht.«

Sie runzelt die Stirn. Ich verpasse ihr mein schmierigstes Grinsen.

»Vertrau mir.«

Ich klammere mich mit aller Kraft an die Stange, aber es hilft nichts – ich falle! Neben mir kreischen Oscar und Lola so laut, dass mir die Ohren klingeln. Kaum unten, geht's wieder hoch, und oben lassen sie uns dann erneut mit der Schwerkraft alleine. *Free Fall* heißt das Ding, und der Name ist Programm. Vor lauter Hoch und Runter spüre ich noch nicht mal etwas, wenn ich meiner Sitznachbarin in die Augen schaue. Sie kreischt mit den Kindern, hat einen Höllenspaß und im Zahn vier-acht eine Goldplombe.

Als das verdammte Ding endlich zum Stehen kommt, wanke ich raus. Ich kann gerade noch verhindern, dass ich auf die Knie gehe und Mutter Erde küsse.

»Alles in Ordnung?«, lacht Eva.

»Warum Waterboarding, wenn es solche Scheißteile gibt?«, stöhne ich. Sie lacht. Oscar springt auf der Stelle auf und ab.

»Nochmalnochmalnochmal!«, schreit er begeistert.

»Richtige Cowboys finden so was tuckig«, erkläre ich ihm.

Er packt meine Hand und versucht, mich zur Kasse zu ziehen. Er zerrt mit voller Kraft, und das ist nicht ohne. Wenn es Kartoffelbrei gibt, ist er manchmal zu schwach, um die Gabel zu heben, aber jetzt könnte er einen Babywal stemmen.

»Nochmalnochmalnochmal!«

Eva lächelt mich süß an.

»Vielleicht setzt du dich kurz und erholst dich. Wir drehen noch eine Runde, also falls die Kinder Lust haben. Wer will noch mal?«

Oscar springt einen halben Meter in die Luft, Lola strahlt übers ganze Gesicht, und schon zerren die Kinder sie in Richtung Kasse. Ich wanke zu Rene rüber, die auf einer Bank sitzt und telefoniert. Sie zwinkert mir zu, während sie versucht, jemandem schonend beizubringen, dass die Falten in seinem Gesicht nicht von der schlechten Studiobeleuchtung, sondern von seinem Alter herstammen, ohne ihm jedoch zu sagen, dass die Falten in seinem Gesicht nicht von der schlechten Studiobeleuchtung stammen, sondern von seinem Alter.

Ich setze mich zu ihr und blende das Geschwätz aus. Eva steht mit den Kids Schlange. Oscar quasselt auf sie ein, Lola steht einfach daneben und hält ihre Hand. Ein schönes Bild. Ich mag es, dass die beiden nie fremdeln. Von klein auf motivieren wir sie: *Sprich* mit Fremden, aber lass dir nichts gefallen. Die Angstisolierung besorgter Eltern macht aus neugierigen Kindern später verhaltensgestörte Erwachsene, die an Mitmenschen in Not vorbeigehen, weil man ihnen beigebracht hat, sich vor Fremden in Acht zu nehmen. Auf der Erde leben fast sieben Milliarden Menschen. An jedem Tag kommt fast eine viertel Million hinzu, und von all diesen Menschen kennen wir vielleicht zwei- bis dreihundert. Alle anderen sind

Fremde. Jeder Mensch, der diese unglaubliche Menge potenzieller Freunde, Partner, Liebhaber und Vorbilder ausschließt, tut sich keinen Gefallen. Doch Lola und Oscar werden nicht so sein. In der Erziehung lief also was richtig. Muss ich ihrer Mutter bei Gelegenheit sagen. Seit Jahren macht sie sich Vorwürfe, weil sie den Kindern nicht das bieten kann, was sie möchte, und vielleicht hat sie recht: Man kann immer etwas besser machen, aber was Liebe angeht, kann sich in dieser Familie niemand beklagen.

Rene lässt das Handy sinken, kneift die Augen zusammen und schaut zur Kasse rüber.

»Sie mag Kinder.«

»Du suchst doch bloß einen billigen Babysitter.«

»Blödmann.« Sie legt einen Arm um meine Schultern und boxt mich kollegial in die Rippen. »So hätte es werden können. Da vorne könnte deine Frau mit deinen Kindern stehen, wenn du nicht so ein Beziehungsnerd wärst.«

»Und zeugungsunfähig.«

»Ja«, sagt sie, und wie immer, wenn sie ein Fettnäpfchen erwischt hat, grinst sie. »Weiß sie das schon?«

»Ja. Außerdem bin ich kein Nerd.«

»Jesus, wem willst du denn hier was vormachen? Du hast seit fünf Jahren keine Beziehung mehr, und die, die du hattest, war ja total bescheuert, also bau jetzt keinen Mist. Eva ist super.«

»Dein Handy klingelt.«

Sie schaut zu ihrem Handy, merkt, dass ich sie veräppelt habe, und bricht mir noch eine Rippe. Ich verpasse ihrem Schenkel einen festen Klaps. Sie gibt mir eine Nackenschelle. Ich lehne mich zurück und klemme ihren Arm gegen die Banklehne.

»Oh nein!«, kichert sie.

Oh doch. Freie Fahrt in ihre empfindliche Taille. Ich kitzle sie durch.

»Hör auf! Hör auf!«, ruft sie lachend. »Biiitt-teee!!!« Sie wehrt sich wie eine Furie, aber als ich ihre Beine mit meinen einklemme, endet es in einer Komplettdemütigung. Sie ist so fixiert, dass ich ihre Nase lecken kann, ohne dass sie etwas dagegen tun kann. Oh Mann, sie *hasst* das!

»Ich ... bring dich ... um!«, keucht sie und legt alle Kraft in einen Ausbruchsversuch.

Ich mustere ihr rotes Gesicht amüsiert.

»Erst mal können«, lästere ich und lecke noch mal.

»Hör auf!«

Ein Familienvater guckt interessiert zu uns rüber.

»Ich?«, frage ich unschuldig. »Womit denn? Damit?«

Ich lecke ihre Nase.

»Au! Hör auf!!«, stöhnt sie und sieht aus, als ob sie es ernst meint, aber bei ihr weiß man nie.

Ich gebe ihren Arm vorsichtig frei, jederzeit bereit, sie wieder in die Mangel zu nehmen. Sie legt vorsichtig eine Hand über ihre linke Brust und verzieht das Gesicht. Ich versuche mich zu erinnern. Auf welcher Brust ist Oscar gestern gelandet? War es die linke? Die rechte? Ist es ein Trick? Kommt gleich der Schwinger?

»Du hast mich voll eingeklemmt, du Spasti«, sagt sie und reibt sich die Prellung.

So was passiert mit Oscar ständig. Einmal schlug er mich beim Kämpfen mit einem Holzlöffel so hart auf die Hand, dass ich sie Tage lang nicht mehr schließen konnte. Auf der Brust muss es noch schmerzhafter sein, aber Rene gibt keinen weiteren Ton von sich. Lieber würde sie sich eine Staffel *Big Brother* anschauen, als zuzugeben, dass sie Schmerzen hat.

»Überlebst du es?«

»Ja, verdammt!«

»Dann hör auf, dich zu befummeln, die Leute gucken schon.«

»Ach ja?«, fragt sie. »Wer denn?«

Ich zeige auf den Familienvater, der plötzlich etwas Interessantes auf dem Boden entdeckt. Rene mustert ihn.

»Der hat geguckt?«

»Yep.«

»Dann schuldet er mir Geld. Treib es ein.«

»Ich bin mehr so der Managertyp.«

»Weichei.«

Sie richtet sich plötzlich auf und schaut sich suchend um. Bevor sie zum Muttertier mutieren kann, kommen die Kinder auf uns zu. Beide haben Zuckerwatte in der Hand. Oscar hat sich bereits total eingesaut. Lolas T-Shirt ist immer noch blitzblank. Lola reicht ihrer Mutter eine Zuckerwattestange. Oscar hält mir auch eine hin. Auf der einen Seite fehlt ein Teil. Ich schaue ihn an. Er schaut unschuldig zurück. Okay, Anwalt.

Eva setzt sich neben mich. Ihr blasses Gesicht hat etwas Farbe bekommen. Bei ihr reicht etwas Frühlingssonne für einen Sonnenbrand.

»So etwas hab ich seit Jahren nicht mehr gemacht«, sagt sie.

»Du Glückliche«, sage ich.

Sie lächelt.

»Siehst ehrlich gesagt ein bisschen grün aus.«

»Besser grün als rosa.«

»Ja, ich sollte mich vielleicht mal eincremen«, sagt sie und verpasst mir einen funkelnden Blick, der mir in den Magen fährt.

Wir lächeln uns mal wieder an. Sekunden vergehen. Ein Mann und eine Frau vergnügen sich in einem Vergnügungspark. Gott, hat sie einen schönen Mund. Und schon geht es wieder los. Mein Magen wird nach oben gesaugt und fallen gelassen. Free Fall ohne Maschine. Ist billiger, und Schlange stehen muss man auch nicht. Endlich mal ein Vorteil von Verliebtheit.

Sie springt auf die Beine.

»Wer kommt mit in den *Bounty Tower*?«

»Ichichichichich!«, schreit Oscar. Lola piepst mit.

»Aber nicht ohne den Opa!«, ruft Eva und schnappt sich meine Hand.

»Vergiss es!«

Die Kinder fallen schreiend über mich her. Wenig später sitze ich wieder in einem Folterinstrument. In einem Moment sause ich auf den Boden zu, im nächsten werde ich in den Himmel katapultiert. Und es hört nicht auf. Das Grundstück muss mehr Mageninhalte gesehen haben als alle Kölner Taxen zusammen. Ist mir schlecht. Ich beiße die Zähne zusammen und versuche, mich zu beherrschen. Etwas schiebt sich in meine Hand. Ich schaue nach unten. Eine Frauenhand liegt in meiner. Ich schaue wieder hoch. Eva lacht mich an und kreischt mit den Kindern um die Wette. Mal hat sie Hängebacken und eine Glatthaarfrisur, dann stehen ihr die Haare zu Berge, und ich sehe die Plombe. Merkwürdigerweise beruhigt mich der Anblick. Als wir mal wieder in den Himmel fliegen, lege ich meinen Kopf in den Nacken und brülle mit.

Es donnert. Lola nimmt meine Hand. Eine Gewitterfront in der Größe von Bohlens Minderwertigkeitskomplex schiebt sich auf uns zu. Menschen drängen sich unter den überdachten Hotdog-Stand, an dem wir Schlange stehen. Es donnert noch mal. Laut und grollend. Gleich wird es hier zur Sache gehen. Erste Tropfen beginnen schwer und satt auf das Blechdach des Imbisswagens zu klatschen. Rene schaut in den Himmel.

»Jesus Maria! Nichts wie weg hier!«

Wir drängen uns mit anderen Familien in Richtung Ausgang. Rene zieht den protestierenden Oscar hinter sich her, der lieber ertrinkt, als auf einen Hotdog zu verzichten. Von einem Moment auf den anderen beginnt es, heftig zu regnen.

»Los! Los!«, ruft Rene und nimmt Oscar auf den Arm.

Ich schnappe mir Lola, und schon laufen wir mit dem Regen um die Wette. Sagenhaft dicke Wassertropfen klatschen auf uns ein und durchnässen uns in Sekunden. Die Kinder haben jede Menge Spaß. Alle anderen fluchen.

Als wir den Wagen erreichen, beginnt die Apokalypse. In Vietnam habe ich den Anfang des Monsunregens erlebt. Genauso beginnt dieser hier. Der Vorhang fällt. Wir schaffen es gerade noch ins Auto, bevor eine

Wasserwand heruntergeht. Es ist, als würden wir unter einem Wasserfall parken. Ich stelle Gebläse und Scheibenwischer auf volle Stärke, dennoch kann man draußen nichts erkennen. Wahnsinn.

Nach fünf Minuten hört es genauso plötzlich wieder auf. Für einen Augenblick hält die Welt die Luft an und wird ganz ruhig. Die Zeit steht still. Wir fahren die Fenster runter und stecken die Nasen raus. Die Luft ist so klar, dass man darin baden möchte. Wenn es ein Paradies gegeben hat, dann muss es diese Luft gehabt haben, frisch und würzig. Es duftet nach unbefleckter Natur. Großstadtoasen sind keine Orte, sondern stille Momente des Friedens, wie dieser.

Ein Auto hupt.

Ein anderes antwortet wütend.

Da sind wir wieder.

»Was wollen wir heute essen?«, fragt Rene auf dem Rücksitz, während sie die Kids in ihre Kindersitze schnallt. »Nudeln und Tomatensauce?«

Sie erntet lautstarke Zustimmung. Ich starte den Wagen, fahre los und schaffe zwei Meter, bevor ich von einem BMW geschnitten werde, der mir erst die Vorfahrt nimmt und dann in die Bremsen geht und wie blöde hupt, ohne dass ich den Grund dafür erkennen kann. Als ich zurückhupe, schaut der Fahrer in den Rückspiegel und zeigt mir einen aufgeregten Vogel.

»Achtung, Kinder. Autotrottel auf zwölf Uhr.«

Die Kinder drücken sich in den Sitzen nach vorne, um alles sehen zu können. Eva verpasst mir einen fragenden Blick.

»Autotrottel!«, ruft Oscar.

Ich hupe noch mal. Der BMW-Fahrer zeigt mir den Finger. Oscar lacht begeistert.

»Noch mal!«

Ich hupe wieder. Jetzt fuchtelt der Fahrer sich vor der Stirn herum und droht mit der Faust. Die Kinder lachen.

»Autotrottel!«, kreischt Oscar begeistert.

»Okay, Autoquiz. Was will der nette Mann uns sagen? Wünscht er uns ein schönes Leben?«

»Neeeeiiin!«, kreischen die Kinder.

»Einen schönen Tag?«

»Neeeeiiin!«

»Was dann?«

Es folgen etliche ziemlich schräge Mutmaßungen, an denen sich Eva und Rene genüsslich beteiligen. Als würde der BMW-Fahrer unsere Freude spüren, hört er auf herumzufuchteln und mustert uns nur noch im Rückspiegel. Der Stau löst sich auf. Der BMW gibt Gas. Wir folgen ihm winkend. Der Fahrer schaut immer wieder in den Rückspiegel und sieht zu, dass er Land gewinnt. Nichts macht schlecht gelaunte Menschen mehr fertig als gut gelaunte Menschen.

Ich grinse zu Eva rüber. Sie lächelt, und in dem seltsamen Licht wirken ihre Augen heller.

»Lass mich an der Bahn raus.«

»Quatsch, ich fahre dich nach Hause.«

Rene steckt den Kopf zwischen den Sitzen nach vorne.

»Erst kommst du mit zu uns und isst zu Abend, danach bringt der Gigolo dich nach Hause.«

Eva sieht unentschlossen aus. Ich drehe mein Gesicht in Richtung Rückbank.

»SOLL EVA MIT UNS ESSEN?!«

Tinnitus.

»Na gut«, sagt sie und wirkt nicht, als wäre das eine allzu große Überwindung. Unsere Blicke treffen sich. Mein Magen tollt fröhlich über eine Sommerwiese. Dann schauen wir beide wieder nach vorne und tun so, als sei nichts. Aber ich mache mir nichts mehr vor. Es ist.

Wenn das Frühstück seltsam war, ist das Abendessen seltsamer. Wir essen und plaudern. Mal kämpft Eva mit Oscar, mal kitzelt sie Lola, mal steht sie mit Rene in der Küche. Als wäre sie schon lange da. Als würde sie hierher gehören.

Nach dem Essen albern wir ein bisschen mit den Kindern, dann geht Rene mit ihnen zu sich, um vor dem Schlafengehen noch eine ruhige halbe Stunde zu verbringen. Zurück bleiben ein Mann und eine Frau in einer auf einmal sehr stillen Küche. Mein Vater sagte oft: »Bevor du gar nichts machst, mach das Notwendige.« Also wasche ich ab. Eva trocknet ab. Mal berühren sich unsere Hände. Mal weht ein kleiner Duft ihres Haars herüber. Herrje.

Danach trinken wir Espresso. Dann reden wir über den Tag. Sie mag die Kinder. Gut. Ich frage nicht, wieso sie keine eigenen hat. Ein paar Fettnäpfchen erkenne sogar ich. Noch ein Espresso. Dann kommen die Kinder rüber und sagen Gute Nacht. Lola will auf meinen Arm und schmusen. Oscar will von Eva ins Bett gebracht werden. Oscar freiwillig ins Bett? Was kommt als Nächstes – Schröder entschuldigt sich für Gazprom?

Ich trage Lola ins Kinderzimmer, lege sie auf die

oberste Etage und erkläre ihr ausführlich, was ich toll an ihr finde. Unter mir lässt Eva sich von Oscar zutexten, der dabei halb wegnickt. Ich nutze die Gelegenheit, um mich runterzubeugen, ihm einen Kuss zu geben und ihm zu sagen, dass ich ihn ganz schön cool finde. Eine müde Hand kommt unter der Bettdecke hervor und formt eine Pistole. Mit letzter Kraft knallt er mich ab, und schon ist er eingeschlafen. Ich grinse Eva an. Ihre Augen leuchten, und im Raum schweben Liebespartikel herum wie Satelliten im All.

Als wir in die Küche zurückkommen, setzt Eva an, sich zu verabschieden. Rene ignoriert ihren Abschiedsversuch, drückt ihr ein Glas Wein in die Hand, wird dann schlagartig kolossal müde und verschwindet ins Bett. Bevor sie den Raum verlässt, zwinkert sie mir auffällig unauffällig zu. Dezent wie eine Haiattacke im Pool.

Die Schlafzimmertür schließt sich hinter ihr. Ich schaue Eva an.

»'tschuldigung.«

Sie grinst schief.

»Ist sie immer so?«

»Na ja, sie kuppelt gerne, und wenn sie einmal angefangen hat, ist sie wirklich hartnäckig. Einmal wollte sie mich in einem Restaurant mit einer Kellnerin zusammenbringen, die mehr Bizeps hatte als ich. Den ganzen Abend versuchte sie, mich zu überzeugen, diese Bodybuilderin nach ihrer Nummer zu fragen. Irgendwann tippte mich ein Kerl vom Nachbartisch auf die Schulter und bat mich genervt, mir doch bitte einen Ruck zu geben, damit er und seine Frau in Ruhe essen könnten.«

Sie lächelt.

»Also bin ich Teil einer Kuppelaktion.«

»Du und alle Anabolika spritzenden Frauen.«

Sie lacht. Ich schnappe mir die Weinflasche und zwei frische Gläser aus dem Küchenschrank.

»Bist du bereit für ein total überragendes, einmaliges Erlebnis?«

Obwohl sie keine Miene verzieht, wirkt sie auf einmal distanzierter.

»Mads ...«, beginnt sie.

Ich winke mit der Flasche.

»Jaja«, komme ich ihr zuvor, »schau, es gibt auch was zu saufen.«

Sie mustert mich, ihr Blick ist undurchdringlich, wie eh und je. Ich muss ihr wirklich dringend Pokern beibringen und ihr Manager werden, dann müsste ich nie wieder ins Büro.

»Na gut«, seufze ich, »und wir behalten die Klamotten an.«

Sie versucht, ernst zu bleiben, schafft das aber nicht wirklich. Die Fältchen um ihre Augen vertiefen sich.

»Überredet«, lacht sie.

In Deutschland eine Wohnung mit Dachterrasse zu haben gleicht der Suche nach dem perfekten Partner – beides zeugt von einem gewissen Optimismus. In Köln werden die Klimaveränderungen besonders deutlich. Hier regnet es im Sommer sechs Prozent und im Winter sogar zwanzig Prozent mehr als vor hundert Jahren. Vielleicht hat der Hauseigentümer das vorher geahnt, jedenfalls hat er das Dach nie ausgebaut. Man kann zwar hier hoch, darf es aber eigentlich nicht, weil es kein Geländer gibt. Es ist bloß ein ungesichertes Hausdach von zwanzig Quadratmetern, und wo die enden, geht es steil nach unten. Der Wind pfeift, und wenn es regnet, ertrinkt man. Doch sogar unter solchen Bedingungen hat es seinen Reiz, und heute erst recht. Der Sturm hat sich verzogen, und am Horizont geht eine Restsonne unter und hinterlässt einen Himmel, der vom Blau ins Ernsthaftere wechselt wie eine alternde Schauspielerin.

Wir stehen nebeneinander mit einem Weinglas in der Hand und schauen zu, wie die Sonne am Horizont versinkt und Platz für die Dämmerung macht. Eva atmet tief durch. Eine friedliche Stille breitet sich aus. Manchmal berührt ihre Schulter meine. Ich weiß wirklich nicht, wann ich zuletzt mit jemandem so gut geschwiegen habe.

»Wunderschön«, murmelt sie.

Ich breite eine Decke auf dem Dach aus und zünde eine Kerze an. Eva steht immer noch da und blickt in die Ferne. Sie scheint vergessen zu haben, dass sie losmuss. So was kann dieser Ort. Man ist so weit oben, dass man runterkommt.

»Wenn die Krankenkassen in Sachen Prävention weiter wären, würden sie sich an Baukosten von Dachterrassen beteiligen, was?«

Sie nickt, doch als ich versuche, ihr Glas nachzufüllen, hält sie ihre Hand drüber und wirft der ausgebreiteten Decke einen Blick zu.

»Ich muss los«, sagt sie.

»Wieso?«, frage ich und fülle mein Glas nach.

»Ich muss noch packen.«

»Wo soll's denn hingehen?«, frage ich und setze mich auf die Decke. »Meeting in Berlin? Shoppen in Mailand?«

Sie senkt ihre Augen und spielt mit dem Weinglas. Was sie auch immer zu tun hat, es scheint ein schwieriges Thema zu sein. Ich klopfe neben mir auf die Decke. Sie zögert kurz, dann murmelt sie irgendwas, das ich nicht verstehe, und setzt sich im Schneidersitz neben mich.

»Ich wollte es dir schon früher sagen ...«

»Du bist Drogenkurier?«

Sie lacht nicht. Stattdessen wendet sie ihr Gesicht ab und schaut über die Dächer.

»Ich fliege morgen nach Kanada.«

Mein Herz sackt weg.

»Kanada? Hast du eine Sonnenallergie oder was?«

In der zunehmenden Dunkelheit blinken ihre Zähne.

»Du warst noch nie in Kanada, oder?«

»Sonnenbrille, Bikini, Beachbar?«

»Kann man haben«, bestätigt sie, »aber deswegen fliege ich nicht dahin.«

»Sondern?«

Ihre Hände bewegen sich. In der Dämmerung wirken sie wie die Handschuhe einer Pantomime.

»Wegen des Meeres. Wegen der Wale. Wegen der tausend Kilometer unberührter Natur. Vor allem aber, weil die Kanadier nette Menschen sind und ich ein kleines Paradies entdeckt habe ...« Sie macht eine kurze Pause und schaut mich an. »Tofino.«

»Gesundheit.«

Sie lächelt.

»Das ist ein Ort. Und zwar der schönste auf der Welt. Die Wellen sind einfach *perfekt* zum Surfen.«

»Surfen«, sage ich. »In Kanada.«

»Genau.« Sie nickt euphorisch. »Wenn man im Pacific Rim Park durch den Regenwald läuft, kommt man zu den schönsten Stränden, die ich je gesehen habe. Die Wellen da sind einfach unglaublich.« Sie wedelt mit den Händen herum, um ihre Aussagen zu unterstreichen. »Die ganze Ecke da oben ist fantastisch. Es gibt Wale, Delfine, Seehunde, Walrösser, Bären, Adler, und wenn die Sonne scheint und alles ohne Nebel daliegt, dann ist das einer der magischsten Orte der Welt. Jedes Mal wenn ich von dort zurückkomme, stehe ich hier die ersten Wochen unter Schock.«

»Es geht mir manchmal schon so, ohne wegzufahren«, sage ich und nutze eine Unachtsamkeit in ihrer Deckung, um ihr einen kleinen Anstandsschluck nachzufüllen.

Sie schaut auf ihr Glas, zieht es aber nicht weg.

»Wann geht dein Flug?«, frage ich und fülle ihr Glas bis zum Rand.

»Um sieben«, murmelt sie.

Noch zehn Stunden ...

»Und wann kommst du wieder?«

Sie atmet ein, stößt die Luft durch die Nase wieder aus und schüttelt den Kopf.

»Es ist so verrückt, dass wir uns gerade jetzt treffen.«

Ich halte mein Glas in die Höhe und strahle sie an.

»Ja, wirklich schade, dass ich in dich verliebt bin und du gerade aus einer Beziehung mit einem Psycho kommst. Es hätte schön werden können.«

Dazu sagt sie nichts mehr. Dafür trinkt sie einen Schluck Wein. Ich spüre die Wärme ihres Körpers neben mir. Der Anblick, wie sie heute früh in meinem Bett aussah, steht wie in Stein gemeißelt vor meinen Augen.

»Ich hab 'ne Idee«, verrate ich ihr. »Du reist morgen ab, erholst dich im Urlaub von dem Irren, ich entliebe mich in der Zwischenzeit, und wenn du wiederkommst, bin ich zurechnungsfähig, und wir können uns ganz normal kennenlernen. Wenn es mit uns nicht klappt, kannst du immer noch hier in die Polterkammer einziehen und meine zweite Patchworkfamilien-Mitbewohnerin werden. Die Kids mögen dich, und Rene braucht einen Babysitter.«

»Mads«, sagt sie und gibt ein kleines Geräusch von sich, das wie ein Seufzen klingt. »Ich mache nicht Urlaub, ich wandere vielleicht aus.«

Wieder ein Stich. Ich versuche, ihre Augen zu erkennen, aber das Licht reicht dafür nicht mehr.

»Wie kann man denn ›vielleicht‹ auswandern?«

Sie wischt sich mit einer Hand über die Haare und verändert ihre Silhouette.

»Ich habe meine Wohnung aufgelöst und reise sechs Monate durch Kanada, Amerika und, wenn ich so weit komme, Südamerika. Wenn ich irgendwo einen Ort finde, an dem ich mich wohlfühle ...«, sie zieht die Schultern hoch, »... bleibe ich.«

Mein Glas ist leer. Ich fülle schnell nach und nehme einen tiefen Schluck. Sie hält mir ihr Glas hin, ich bin nicht der Einzige, der was braucht.

»Und ...«, beginne ich und weiß dann nicht weiter.

Sie lässt ihren Blick über die Hausdächer schweifen.

»Es ist der perfekte Zeitpunkt. Ich bin Mitte dreißig, habe meinen Job gekündigt, habe keine Kinder und …« Sie zieht eine Grimasse. »Wenn nicht jetzt, wann dann?«

Ich nicke und warte, dass sie lacht. Tut sie nicht. Sie scheint es ernst zu meinen.

»Solche Chancen muss man beim Schopf packen«, sage ich.

»Ja«, sagt sie und stößt ihr Glas gegen meines. »Carpe diem.«

Darauf trinken wir. Ich setze mein Glas ab und mustere sie aus dem Augenwinkel, diese Frau, die ich erst seit einem Tag kenne und die mir näher ist als Isabella nach einem Jahr. Mag sein, dass es Hormone sind, aber es fühlt sich anders an. Isa musste ich haben. Ich musste sie kriegen und besitzen. Mit der blassen Frau neben mir möchte ich einfach Zeit verbringen und sie kennenlernen. Und vielleicht möchte ich danach mit ihr weitergehen. Aber sicher nicht nach Kanada. Kanada. Morgen. Nachher. In zehn Stunden. Der reinste Irrsinn.

»Und das kannst du? Einfach deine Heimat verlassen und wegbleiben?«

Sie zögert.

»Ich weiß, wie viele Auswanderer zurückkommen. Vielleicht komme ich ja auch zurück. Aber ich muss es probieren. Ich bin jetzt vielleicht zum letzten Mal in meinem Leben ungebunden.«

Da ich nicht weiß, was ich dazu sagen soll, sage ich, was ich denke.

»Bleib hier.«

Ihr Körper versteift sich merklich.

»Sag das bitte nicht ... «, flüstert sie. »Du hast hier dein perfektes Leben mit Rene und den Kindern ...«

Sie stellt das Glas aufs Dach und steht auf. Ich stehe ebenfalls auf und hebe beschwichtigend die Hände.

»Ich meinte, heute Nacht. Bleib hier. Lass uns heute Nacht zusammen sein, unser letzter Abend.«

Sie starrt mich an. Ihr Körper ist angespannt. Ich merke, dass ich zwischen ihr und der Tür stehe und trete einen Schritt zur Seite.

»Wir stellen uns den Wecker, ich helfe dir morgen früh beim Packen und bringe dich zum Flughafen.«

Der Weg zur Tür ist frei, doch sie bewegt sich nicht.

»Wieso sollten wir das tun?« Ihre Stimme klingt angespannt, aber immerhin stößt sie mich nicht vom Dach. »Morgen bin ich weg, und dann jammern wir nur herum, wie toll es mit uns geworden wäre, und dann bin ich schuld, weil ich weggegangen bin.«

»Nein«, sage ich, mache langsam einen Schritt auf sie zu und greife vorsichtig nach ihren Händen. »Eva ... Morgen fliegst du um die Welt, aber es ist mir scheißegal, was morgen ist, heute will ich dich in meiner Nähe, und zwar so nahe, wie es geht, und wenn ich deswegen die nächsten Monate durchhänge, ist das okay. Weißt du, ich habe ewig nicht mehr ...«

Etwas schnürt mir die Kehle zu, ich ziehe sie endlich an mich. Als meine Lippen ihre berühren, halte ich still. Ich rieche ihre Haut, spüre ihren Herzschlag und schmecke den Wein auf ihren Lippen.

Sekunden breiten sich aus wie Jahresringe.

Dann öffnen sich ihre Lippen, und die Welt bleibt stehen.

Ich schwöre, ich spüre, wie die Erdkugel bewegungslos verharrt.

Ihre Zunge berührt meine und überzieht meine Haut mit Schauern. Etwas Warmes breitet sich prickelnd in meinem Körper aus, bis es an die Grenzen stößt und wieder zurückschwappt. Kusswellen.

Ich halte ihre Hände und drücke meinen Mund auf ihre glatten, warmen Lippen. Lange. Langsam. Bis ich nicht mehr weiß, ob wir atmen. Unser Puls vereint sich. Möwengeschrei in den Ohren. Oh Gott …

Irgendwann löst sie sich und lehnt sich etwas zurück. Die Welt setzt sich rumpelnd in Bewegung. Sie scheint mich anzuschauen, aber ich kann ihre Augen in der Dunkelheit nicht erkennen.

»Das ist total bescheuert«, flüstert sie.

»Ja«, sage ich. Gott, riecht ihr Atem gut.

»Wieso ausgerechnet jetzt?«, fragt sie und legt mir ihre Hände auf die Wangen.

»Reines Glück«, sage ich, presse meine Lippen auf ihre und ignoriere den Gedanken, dass es genau solche Situationen sind, die ich der Verliebtheit vorwerfe – mit einer Frau zu schlafen, die morgen das Land verlässt. Aktionen, die nichts als Ärger bringen.

Atembeschwerden. Ich öffne ein Auge. Lola liegt platt auf mir. Der Versuch, diesen Anblick mit meiner Erinnerung in Einklang zu bringen, verwirrt mich für einen Moment, dann drehe ich den Kopf. Neben mir liegt eine Frau. Sie ist wach, stützt ihre Wange auf ihre Handfläche und mustert mich. In dem schwachen Morgenlicht wirkt sie unwirklich hell.

Ich lächele sie an. Sie lächelt zurück und deutet auf meinen Wecker. Halb fünf. Wir müssen los. Ich drehe mich. Lola rutscht auf die Matratze und verschwindet zwischen den Decken wie ein Wattwurm. Wir rollen leise aus dem Bett und suchen unsere Kleidung zusammen. Während ich den Boden nach meiner Hose abtaste, treffen sich unsere Blicke. Mein Herz macht hoppla, und ein Schuss Endorphine bringt mich ins Glücksland. Vielleicht wegen ihres Anblicks. Vielleicht wegen des Geruchs. Vielleicht wegen der Situation. Nach einem One-Night-Stand leise die Klamotten zusammenzusuchen ist schon mal vorgekommen, aber gemeinsam aus dem Bett zu schleichen, um das Kind nicht zu wecken, das ist so … familiär. Mir ist danach zu lachen. Im selben Augenblick fällt mir ein, wo wir gleich hinfahren, und mir vergeht das Lachen.

In der Küche erwartet uns Stille. Sogar für Oscar ist es zu früh. Ich ziehe die Schlafzimmertür leise zu. Eva legt ihre Kleidung auf einen Küchenstuhl und steigt in ihren Slip. Ich genieße den Anblick ihres Rückens und presse mich an ihren warmen Morgenkörper. Oh Mann.

»Guten Morgen«, flüstere ich ihr ins Haar.

»Morgen«, raunt sie und dreht sich zu mir um.

Ich presse mich an sie und bohre meine Nase in ihre Wange, wie ein orientierungsloser Vampir.

»Gibt es bei dir Kaffee und Tassen?«

Sie schüttelt den Kopf.

»Alles weggepackt.«

»Ich mache uns einen Kaffee zum Mitnehmen, ja?«

Sie nickt an meiner Schulter. Ich halte sie und denke an heute Nacht. Ihre Mimik beim Sex war das Schönste, das ich je außerhalb eines Museums gesehen habe. Manche Gesichter lernt man nie kennen, die meisten Leute, auch ich, halten etwas zurück, ob bei Liebe, Schmerz oder Orgasmen. Eva nicht. Heute Nacht habe ich ihr Gesicht gesehen. Ich weiß, wie sie in zwanzig Jahren aussehen wird, und ich weiß, wie sie vor zehn Jahren ausgesehen haben muss. Ich habe sie müde und wach, fordernd und nachgiebig, erfahren und kindlich erlebt.

Ich küsse sie. Sie erwidert den Kuss. Die Berührung ihrer Lippen verpasst mir leichte Elektrik. Ich lasse meine Hände über ihren Rücken gleiten. Es ist alles so weich, warm und sinnlich. Meine Erektion wächst ihr direkt zwischen die Beine. Als die Spitze ihre weichen Lippen berührt, stöhne ich.

»Hmmmm …«, macht sie und bewegt ihren Unterleib langsam.

Ich drängele mich etwas vor. Sie drückt die Beine zusammen und schiebt mich weg.

»Wir müssen los.«

»Ich beeile uns«, verspreche ich und drängele wieder vor.

Sie gickelt, befreit sich und flüchtet ins Bad. Für ein paar Sekunden mustere ich die Badezimmertür unschlüssig. Anklopfen oder eintreten? Ich entscheide mich fürs Anziehen, immerhin sind Kinder im Haus. Lola ist vielleicht eh schon durcheinander, weil sie das Bett zweimal teilen musste, und wenn Oscar mich in diesem Zustand sieht, muss er wahrscheinlich zum Kinderpsychologen.

Während ich Kaffee mache, versuche ich mich zu erinnern, wann ich den Körper meines Vaters zum ersten Mal neugierig betrachtete und mit meinem verglich. Ich erinnere mich nicht mehr, wie alt ich war, aber ich weiß noch, wie er mich zur Seite nahm und mir verriet, dass mein Körper eines Tages genauso aussehen würde, und falls ich Fragen hätte, egal zu welchem Thema, sollte ich ihn fragen. Ein Angebot, das ich viel zu selten in Anspruch nahm. So lange sind meine Eltern schon fort, und noch heute fallen mir täglich neue Fragen ein, die ich ihnen gerne gestellt hätte. Wie sie es schafften, mich so zu erziehen, dass ich überwiegend mit mir zufrieden bin. Wie sie es schafften, meistens glücklich zu wirken. Und was ich mit einer Frau machen soll, die genauso in mich verliebt ist wie ich in sie, die aber dennoch in wenigen Stunden das Land verlassen wird. Egal was ich tue:

Ich weiß jetzt schon, dass es falsch ist. Lasse ich sie gehen, fühle ich mich blöd. Halte ich sie auf, fühle ich mich blöd. Ich möchte niemanden von seinem Traum abhalten. Im Gegenteil. Und nun? In solchen Situationen und für solche Fragen braucht man Menschen, die mehr erlebt haben als man selber. Menschen, die erfahren und weiser sind. Ältere Menschen. Gott, sie fehlen mir ...

Als ich den Kaffee in die Thermoskanne gieße, rieche ich einen Hauch *Old Spice*. Das Aftershave meines Vaters. Meine Kehle zieht sich zu. Eine Wellenwand kommt auf mich zugerast. Ich kann gerade noch die Kanne auf die Herdplatte stellen, dann ist sie da. Groß und schwarz türmt sie sich auf, Wolken hüllen mich ein, ich kriege keine Luft, klammere mich an die Küchenzeile und schnappe nach Atem.

Ein warmer, weicher Körper lehnt sich gegen meinen Rücken. Etwas legt sich um meinen Leib und schützt ihn. Die Welle löst sich auf ... verdunstet ins Nichts ... Ich blinzele. Vor mir ist die Küchenwand mit dem Kräuterregal. Die Espressomaschine brodelt auf dem Herd. Ich schaue an mir hinunter. Über meinem Bauch sind zwei Frauenhände ineinander verschränkt. Sie streicheln mich. Ich atme durch und versuche zu verstehen, was passiert ist.

»Alles in Ordnung?«, flüstert sie.

»Ja«, lüge ich und ziehe die Espressokanne auf eine andere Herdplatte.

»Gut«, sagt die Frau, die Wellen brechen kann.

Ich drehe mich um und küsse sie. Ihre Lippen sind weich und nachgiebig. Ich verharre an ihren Lippen und atme diesen Augenblick ein. Es ist nicht zu fassen.

Ein Dutzend Therapeuten und Psychologen, Freiversuche mit Alkohol, Kokain und Medikamenten. Und nun das. Alles, was ich anscheinend an Hilfe brauche, ist Nähe. Ihre. Und in vier Stunden wandert sie aus.

»Alles in Ordnung?«, flüstert sie an meinen Lippen.

Ich öffne meine Augen. Ihre sind groß und dunkel. Ich versuche ein Lächeln.

»Ich mag dich, Eva.«

Sie nickt langsam, als würde sie sagen, das ist ja das Schlimme.

Zehn Minuten später fahren wir durch eine schlafende Stadt. Schon wieder. Mit manchen Menschen macht man das nie. Nacht ist etwas Besonderes. Sie kann dich zum einsamsten Menschen der Welt machen. Oder dich mit jemandem auf eine Art zusammenschweißen, wie der Tag es nicht kann. Chemie der Dunkelheit.

Ich lenke den Wagen durch die leeren Straßen und versuche immer noch zu verstehen, was vorhin in der Küche passiert ist. Ihre Hand liegt auf meinem Schenkel. Eine Geste, die ich noch nie außerhalb einer Beziehung erlebt habe. Intim. Besitzergreifend. Vertraut. Gott, ich kenne sie erst seit vorgestern.

»Hat es dir die Sprache verschlagen?«

Ihr Profil ist ernst, doch als sie den Kopf dreht, lächelt sie. Ihre Hand drückt meinen Schenkel.

»Ich will es nicht zerstören«, flüstert sie.

Dann bleib hier, liegt mir auf der Zunge, aber ich spreche es nicht aus. Anscheinend lerne ich dazu. Die Frage ist bloß, ob es der richtige Augenblick ist, um zu lernen. Vielleicht sollte ich mal freiwillig ins Fettnäpfchen treten und sie bitten zu bleiben.

Als spürte sie, was ich denke, schüttelt sie den Kopf. Ich frage sie, warum sie den Kopf schüttelt. Sie sagt, wegen dem, was ich denke. Ich frage, woher sie wissen will, was ich denke. Sie sagt, sie kann mich lesen. Ich frage, was ich gerade gedacht habe. Sie sagt, ich wollte sie fragen, ob sie nicht bleiben kann. Ich erkläre ihr, dass sie falschliegt. Ich höre mich irgendwas von Superangebot One-Night-Stand mit Kaffee to go inklusive Transfer zum Flughafen faseln. Super. Vielleicht kann sie mich doch lesen. Vielleicht ist das momentan nicht schwer.

Wir fahren. Ihre Hand bleibt auf meinem Bein liegen. Ihre Handfläche brennt ein Loch in mein Bein, und mein Herz schlägt. Ich spüre die Verbindung zwischen uns, als wären wir mit Kabeln verbunden, aber ich weiß trotzdem nicht, was das Richtige ist.

In ihrer Wohnung packen wir. Das heißt, sie packt. Ich gehe derweil mit einem Kaffee durch die Wohnung und versuche die Was-wäre-wenn-Gedanken abzuwürgen. Im Schlafzimmer liegt ein Schlafsack auf dem Boden. Ich schnuppere daran. Riecht nach ihr. In der Küche steht eine Tasse, im Bad hängt ein Handtuch. Sonst ist die Wohnung besenrein. Ich setze mich auf die Wannenkante und lasse die Sache einwirken.

»Wo sind deine Sachen?«, rufe ich.

»Das meiste habe ich verkauft«, schallt es zurück. »Den Rest habe ich in einem Lager untergestellt. Sobald ich weiß, wo ich bleibe, lasse ich es mir per Schiff nachschicken.«

Ich schlürfe an meinem Kaffee und versuche, mir das vorzustellen. Nichts mehr da, auf das man aufpassen muss, das man pflegen muss, das kaputtgehen kann. Keine Gegenstände. Einfach nur ein paar Koffer und die Zukunft. Klingt spannend. Als ich sechzehn war, hätte ich ein Auslandsjahr in Amerika bekommen können, doch ich war in Heidi verliebt. Unsere Beziehung hielt genau sieben Wochen, und da war die Meldefrist für das Auslandsjahr um eine Woche abgelaufen. Noch ein Grund, der Verliebtheit mal eine Ladung Pfefferspray zu verpassen.

Ich trinke wieder einen Schluck Kaffee und nicke den Kacheln zu. Hätte ich mich nicht in Heidi verliebt, würde ich heute vielleicht in San Diego leben und für die *Los Angeles Times* arbeiten. Und wären meine Eltern nicht gestorben, würde ich vielleicht heute noch in Aachen über Schweinerennen, den BVB und Lokalpolitiker schreiben. Vielleicht ist Ortsansässigkeit ein Synonym für verpasste Gelegenheiten, und ich bin schon sehr lange an einem Ort. Vielleicht denke ich auch bloß zu viel. Vielleicht sollte ich aufhören zu grübeln und lieber den Augenblick genießen. Sie gehen nämlich alle vorbei. Genau. Auch dieser. Wow. Wahnsinnserkenntnis.

Ein Geräusch neben mir. Ich schiele nach rechts. Eva steht in der Tür und beobachtet mich.

»Was machst du?«

Gute Frage. Ich stehe auf.

»Bist du fertig? Können wir?«

Sie mustert mich ausdruckslos, als ich auf sie zugehe, öffnet aber sofort Arme und Lippen, als ich bei ihr ankomme. Wieder gewährt sie mir ein paar Sekunden, dann zieht sie ihr Gesicht zurück und betrachtet mich. Nach einem Moment verzieht sie ihr Gesicht.

»Mist.« Sie presst ihre Lippen aufeinander und lässt mich wieder in ihrem Gesicht Rätsel raten. »Wir müssen los«, murmelt sie.

»Mist«, sage ich und folge ihr ins Wohnzimmer, in dem eine Reisetasche steht, an der die Schlafrolle und der Schlafsack rangehängt sind. Ich schaue mich um.

»Wo ist der Rest?«

»Mehr brauche ich nicht«, sagt sie, und es sticht mir ins Herz.

Als wir die Wohnung verlassen, behalte ich sie im Auge. Sie zieht die Tür zu und wirkt erleichtert.

Auf dem Weg zum Flughafen liegt ihre Hand wieder auf meinem Bein. Außerdem schweigen wir. Nur so ein Schweigen mal wieder. Mit manchen kann man nicht reden, mit manchen kann man nicht schweigen, mit manchen kann man nicht vögeln. Wir können. So ist das am Anfang, da klappt noch alles, und was nicht klappt, kann man sich noch erhoffen. Echt mies von ihr, wegzufliegen, bevor Phase zwei greift.

Ein Wagen überholt uns. Hinter dem Steuer sitzt ein Mann, der genervt wirkt. Neben ihm sitzt eine Frau, die traurig aussieht. Vielleicht ist er froh, dass sie abreist, und sie deswegen traurig. Immerhin ist in dem Wagen einer bald glücklich. Da können wir nicht mithalten. Wir haben kein Glück. Nicht mal Pech. Nichts hält uns auf. Keiner fährt uns rein. Der Sprit reicht. Die Reifen halten. Wo ist Unheil, wenn man es braucht?

»Pech ist ein Arschloch«, murmele ich.

Wieder macht sie diese Nummer, dass sie mir zunickt, als wüsste sie, was ich denke. Mir gefällt der Gedanke, dass sie es tatsächlich weiß und einfach akzeptiert, was manchmal so durch mein Hirn rattert.

»Ich habe eine These«, sagt sie und drückt meinen Schenkel.

»Lass hören.«

»Wir konnten uns die letzten Tage deswegen so aufeinander einlassen, weil wir wussten, dass es nur für kurze Zeit war. So wie im Urlaub.«

Ich werfe ihr einen Blick zu.

»Du meinst, das wäre nicht passiert, wenn du nicht wegfahren würdest?«

»Ja.«

»Aber ich wusste nicht, dass du wegfährst.«

Sie runzelt die Stirn.

»Himmel, ja.« Sie kratzt sich kopfschüttelnd an der Stirn. »Ich verliere schon den Verstand.«

Ich hebe eine Hand und deklamiere.

»Wenn der Verstand leicht verwundbar ist, wenn er alle Unterstützung, alle Erklärungen verloren hat, wenn er nackt ist, dann wird er die Glückseligkeit der Wahrheit erfahren.«

»Du liest Krishnamurti?«, fragt sie überrascht.

»Wer?« Ich werfe ihr einen Blick zu und sehe fragende Augen. »Der Satz stand in einer Zitatesammlung, die ich von meinem Vater geerbt habe, gleich neben ›Die Ewigkeit dauert lange, besonders gegen Ende‹ von Woody Allen.«

Als sie nichts dazu sagt, werfe ich ihr noch einen Blick zu und bleibe an ihren Augen hängen. Ihr Blick verrät mir, was ich wissen muss und was ich besser nicht wüsste. Ihre Hand verlässt meinen Schenkel, schleicht sich in meine Schalthand und nistet sich dort ein. Ich schaue wieder nach vorne, überrascht, dass wir uns immer noch auf der Straße befinden. Über uns steigt ein Flugzeug in den Himmel. Der Flughafen nähert sich. Ihre Hand drückt meine.

»Komm mit«, flüstert sie.

»Bleib hier.«

»Ich kann nicht.«

»Ich weiß.«

Und ich kann nicht auswandern. Die Kinder. Und Rene. Viele Gründe sind es nicht, die mich hier halten. Aber gute. Früher hätte ich noch den Job genannt.

Wir biegen ab zum Flughafen, rollen über die Verkehrsberuhigung. Vor Terminal zwei will ich aussteigen, doch sie legt ihre Hand auf meinen Arm. Ihr Blick ist dunkel, ihre Lippen zittern. Sie sagt nichts. Ihre Augen schimmern. Sie lehnt sich rüber und umarmt mich. Als ich ihren Geruch rieche, muss ich die Zähne zusammenpressen, um nichts Blödes zu sagen.

»Und wenn ich nachkommen möchte?«, flüstere ich. »Was dann?«

»Hör auf«, flüstert sie.

»Und wenn doch?«

»Hör auf!« Sie löst sich aus meiner Umarmung. Ihre Augen sind nass. Ihr Blick weicht meinem aus. »Ich will das nicht mitschleppen.« Ihre Stimme ist tonlos und flach.

Ich lege meine Hand auf ihre Wange.

»Verdammt, Eva, ich verlange doch nicht, dass du deine Pläne meinetwegen änderst. Ich will bloß wissen, wo ich dich finden könnte, wenn ich nachkommen würde.«

Sie greift nach dem Türgriff. Ich halte die Luft an und weiß nicht, was ich tun soll, wenn sie jetzt einfach aussteigt. Doch sie sitzt nur da. Ihre Hand ruht auf dem Türgriff. Sie schaut starr nach vorne.

»Ich lande in Vancouver und fahre direkt nach Tofino«, spricht sie mit leiser Stimme. »Dort bleibe ich drei Tage zum Surfen, danach beginnt meine Kanada-Rundreise.« Endlich hebt sie ihren Kopf und schaut mich an. In ihrem Gesicht liegt eine Härte, die ich noch nicht kenne. »Mads, ich warte nicht auf dich. Dienstag reise ich weiter, ich bin dann weg.«

»Wie finde ich dich da?«

Sie schüttelt ihren Kopf leicht von einer Seite zur anderen, als könnte sie es nicht glauben, was wir hier tun.

»Tofino ist klein. Bevor man auf der Hauptstraße ins Dorf reinkommt, gehen ein paar Wege ab; wenn man den ersten Weg rechts abfährt, kommt man zu meinem Hotel. Das ist ein rotes Holzhaus und steht auf einem Steg am Wasser, man kann es nicht verfehlen.« Sie setzt einen Atemzug aus. »Jetzt gehe ich.« Als sie mich anschaut, schwimmen ihre Augen. »Ich gehe jetzt, ja?«

Ich versuche ein Lächeln. Wir schauen uns in die Augen, und mein Herz zieht sich zusammen, und eine Uhr tickt, und draußen fährt ein Wagen vorbei. Es ist ein ganz normaler Montagmorgen für viele Leute.

Sie öffnet die Tür und steigt wortlos aus. Ich schaue zu, wie sie mit der Tasche in die Abflughalle verschwindet. Sie dreht sich nicht um. Als die Tür sich schließt, habe ich die idiotische Hoffnung, dass sie sich gleich wieder öffnet und sie zurückkommt. Idiotisch. Zur Sicherheit bleibe ich stehen, bis ein Taxifahrer mich auffordert, weiterzufahren. Sie kommt nicht.

Im Rückspiegel wird der Flughafen kleiner. Nichts passiert. Wieder kein Pech. Niemand hält mich auf. Kein vergessener Reisepass im Wagen. Nichts. Hab das Gefühl, mein Herz springt aus der Brust. Atmen schmerzt, und hinter meiner Stirn pocht es. Ich schaffe es auf den nächsten Parkplatz, springe aus dem Auto und brülle, so laut ich kann. Ein Elternpaar, das ein pinkelndes Kind in ein Gebüsch hält, schaut argwöhnisch zu mir herüber. Der Mann schiebt sich vor seine Familie und behält mich im Auge. Über mir steigt ein Flugzeug in den Himmel, und ich verspüre ein verwirrendes Gefühl aus Erleichterung und Enttäuschung. Ich bin erleichtert, weil sie weg ist. Jetzt bleibt alles beim Alten, und alt ist gut. Doch alt ist ohne Eva, und das ist schlecht. Aber Glück gehabt. Isabella fand ich am Anfang auch klasse und dann? Genau.

Das Flugzeug steigt weiter. Ich schaue ihm nach, bis es am Horizont verschwindet. Zurück bleibt ein Punkt auf der Erde. Punkt.

Als ich in die Küche komme, sitzt Oscar mit Susi am Küchentisch. Er hält das protestierende Tier auf seinem Schoß und tut, als wäre nichts, obwohl das Vieh klingt wie mein Handy auf Stress.

»Soll ich Kaffee machen?«, fragt er eifrig.

»Und?«

»Zähne putzen, Tisch decken, Mama wecken.«

»Ab.«

Er verschwindet und presst Susi so verstohlen an sich, wie ein halb nackter Junge ein quiekendes Meerschweinchen verstohlen an sich pressen kann. Ich gehe ins Bad, reiße mir die Kleidung vom Leib und stelle mich unter die Dusche. Warm, kalt, heiß, eiskalt. Als ich aus der Dusche komme, ist Evas Geruch weg, trotzdem ist sie noch da. Beim neurolinguistischen Programmieren gibt es die Übung »Spiegeln«. Sie besteht darin, sich genauso zu verhalten wie sein Gegenüber. Man sitzt wie er, man redet wie er. Man macht ihm alles nach: Gestik, Mimik, Intonation. Das habe ich vor. Ich spiegele jetzt einen normalen Tag, an dem ich nicht die interessanteste Frau, die ich seit Jahren getroffen habe, zum Flughafen gefahren habe. Kaffee und ab ins Büro. Ein ganz normaler Tag.

Die Tür fliegt auf. Rene kommt im Morgenmantel hereingetaumelt. Ihr Gesicht ist vom Schlaf verquollen, und ihre Haare stehen in alle Richtungen.

»Hey«, krächzt sie, drängelt sich an mir vorbei, lässt den Bademantel fallen und verschwindet in der Dusche. An einem normalen Tag müsste ich sie jetzt nerven und sie mich anschweigen. Ihren Part erledigt sie routiniert, doch als sie aus der Dusche kommt, bin ich zur Hälfte rasiert, und mir ist immer noch nichts Belangloses eingefallen. Sie schlüpft in den Bademantel, schnappt sich ein Handtuch und beginnt, ihre Haare trocken zu rubbeln.

»Na, geht doch«, sagt sie. »Kaum hast du mal Sex, hörst du auf, mich anzuglotzen. Wie war's?«

Ich konzentriere mich ganz auf die schwierige Stelle unter meinem Kinn, wo ich eine Narbe habe.

»Was ist mit deiner Dusche? Wann rufst du den Handwerker?«

Sie hebt das Handtuch, als wollte sie mich schlagen.

»Du hast sie doch nicht etwa noch mal gehen lassen?«

»Keine Sorge, wir haben es getan, bist du jetzt zufrieden?« Und danach ist sie gleich weiter nach Kanada geflogen. »Lola kam heute Nacht rüber und fand uns im Bett. Keine Sorge, sie hat nichts gesehen, aber ich denke, wir sollten ihr die Sache erklären. Sie hat mich ja nie mit einer anderen Frau gesehen, was meinst du?«

Sie verpasst mir eins mit dem Handtuch auf den Rücken.

»Au!«, rufe ich und reibe die Stelle, die sie erwischt hat. »Wofür war das?«

»Hast du mit ihr geschlafen, oder redest du wieder Müll?«

Ihr Gesichtsausdruck bringt mich fast zum Lachen. Gott, jetzt muss ich schon ihr zuliebe Sex haben.

»Entspann dich, wir haben miteinander geschlafen, und es war ...« Ich atme tief ein und suche nach einem treffenden Wort. »Gut.«

Sie grinst.

»Ich bin stolz auf dich.« Sie beginnt, sich wieder abzutrocknen. »Und wann seht ihr euch wieder?«

»Sie ist weg.«

»Wie, weg?« Sie verharrt und fixiert mich. »Wann kommt sie wieder?«

»Gar nicht. Sie sitzt im Flieger nach Kanada.«

Sie richtet sich auf.

»Was hast du getan?«

»He, sie ist ausgewandert, ja? Sie plant das seit Monaten.«

»Verdammter Idiot.«

Sie versucht, mich wieder mit dem Handtuch zu schlagen. Ich nehme es ihr ab. Sie marschiert kopfschüttelnd aus dem Badezimmer.

Als ich glatt rasiert in mein Schlafzimmer komme, liegt Lola immer noch im Bett. Ein kleiner Fuß schaut verlockend unter der Bettdecke hervor, und sie ist ungefähr so kitzlig wie Berlusconi korrupt. Ich widerstehe dem Drang und freue mich einfach darüber, dass sie immer meine Nähe sucht. Zumindest bilde ich mir ein, dass sie meinetwegen hier ist. Vielleicht wird es auch einfach Zeit, dass sie ihr eigenes Zimmer bekommt. Noch ein paar Monate, dann werden drei Leute in diesem Haushalt ausflippen, wenn ich mit ihnen eine kleine Hausbegehung mache. Der Gedanke, wie sie ausrasten werden, lässt mich für eine Sekunde lächeln. Dann holt mich der Morgen wieder ein.

Ich öffne den Kleiderschrank und picke einen hellgrauen Anzug heraus. Als ich mein Hemd in die Wäschetonne werfe, bleibt mein Blick an ein paar Kaffeeflecken hängen. Als die entstanden, war Eva noch da. Vorhin. Damals.

Mit dreiundzwanzig habe ich mal ein Glas in einer Bar geklaut und es jahrelang aufgehoben, weil es das letzte war, das Sarahs Lippen berührt hatten, bevor sie Schluss machte. Es gefiel mir, manchmal daraus zu trinken und an sie zu denken. Die schönste Affäre in meinem Leben. Bislang. Außerdem habe ich jahrelang einen BH von Vivette aufgehoben. Der beste Sex meines Lebens, verewigt durch ein intimes Kleidungsstück. Und jetzt, Kaffeeflecken von Eva, der Frau, die Tsunamis durch eine Umarmung vertreiben konnte. Man sollte eine Letzte-Dinge-Ausstellung organisieren, in der Menschen die Sachen ausstellen, die ihnen geblieben sind. Die letzte Serviette, mit der sie sich den Mund abwischte ... der letzte Kissenbezug, auf dem er schlief ... textile Brücken zu Erinnerungsinseln.

»Was machst du?«

Lola sitzt im Bett und mustert mich aufmerksam. Ich werfe das Hemd in die Wäschetonne.

»Ich hab mein Hemd bekleckert«, erkläre ich ihr und ziehe ein frisches aus dem Schrank. Wie erkläre ich ihr das mit Eva? Eine Freundin? Entfernte Verwandte? Schmusige Einbrecherin? Soziales Projekt?

»Willst du Eva heiraten?«

Kinder. Immer eiern sie um das Thema herum.

»Nein, das will ich nicht. Außerdem könnte ich gar nicht, denn sie ist verreist.«

»Wohin?«

»Nach Kanada.«

Sie kneift die Augen leicht zusammen, während sie nachdenkt.

»Da ist es kalt.«

»Sie macht dort einen Surfkurs. So kalt kann es also nicht sein.«

»Wie lange bleibt sie denn da?«

»Für immer.«

Sie mustert mich mit ihrem Mona-Lola-Blick. Ich hänge den Anzug wieder auf den Bügel, gehe zum Bett und lasse mich neben ihr auf die Matratze fallen. Sie kuschelt sich an mich.

»Mochtest du Eva?«, frage ich.

Sie nickt, und ihre Haare kitzeln meinen Hals.

»Ist es in Ordnung, dass sie hier geschlafen hat?«

Sie nickt wieder. Ob sie das auch getan hätte, wenn sie nicht wüsste, dass Eva weg ist? Tja, ein guter Journalist hätte die Fragen geschickter formuliert, aber mir reicht es. Eva war da, sie ist weg, und Lola hat zum ersten Mal eine Frau in meinem Bett gesehen und wirkt weder verstört noch wütend, noch traurig. Dennoch gehe ich auf Nummer sicher: einmal gemeinsam lachen.

»Weißt du«, sage ich und knutsche ihren Scheitel, »wir haben echt Glück. Viele Kinder haben einen Vater und eine Mutter, aber du hast einen Vater und eine Mutter und noch einen Bonusvater. Du bist eine Glückspilzin.«

»Glückspilzinnen gibt's nicht«, kichert sie.

»Oh doch, das sind die besonders hübschen und klugen Pilze, die mehrere Pilzväter haben, die sie total pilzmäßig lieben.«

Sie kichert. Ich kitzele sie ein bisschen. Nicht genug, um sie zu ärgern, aber genug, damit sie diese verspielten Genervt-Töne macht, die ich liebe. Seit Monaten nehme ich mir vor, dass das mein nächster Klingelton wird, doch heute zieht es fast wirkungslos an mir vorbei. Ich kitzele sie noch mal, bis sie wieder kichert. Dann knutsche ich sie ein bisschen und blase Luft gegen ihre Wange, bis es knattert wie ein lauter Furz. Etwas, das bei hyperintelligenten Kindern nicht weniger Wirkung hat als bei allen anderen. Als sie sich kichernd zwischen den Bettdecken versteckt, kitzle ich sie gleichzeitig an Füßen, Armen, Beinen, bis sie sich hysterisch kreischend aus dem Bett fallen lässt und darunter flüchtet. Ich rolle mich auf den Rücken und starre an die Decke. Draußen in der Küche klappert Oscar herum. Unter dem Bett kichert Lola. *Sie ist weg. Es ist vorbei. Das war's.*

Ich lasse eine Hand neben das Bett hängen. Lola schnappt sie sich und beginnt an meinen Fingern zu ziehen, bis meine Gelenke knacken. Aber der Knackpunkt ist, dass es nicht das erste Mal in meinem Leben ist, dass ich Endgültigkeit akzeptieren muss. Und ich war noch nie gut darin. Eine Therapeutin erklärte mir, dass neunzig Prozent aller Probleme darauf beruhen, dass man die Vergangenheit nicht bewältigen kann. Wenn man mit etwas abschließen will, muss man sich dem Problem stellen. Aber wie löst man ein Problem, das tot oder weg ist? Fast alle Therapeuten empfahlen mir, den Unfallverursacher aufzusuchen und ihm zu sagen, wie es mir geht. Aber nicht er ist mein Problem. Mein Problem ist, dass meine Eltern mir fehlen. Und jetzt fehlt mir noch jemand. Vielleicht sollte ich *sie* aufsuchen und ihr sagen, wie es mir geht. *Stopp!* In solchen Augenblicken, wenn die Hormone die Kontrolle übernehmen wollen, hilft nur eins: Ruhe bewahren, keine Schnellschüsse, erst mal sacken lassen. In solchen Momenten bleibt man besser im Jetzt, denn jetzt ist jetzt, und vorbei ist vorbei. Und jetzt ist vorbei.

In der Redaktion erwarten mich angeschlagene Kollegen und auch am zweiten Tag nach der Party noch ein brodelnder Flurfunk. Ich bekomme mehr oder weniger dezente Nachfragen, wer meine entzückende Begleiterin war. Manche erkundigen sich, ob sie Kostüm oder Arbeitskleidung trug, andere interessieren sich für ihren Beziehungsstand, und zwei fragen direkt, ob ich sie mit ihr verkuppeln kann. Ich bügele alles mit *Lesbe* ab und hoffe, dass diese Aussage nie zu Renes Ohren vordringen wird.

Während draußen der Flur summt, versuche ich, Vanessas Psychoblick zu ignorieren und mich zum Schreiben zu motivieren. Schreibblockaden sind wie Sexprobleme in der Beziehung: Wenn nichts mehr geht, darf man nicht zu lange darüber nachdenken, sondern muss es einfach tun, egal wie schlecht. Es zählt nur die Überwindung der Blockade, nicht die Qualität. Also schreibe ich drauflos, ohne zu beachten, ob der Text Sinn macht. Super. Wieder eine Blockade gesprengt. Früher saß ich manchmal tagelang über einem kurzen Text, damit er garantiert fehlerlos, die Fakten verständlich und der Stil packend waren. Heute mühe ich mich ebenso lange ab, bis der Text belanglos genug ist, damit Gerd ihn mir abnimmt. Gott, würden Wallraff oder Leyendecker mich jetzt sehen, müsste ich Seppuku begehen.

Der erste Entwurf wird eine Mischung aus Psychogramm über den geistigen Zustand von Caro-Fans und ein Pamphlet gegen die allgemeine Verblödung der Gesellschaft, vor allem meiner eigenen – wieso sitze ich hier, wenn Eva im Flugzeug sitzt? Gute Frage. Hat leider nichts mit der Kolumne zu tun. Ich lösche alles und grübele über einen neuen Anfang.

Stattdessen geben meine Finger »Tofino« bei Google Maps ein. Ein Dorf. Liegt in einem Indianerreservat an der Spitze einer Halbinsel in British Columbia. Ich tippe die Route Köln – Tofino ein, und das Programm nimmt mich ernst: Bahn nach Frankfurt, Flug nach Vancouver, mit Mietwagen auf eine Fähre und dann weiter nach Tofino. Die Anreise vor Ort dauert wohl noch mal sieben bis acht Stunden, von Vancouver aus. Ich klicke mich durch Tofino und finde ein unglaubliches Hotel auf einem Felsenvorsprung mitten in den Wäldern, das einen eigenen Strand hat. Dort irgendwo wird Eva morgen surfen. Verrückt. Surfen in Kanada. Sie muss den Verstand verloren haben. Da ich schon dabei bin, checke ich mal das Wetter. Tofino, Kanada, sonnig, dreiundzwanzig Grad. Hm.

Als ich auf eine Fluggesellschaft klicke, öffnet sich als Erstes ein Sonderangebot nach Vancouver. Wenn ich an Zeichen glauben würde ... Aber ich glaube ja nicht daran. Zeichen sind genauso überschätzt wie Verliebtheit. Bevor ich mit Isa zusammenkam, hatte ich eine Affäre mit einer Anwältin. Verena war attraktiv, gut im Geschäft und wusste, was sie wollte: einen standesgemäßen Begleiter. Meine Vorgänger waren allesamt bekannte und/oder reiche Männer gewesen. Normalerweise wäre ein Journalist gar nicht auf ihrem Radar aufgetaucht, aber als wir uns kennenlernten, war uns beiden der Wagen auf demselben Parkplatz abgeschleppt worden. Wir teilten uns ein Taxi zum Parkplatz des Abschleppunternehmens und stellten fest, dass wir a) beide einen weißen Audi fuhren und b) am selben Tag Geburtstag hatten. Als dann noch herauskam, dass ihr Sohn ebenfalls Mads hieß, war für sie die Sache klar: Das Schicksal hatte uns zusammengeführt.

Von da an waren wir ein Paar, und es lief erstaunlich gut. Abgesehen von meiner Panik davor, dass sie neue Zeichen finden könnte, die uns genauso zuverlässig trennen würden, wie sie uns zusammengebracht hatten. Aber sie sah nichts. Nach zwei Monaten lernte ich ihren siebenjährigen Sohn kennen – und mochte ihn nicht. Das einzige Kind in meinem Leben, das ich gar nicht mochte, und das beruhte auf Gegenseitigkeit. Er saß immer da und starrte mich an, wie *Damien*, das Horrorkind. Wenn Verena nicht hinsah, schlug und kniff er mich. Ich versuchte alles, reden, spielen, Distanz, Nähe, Belohnung, Strenge, doch nichts half. Der Kleine spürte genau, was los war, und ließ nichts unversucht, um seine Mutter gegen mich aufzubringen. Verena meinte, es sei bloß eine Frage der Zeit. Sie lag falsch. Nach vier Monaten hasste der Kleine mich umso mehr, und ich mochte ihn immer noch nicht. Also beschloss ich, in den sauren Apfel zu beißen, und machte Schluss. Verena fiel aus allen Wolken und fragte mich, wieso? Ich erklärte ihr, dass es nicht so gut lief zwischen dem großen Mads und dem kleinen

Mads. Sie erklärte mir wieder, dass es nur eine Frage der Zeit sei. So ging das hin und her, bis ich schließlich damit herausplatzte, dass ihr Kind ein Arschloch sei und ich es hassen würde. Nichts beendet eine Beziehung schneller als das. Sollte man meinen. Bei Verena nicht. Sie wollte trotzdem mit mir zusammen sein. Obwohl ich ihr einziges Kind nicht mochte. So etwas können Zeichen: Sie können eine Mutter dazu bringen, eine Beziehung mit einem Mann zu führen, der ihren Sohn nicht mag. Zeichen sind gefährliche Zufälle, die, wenn sie falsch interpretiert werden, ähnlichen Schaden anrichten können wie Hormonausschüttungen. Leider sind sie manchmal ebenso verlockend. Zum Beispiel, wenn man unbedingt nach Kanada möchte, dies aber auf keinen Fall tun sollte – und sich dann auf dem Computerbildschirm Internetseiten mit Reiseangeboten nach Kanada öffnen …

Die Bürotür öffnet sich. Sarah steckt den Kopf rein.

»Der Alte will dich sehen.«

»Was will er?«

»Keine Ahnung.«

»Was Neues vom Flurfunk?«, frage ich und klicke auf »Schließen«. Das Onlineangebot der Fluglinie verschwindet vom Bildschirm.

Sarah schüttelt den Kopf und wirft einen verstohlenen Blick zur Trennscheibe, hinter der Vanessa uns beobachtet.

»Es ist, als hätte Vanessa sich nach der Party in Luft aufgelöst. Es hat aber jemand gesehen, wie TR sie angebaggert hat, bevor sie verschwand.«

»TR baggert jede an, und viele verschwinden danach. Außerdem: Wieso sollte Vanessa mit TR schlafen? Er ist Fotograf.«

»Richtig«, stimmt sie mir zu. »Das ist so gar nicht ihre Preisklasse. Wobei ....« Sie kratzt nachdenklich ihr Kinn. »Vielleicht schläft sie ja auch manchmal mit Leuten, von denen sie nicht beruflich profitiert.«

Wir denken da eine Sekunde drüber nach und schütteln gleichzeitig den Kopf.

»Was ist eigentlich los mit dir?«, lästere ich. »Früher wusstest du doch alles, und jetzt kriegst du nicht mal raus, wen TR flachgelegt hat. Gut, klar, wir können neun Monate warten und schauen, wer ein Baby kriegt, aber ...«

»Ich krieg's raus«, schwört sie und verlässt das Büro mit einem Habitus, als hätten wir Hinweise auf den verschwundenen Goldzug von 1945.

Gerd sitzt hinter seinem überdimensionalen Schreibtisch und betrachtet irgendwas auf seinem Bildschirm. Seine heutige Fliege ist blau, sein Hemd grün, auf halber Strecke scheint ihm die Luft ausgegangen zu sein, denn Hose und Schuhe sind schwarz.

»Du wolltest mich sprechen?«, frage ich und lasse mich in den tiefergelegten Besucherstuhl fallen.

»Wie lief es gestern?«, brummt er.

»Wieso, hat sich jemand beschwert?«

Er löst seinen Blick vom Bildschirm und fixiert mich.

»Wieso sollte sich jemand beschweren?«

Aus seiner Frage schließe ich, dass keiner sich beschwert hat, was eine dieser positiven Überraschungen ist, die einen misstrauisch stimmen.

»So jemand findet doch immer was zu meckern. Ich wette, wenn die sich mal schneidet, kommt Säure statt Blut. Stellt sich dann allerdings die Frage, aus welchem Material ihre Tampons sind, was?«

Er schaut verständnislos drein.

»Caros Managerin«, erkläre ich ihm.

Jetzt will er natürlich erst recht wissen, was los war. Ich erkläre ihm, dass ich ein tierisch gutes Gespräch mit Caro hatte, meine Akkus aber alle waren und ich deswegen neue kaufen gehen musste. Es ist ihm anzumerken, dass er mir kein Wort glaubt. Aber er hakt nicht nach, sondern erinnert mich nur daran, dass er den Text in einer Woche auf dem Tisch haben will. Eigentlich braucht er ihn nicht so früh, aber er wolle diesmal einen ordentlichen Zeitpuffer bis zum nächsten Redaktionsschluss haben, falls ich es wieder verbocke. So schnell geht das. Fünf Jahre zuverlässige Qualität, einmal Bockmist und schon Wackelkandidat.

»Okay, dann mache ich mich an die Arbeit.«

Ich bin schon halb aus dem Stuhl, als er die Hand hebt.

»Moment noch«, sagt er und sagt dann nichts mehr. Und je länger er schweigt, desto klarer wird mir, dass gleich was Unangenehmes kommt.

»Ich kann später wiederkommen«, biete ich ihm an.

»Hör mal, Mads …« Er kratzt sich an der Nase und weicht meinem Blick aus. »Der Verleger hat mich gebeten, noch ein Jahr dranzuhängen. Es kommen einige Umstellungen auf uns zu, und er bat mich, so lange an Bord zu bleiben, bis die neuen Abläufe sich automatisiert haben.«

Ich versuche zu verstehen, was er da sagt. Noch ein Jahr? Das bedeutet noch ein Jahr Vanessa und noch ein Jahr keinen Chefredakteurssessel.

»Ich wollte, dass du es von mir erfährst«, sagt er.

Ich weiß nicht, was ich sagen soll. Ich kann ihn nur anstarren und versuchen zu verstehen, was das bedeutet. Noch ein Jahr mit Rene und den Kindern in einer zu engen Wohnung. Kein eigenes Schlafzimmer für Rene, kein eigenes Zimmer für Lola, kein Garten für uns alle. Noch ein Jahr Scheißthemen.

»Sorry«, sagt er noch mal, »aber der Verleger hat das entschieden, ich kann da nichts machen.«

Eine Minute später stehe ich im Flur vor seinem Büro. War was?

Lars kommt mir im Flur entgegen. Als er mich sieht, verzieht sich sein Gesicht zu einem Ausdruck größter Freude.

»Hallihallo, da bist du ja …« Er bleibt vor mir stehen und grinst von einem Ohr bis zum anderen wie ein bekifftes Honigkuchenpferd. »Die Kleine bei der Party, ihr wohnt doch zusammen, oder? Ich weiß, sie ist lesbisch, aber ist sie denn so richtig drüben? Ich meine bemerkt zu haben, dass sie mich … na ja … du weißt schon …« Er blinzelt mir zu. »Ein guter Schwimmer kennt beide Ufer, hehe.«

Ich schaffe es irgendwie, ihm keine reinzuhauen, und frage ihn, ob er was von Umstrukturierungen weiß. Er nickt, weiß aber nichts Genaues. Dass Gerd noch ein Jahr dranhängt, hat er allerdings schon gehört. Prima.

Auf dem Weg zu meinem Büro stecke ich den Kopf in Sarahs Büro. Sie weiß immer noch nicht, wen TR rumgekriegt hat, aber das mit Gerd ist für sie ein alter Hut. Als ich sie frage, wieso sie mir nichts davon gesagt hat, staunt sie. Anscheinend erfahre ich es als Letzter.

In meinem Büro lasse ich mich in meinen stellvertretenden Chefsessel fallen, der es allem Anschein nach noch länger bleiben wird. Okay, es ist nur ein Job. Weder bin ich krank, noch wird jemand sterben, den ich liebe, noch werde ich verhungern, aber … es ist wie in einer langen Beziehung: Dein Partner kann dir beichten, dass er einen One-Night-Stand hatte, aber wenn du auf dem Flur erfährst, dass es alle anderen schon lange wussten, wird es kompliziert. Und dann Gerds gönnerhafte Art, als wäre es eine ganz besondere Leistung, dass er es mir selber sagt. Wer weiß, vielleicht leben wir tatsächlich in Zeiten, in denen es schon ein Beweis für Menschlichkeit ist, wenn dir dein Vorgesetzter persönlich sagt, dass er dich angeschissen hat. Von wegen, sorry, der Verleger … Wenn Gerd wirklich in Rente gehen wollte, wäre er jetzt gegangen. Stattdessen bleibt er da, was soll mir das sagen?

Vanessa beobachtet mich durch die Scheibe und suggeriert mir durch ihr Lächeln, dass sie vor mir über Gerds Vertragsverlängerung Bescheid wusste und davon ausgeht, dass ich den Psychokrieg nicht noch ein Jahr durchhalte. Vielleicht hat sie in beiden Fällen recht.

Ich drehe meinen Stuhl und schaue aus dem Fenster. Möwen stehen am Himmel wie festgetackert, und mir fällt der Trainer in meinem ersten Fußballverein ein. Als ich dorthin kam, spielte ein älterer, routinierter

Spieler auf meiner Position. Er war die rechte Hand des Trainers, aber schon sechsunddreißig und sehr langsam. Der Trainer riet mir, dass ich von ihm lernen solle, denn ich würde sein Nachfolger werden, wenn er aufhört. Zwei Jahre verbrachte ich auf der Bank, bis ich endlich verstand, dass der Trainer mich nur benutzte, um den etablierten Spieler zu motivieren. Ich wechselte den Verein, und wie ich hörte, spielte der ältere Spieler noch vier Jahre weiter.

Zum ersten Mal frage ich mich, ob Gerd mir eine Möhre vor die Nase hält. Seit Jahren forciert er meine Arbeitsleistung mit der Verlockung des Chefpostens. In den letzten Jahren habe ich durch Überstunden mehr als sechzig Tage Resturlaub angehäuft und jetzt, kurz vor dem Ziel: noch ein Jahr Warteschleife. Falls es bei dem einen Jahr bleibt. Frage: Wenn Gerd nicht mit siebenundfünfzig in Rente geht, warum sollte er es dann mit achtundfünfzig tun?

Es ist, als hätte jemand den Vorhang gelüftet, und dahinter wäre endlich das gesamte Bild zum Vorschein gekommen. *Natürlich* geht Gerd nicht in Frührente. Wieso sollte er das tun? Da wartet niemand. Alles, was er hat, ist der Job. Herrje, er *kann* gar nicht in Rente gehen, denn dann müsste er das Jobhandy abgeben, und er hat ja kein privates, geschweige denn eine private Mailadresse. Kommunikationstechnisch betrachtet, hört er in dem Moment, in dem er das Redaktionsgebäude verlässt, auf zu existieren.

Ich mustere eine Möwe, die das regungslose Stehen im Wind perfektioniert hat. Dann merke ich, dass es ein Fleck auf der Scheibe ist, und im selben Moment wird mir klar: Ich werde erst Chefredakteur, wenn

Gerd seinen Lebensmittelpunkt freiwillig aufgibt. Und wenn nichts Unvorhersehbares passiert, wird er das erst tun, wenn man ihn zwingt. Und wer sollte ihn zwingen?

Ein Schwein quiekt. Renes Foto leuchtet. Ich gehe ran.

»Holst du die Kinder?«

»Ich werde nicht Chefredakteur.«

»Wieso nicht?«

»Gerd bleibt noch ein Jahr.«

Sie denkt einen Augenblick darüber nach.

»Er ist fast sechzig, oder? Also ist es bloß eine Frage der Zeit. Du kannst es aussitzen. Bis dahin wirst du eben mit deinen zwölf Wahnsinnsmonatsgehältern auskommen müssen. Gibt Schlimmeres.«

Ich nicke. Sie hat recht. Es gibt Schlimmeres.

»Also, holst du die Kinder?«, fragt sie.

Ich unterbreche die Verbindung und lege das Handy weg. Von der Seite spüre ich Vanessas Blick. Als ich genervt rüberschaue, ist ihr Büro leer. Super, jetzt bekomme ich schon Halluzinationen. Aber Rene hat recht. Es gibt Schlimmeres. Ich brauche nur noch so ein bis neun Jahre zu warten, dann habe ich den Job. Wenn Vanessa ihn nicht bekommt. Gott, wenn ich daran denke, noch ein Jahr durchzuhalten, bloß um dann vielleicht die Kündigung von dem Stück zu bekommen …

Ich schaue wieder über den Rhein. Von hier aus kann man die Domspitzen sehen. Dort saß ich gestern mit Eva und fühlte mich besser. Viel besser. Ich klicke wieder auf Google Maps und zoome ganz nahe an Tofino heran. Scheint eine schöne Ecke zu sein. Ein paar

Kilometer weiter ist ein Nationalpark. Ich mag Parks. Es ist wichtig, manchmal ein paar Stunden unter einem alten Baum zu sitzen. Man muss ja nicht alleine da sitzen …

Ich öffne die Seite mit den Reiseangeboten noch mal. Man könnte schon morgen fliegen, wenn man wollte, jaja. Aus reiner Neugierde schaue ich mir die Flugzeiten an. Gar nicht schlecht. Aufstehen, duschen, Kaffee, ab in den Flieger …

Ich klicke auf den Link der Fluggesellschaft. Dank des Automatisierungsskripts werden meine Kontodaten automatisch ausgefüllt. Theoretisch bräuchte ich nur noch einmal zu klicken. Schon witzig, wie schnell so was heutzutage geht. Nix mit ins Reisebüro gehen und warten und erklären und schlechten Kaffee trinken und Kataloge wälzen, nö – klick und weg.

Auf dem Bildschirm bedankt sich ein Reisebüro für meine Buchung.

Ich schließe meine Augen und öffne sie wieder. Ich reise morgen nach Kanada. Ein Glücksgefühl durchflutet mich, und gleichzeitig weiß ich, dass es absolut nicht geht. Ich kann doch nicht alles über den Haufen schmeißen, bloß weil ich eine Frau mag. Herrgott, das Thema hatte ich doch schon hundertmal, und was ist dabei rumgekommen? Stress, Verletzungen und Möbelmangel.

»Was zum Teufel tust du da?«, sagt eine Stimme.

Ich schaue mich um. Keiner da. Verstehe. Ich schaue wieder auf den Bildschirm, wo man sich immer noch für die Buchung bedankt. Kann man sicher stornieren. Klar, kann man. Muss man aber nicht. Sollte man aber. Oder? Oder nicht? Kanada kann-er-ja?

Herrje, ich drehe durch. Allein der Gedanke einfach aufzustehen und dieses Büro zu verlassen, nach Hause zu fahren, zu packen, um *Eva* wiederzusehen …

Ein Schwein quiekt. Ich gehe ran.

»Wehe du legst wieder auf!«, schnauzt Renes Stimme.

»Da siehst du mal, wie das ist. Weißt du, was ich gerade getan habe?«

»Mads«, sagt sie und klingt gestresst. »Holst du sie bitte?«

»Mach ich ja, aber weißt du, was ich gerade – «

Sie legt auf. Dann eben nicht. Ich lege das Handy weg, falte meine Hände im Nacken, lehne mich zurück und schaue aus dem Fenster. Irgendwo da draußen sitzt Eva in einem Flugzeug, vor sich eine spannende Zukunft. Ich wäre gern Teil dieser Zukunft. Doch dafür müssen wir uns wiedersehen. Gut. Plötzlich wird mir klar, dass ich morgen nach Kanada fliege, um eine Beziehung zu beginnen. Oder sie fortzusetzen. Sie auf jeden Fall zu zementieren. Ich bin nicht mehr Single! Morgen wird Zement angerührt! Ha! Ich habe seit zwei Tagen eine Beziehung! Mir ist danach, Einladungen zu verschicken. Wieso feiern wir eigentlich nicht den ersten Augenblick, in dem uns wirklich klar wird, dass wir Ja sagen? Der Anfang von allem. Eva. Meine nächste Freundin. Und vielleicht die letzte. Oh Mann. Carpe diem.

Gerd hebt überrascht den Kopf, als ich in sein Büro marschiert komme.

»Text schon fertig?«

»Fast«, sage ich und bleibe vor ihm stehen. »Ich soll ja meinen Resturlaub nehmen.«

Er beäugt mich wachsam.

»Und?«

»Ich nehme meinen Resturlaub.«

Er lehnt sich in den knarrenden Stuhl zurück und faltet seine Arme vor der Brust.

»Was wird das, eine Trotzphase?«

»Ich dachte eher an eine Urlaubsphase.«

Er steht auf und pflanzt eine Backe, so groß wie ein Kleinwagen, auf die Ecke seines Schreibtisches. Gott, wenn er jetzt hustet, wird er das Ding per Hebelwirkung aus dem Fenster feuern.

»Mads, das ist doch kindisch«, sagt er.

»Na, irgendwann muss ich doch mal Urlaub machen. Den Caro-Text maile ich dir noch diese Woche«, sage ich.

Er hockt da wie ein versteinerter Riesenfrosch.

»Du bist sauer, weil ich noch ein Jahr ranhänge.«

Nein, ich bin verknallt und habe ein Ticket nach Kanada.

»Ich würde das nicht machen, wenn die Zeiten besser wären«, sagt er. »Ich habe wegen der Bankenkrise einen Teil meiner Altersvorsorge verloren.«

»Ja, wer nicht«, sage ich. »Ich wundere mich bloß, dass es jeder wusste, nur ich nicht.«

Er richtet sich etwas auf.

»Ich bin dir keine Rechenschaft schuldig.«

Hat er den Verstand verloren? Ich plane seine verdammte Abschiedsparty, aber er ist mir keine Rechenschaft schuldig. Und der Roman, den er schreiben wollte, und der Garten, den er pflegen wollte, und der

Segeltörn ... Ich hätte mir denken können, dass das alles Quatsch ist.

»Also, was ist, bekomme ich Urlaub oder nicht?«

»Nicht in dem Ton, mein Lieber.«

»Sorry, ich bin einfach urlaubsreif.«

Er mustert mich skeptisch.

»Du willst deinen ganzen Resturlaub nehmen?«

Ich zögere kurz. Himmel, das wären, mit meinem Jahresurlaub, insgesamt fast drei Monate am Stück. Kompletter Irrsinn.

Eine Minute später marschiere ich aus seinem Büro heraus und unterdrücke ein Lachen. Als er mir erklärte, dass sich nichts ändern würde, ich würde ja seinen Posten bekommen, nur eben ein Jahr später, schaffte ich es, ihm wortlos zuzunicken – und dann gab er mir Urlaub. *Drei Monate!* Wahnsinn. So gut habe ich mich ewig nicht mehr gefühlt.

Vanessa kommt mir auf dem Flur entgegen. Heute trägt sie eine weiße Bluse, an der sich irgendwie ein paar Knöpfe gelöst haben. Ich kann den Ansatz ihrer Brüste sehen, wie jeder andere auch. Ich strahle sie an.

»Hast du eine Sekunde?«

Da ich ihr den Weg versperre, bleibt ihr gar nichts anderes übrig, als stehen zu bleiben. Sie hebt eine dünn gezupfte Augenbraue. Ich lege meine Arme auf ihre Schultern. Sie schaut mich merkwürdig an. Bis eben war ich der einzige Kerl in der Stadt, der nicht jede Chance nutzte, um sie zu begrapschen.

»Was ich dir schon immer mal sagen wollte ...« Ich drücke ihr einen Schmatzer auf die perfekte Nase und strahle sie an. »Fliegt der Vogel gegen den Baum, merkt der Stamm es kaum.«

Hach, wie sie guckt. Herrlich. Ich marschiere fröhlich pfeifend den Gang hinunter in mein Büro und packe gerade meinen Laptop ein, als sie drüben in ihr Büro kommt. Ich winke ihr zu. Sie senkt den Blick. Ha! Da hätte ich wirklich früher drauf kommen können. Arschlöcher brauchen Ablehnung als Bestätigung. Mit Zuneigung kommen sie nicht klar. Ab jetzt wird zurückgeknutscht!

Ich fahre zügig durch Köln. Etwas, das ich bisher nicht kannte. So sehen Straßen also aus, wenn keine Rushour ist. Als weitere Überraschung hole ich die Kinder zu früh aus der Kita ab. Sie starren mich an wie einen Geist, als ich hereinspaziert komme. Dann stürmen sie schreiend auf mich zu. Vorgestern pünktlich abholen war schon der Hammer. Zu früh abholen macht sie völlig fertig.

»Wer hat Lust auf ein Eis?«

Tinnitus.

Wie gut es mir geht, merke ich daran, dass es meine Laune nicht verbessert, mit den beiden zu einem Eiscafé zu gehen und dort tausend Kalorien zu verspeisen. Verschlechtern tut sich meine Laune aber auch nicht. Während Oscar sich und den Tisch mit Eis bekleckert, seine Limonade umkippt und aus Versehen auf eine Hundepfote tritt, erklärt er mir seinen ganzen Tag. Lola dagegen isst ihr Eis still und sauber von außen nach innen auf und wirkt anschließend wie aus dem Ei gepellt. Als ich sie betrachte, muss ich an meine Eltern denken. Die beiden sind genauso, nur umgekehrt. Mein Vater war ruhig, zuverlässig, bedacht, wie Lola. Meine Mutter war wie Oscar. Mein Vater galt als der perfekte Vater, meine Mutter hingegen wurde in der Verwandtschaft oft schräg angesehen, wenn sie sich auf Familienfesten die Schuhe auszog und mit drei Schnäpsen zu viel die Tanzfläche eroberte, während mein Vater Wasser trank und immer ein Auge auf seine Frau hatte, damit er sie rechtzeitig zum Sofa bringen konnte, wenn die Schnäpse Wirkung zeigten. Dadurch, dass sie so unterschiedlich waren, gab mein Vater mir die nötige Stabilität, und meine Mutter gab mir die Impulse. Dank ihrer Sprunghaftigkeit lernte ich, dass das Leben jederzeit schön werden kann. Ihre Überraschungen gehören zu den schönsten Erinnerungen an meine Kindheit. Einmal kam ich morgens in die Küche und wollte vor der Schule frühstücken, da sagte sie, ich solle einen Koffer packen, wir würden in Urlaub fliegen. Das war mitten im Schuljahr, und ich hörte danach noch ein paar Mal, wie mein Vater ihr das vorwarf. Und er hatte recht – ich verlor den Anschluss in der Schule in diesem Schuljahr, aber ich bekam Anschluss an das Leben. Während meine Freunde zu Hause im kalten Klassenzimmer saßen, war ich mit meiner Mutter in Spanien und genoss zwei Wochen lang ihre ungeteilte Aufmerksamkeit, etwas, das ich zu Hause nie hatte. Mein Vater lehrte mich Zuverlässigkeit, Zielstrebigkeit und Disziplin. Meine Mutter lehrte mich, das Leben zu genießen und dass es ein Leben außerhalb der Konventionen gibt. Vielleicht hat sie mit diesen Aktionen damals die Pflanze in mir gesät, die mir heute ermöglichte, eine Kanadareise zu buchen. Gott, ich wünschte, ich könnte mich bei ihnen bedanken und ihnen zeigen, welche Auswirkungen ihre gemeinsame Erziehung auf mein Leben hatte. Was aus mir geworden ist. Ich würde ihnen gerne noch so vieles sagen. Es hört nie auf, jeden Monat fallen mir neue Fragen ein. Sie sind immer noch bei mir. Manchmal fühlt es sich an, als sei alles erst gestern geschehen.

Im selben Moment wird mir klar, dass ich zum ersten Mal seit Jahren an sie denke, ohne dass die Wolke oder die Welle erscheint. Vielleicht hat sich etwas verändert, seit … *Eva*. Mein Magen bricht ein. Gott, wie kann man jemanden so sehr vermissen, den man kaum kennt?

Etwas berührt meine Hand. Ich atme durch und schaue nach unten. Lola schaut besorgt zu mir hoch.

»Geht's dir gut?«

»Klar. Hab nur in die Sonne geschaut.«

Sie sucht den wolkenverhangenen Himmel vergeblich nach Sonne ab.

»Ich kann durch Wolken gucken«, erkläre ich ihr. »Bis in den Himmel.«

Sie nimmt die Aussage so zur Kenntnis. Ich drücke ihr einen Schmatzer auf die Wange. Sie lässt mich gewähren. Sie weiß längst, dass sie mir damit eine Freude macht. Gut. Auf zu der eigentlichen Botschaft.

»Ich liebe dich.«

Sie mustert mich mit ihrem Mona-Lola-Blick und reagiert kein bisschen. Sage ich ihr das zu selten? Nein. Sage ich es zu oft? Nein, das kann man nicht zu oft sagen.

Ich stupse sie an.

»He, flipp jetzt nicht völlig aus, okay? Und lass dir eines gesagt sein, wenn du später mal einen Freund hast, dann musst du an dieser Stelle irgendeine Gefühlsregung zeigen, sonst dreht der Arme komplett durch und springt von einer Brücke.«

Sie denkt vielleicht kurz drüber nach, dann dreht sie den Kopf und wirft dem Hund am Nebentisch einen argwöhnischen Blick zu. Vielleicht überlegt sie, ob es ein Hund oder eine Ratte ist. Gute Frage.

»Dich liebe ich auch«, erkläre ich Oscar. Er lässt es mir durchgehen, immerhin hab ich ihm gerade ein Eis spendiert. »Okay, hört mal her, wisst ihr noch, was ich euch über Verliebtheit erzählt habe?«

»Bäh!«, macht Oscar.

Ich grinse.

»Sehr gut, aber ich meinte diesen bestimmten Satz, den ihr euch merken solltet.«

Oscar beginnt zu hibbeln. Meine eisbedingte Schonfrist ist gleich abgelaufen.

»Verliebtheit ist was für Leute, die sich nicht ...« Lola kneift die Augen zusammen und denkt angestrengt nach. »... bewusst entscheiden.«

»Super!«, lobe ich. »Viele Menschen träumen von dem perfekten weißen Ritter, dabei gibt es den gar nicht. Weiße Ritter sind bloß Erfindungen von Märchenerzählern.«

»Es gibt auch schwarze Ritter«, meldet Oscar sich energisch und beäugt nun auch den Hund am Nebentisch.

»Richtig, aber die lieben nicht, die kämpfen bloß. Gut zu kämpfen ist viel einfacher, als gut zu lieben.«

Damit schieße ich mich endgültig aus seiner Wahrnehmung heraus. Er lässt sich vom Stuhl gleiten und mustert den Hund, der ihn wiederum mit großen schwarzen Augen anguckt und am ganzen Körper zittert. Wo ist der Kammerjäger, wenn man einen braucht?

Der Hundebesitzer beugt sich zu Oscar hinunter. »Möchtest du mit ihm spielen? Er ist ganz lieb und tut dir nichts.«

Tut nichts? Die Töle sieht aus, als würde sie sterben, wenn jemand laut niest.

Oscar streichelt den Hund vorsichtig, und die Angst des Viehs schlägt in überbordende Freude um. Es springt winselnd herum und rammt sich den Schädel mehrmals am Tischbein. Durchgeknallt wie eine manisch-depressive Schauspielerin.

Oscar kriegt die Leine, und schon tobt er mit dem Hund die Straße entlang. Ich behalte die beiden im Auge und nehme mir vor, als Erstes den Hundebesitzer zu treten, falls das Vieh doch irgendwas Blödes tut.

»Also gibt es keine weißen Ritter?«, fragt Lola.

»Was?«

Sie mustert mich mit ihrem monaesken Blick.

»Äh, genau«, sage ich und streiche ihr über das seidenweiche Haar. »Das ist lieb von dir, aber du brauchst dir nicht den Rest anzuhören.«

»Ich will aber«, sagt sie so bestimmt, dass ich mich beherrschen muss, sie nicht abzuknutschen. Sie mag ein stilles Mädchen sein, aber sie wird sich von niemandem auf die Füße treten lassen.

»Gut. Also, pass auf: Was Märchenerzähler vergessen zu erwähnen, ist, dass die Rüstung des weißen Ritters aus Metall ist und damit sauschwer. Entweder er behält sie die ganze Zeit an und quält sich, oder er legt die Rüstung ab, aber dann ist er kein weißer Ritter mehr. Also muss man sich entscheiden: Will man einen total überanstrengten Ritter oder einen entspannten Normalo, wie du und ich?« Ich piekse sie in die Seite. »Also nicht wie du, du bist ja was Besonderes, aber du weißt, was ich meine, ja? Man denkt, der Ritter ist perfekt, aber mit der Rüstung kommt er nicht mal alleine aufs Pferd, also …« Ich habe den Faden verloren. Meine Gedanken flattern fröhlich herum, wie aufgebrachte Hühner. Gut, also einfach raus damit. »Ich bin in Eva verliebt.«

Eine kleine Runzel erscheint über ihrem Nasenrücken. Huch, die kenne ich noch gar nicht.

»Du weißt, ich liebe euch beide und deine Mutter, aber wie du auch weißt, sind wir kein Liebespaar. Wir sind die allerbesten Freunde der Welt. Darum können wir uns auch manchmal in jemanden verlieben. Deine Mama findet das toll. Sie mag Eva, verstehst du?«

Sie mustert mich aufmerksam und sagt nichts.

»Das ändert gar nichts für dich, Mama oder Oscar«, versichere ich ihr. »Wir sind eine Familie, und wir bleiben für immer zusammen, aber ich bin in Eva verliebt und will sie wiedersehen. Eva mag dich übrigens sehr, und du magst sie auch, nicht wahr?«

Schweigen. Suggestivfragen helfen nicht. Ich piekse sie in den Magen.

»Wir bleiben für immer zusammen, Süße, und wenn du irgendwas nicht verstehst oder Fragen hast, dann frag, egal wann. Du kannst mich heute Nacht ja wecken, wenn du ins Bett kommst. Ich liebe deine Fragen. Gut so?«

So, das muss reichen. Oder auch nicht. Sie senkt ihren Kopf. Wer weiß, was darin vor sich geht. Gott, mein Hirn ist ein Wackelpudding. Ich sollte vielleicht noch was sagen, aber besser nicht jetzt. Mir ist danach, Gedichte über die Hoffnung zu rezitieren.

Ich werfe einen Blick zu Oscar rüber, der den Hund immer noch nicht gebissen hat, und lege Lola eine Hand auf den Kopf.

»Alles klar, Süße?«

Sie regt sich nicht.

»Willst du noch ein Eis?«

Statt zu antworten, lehnt sie sich gegen mich. Aua. Sie findet immer wieder neue Wege, um mein Herz zu schmelzen.

Wir sind beim kollektiven Kartoffelschälen, als die Wohnungstür aufgeht und Rene hereinkommt. Die Kinder stürmen auf sie zu. Lola will auf ihre Arme. Oscar textet sie gnadenlos zu wie ein verbales Maschinengewehr, zweitausend Silben die Minute. Rene sieht aus, als würde sie gleich umkippen. Vielleicht der Schock, weil sie fast pünktlich Feierabend gemacht hat. Ich winke ihr zu und versuche, nicht allzu breit zu grinsen. Wir kennen uns schon so lange, aber gleich wird sie staunen. Oder auch nicht. Sie sieht wirklich erledigt aus. Lola merkt, dass ihre Mutter auf dem Zahnfleisch geht. Sie lässt von ihr ab. Oscar zieht durch, wie immer. Ich weiß, dass es in diesen Momenten am besten ist, ihr eine Viertelstunde Kinderpause zu lassen.

»He, Cowboy!« Ich winke Oscar zu mir. »Hier warten noch fiese außerirdische Kartoffeln auf dich, die du lebendig häuten musst ...«

Er lässt widerwillig von seiner Mutter ab, und nach ein bisschen Gezeter schälen wir wieder Kartoffeln. Rene verschwindet in ihr Schlafzimmer. Ich bleibe noch ein paar Minuten sitzen, dann folge ich. Sie sitzt mit kerzengeradem Rücken auf der Bettkante und starrt an die Wand. Ich setze mich daneben und piekse sie in die Seite.

»Na, wieder ein superschöner Tag auf der Arbeit? Was ist passiert? Ist jemandem aufgefallen, dass einer der Juroren seit Jahren blind und taub ist?«

Sie antwortet nicht.

»Na gut«, sage ich. »Dann frag mich doch mal, wie mein Tag war.«

»Ich bin krank«, sagt sie.

Ich lache überrascht.

»Wie, krank?«

Sie wendet mir ihr Gesicht zu, ihre Augen sind dunkel und klein. Sie richtet ihren Zeigefinger auf ihre linke Brust. Aus irgendeinem Grund muss ich an *Die Lachsschaumspeise* denken und unterdrücke ein Lachen.

»Was, Oscars Grobmotorik? Die Prellung?«

»Ich habe einen Tumor.«

»Was?«

Ein kleiner kalter Stich in meinem Nacken. Ich richte mich gerade auf. Rene starrt wieder an die Wand.

»Der Befund ist bösartig.«

Bösartig. Eine kalte Hand presst mein Herz zusammen.

»Ganz ruhig«, sage ich und meine auch mich. »Was ist passiert?«

Sie heftet wieder ihren Blick auf mich. Ihre Augen sind dunkel.

»Ich habe Brustkrebs.«

Manchmal wird der Boden, auf dem wir stehen, von einem Moment zum anderen zu einer Glasscheibe, in der sich Haarrisse ausbreiten. Man hört das Knacken, hält die Luft an, dann erreicht dich die Nachricht – und die Scheibe bricht.

Sie heftet ihren Blick an die Wand, atmet tief durch und lässt die Luft langsam durch die Nase ausströmen. Ich nehme ihre Hand.

»Wenn du mich veräppelst, wäre das der Moment, um ›Ätsch‹ zu sagen.«

Sie antwortet nicht. Ihre Hand liegt wie tot in meiner. Ich versuche, mich zu erinnern. Brustkrebs ... Es wird eine Probe entnommen, und dann wartet man auf das Ergebnis, und Rene kommt gerade aus dem Krankenhaus. Ich atme erleichtert auf. Es ist ein Verdacht, keine Diagnose.

»Vielleicht ...« Ich halte gerade noch ein *Ist es nicht so schlimm* zurück. Alleine der Verdacht ist schlimm. Erst recht, wenn die eigene Mutter an derselben Krankheit gestorben ist. Scheiße. »Bist du sicher? Ich meine, das sind doch noch keine endgültigen Ergebnisse, oder?«

Sie schaut mich wütend an.

»Das *sind* die beschissenen Ergebnisse!«, flüstert sie rau und zieht ihre Hand an sich.

»Aber ...« , beginne ich. »Wie ist das möglich? Ich meine, seit wann bekommt man die Ergebnisse am Tag der Untersuchung?«

Sie fokussiert mich, ihr Blick ist so eisig wie ihre Stimme.

»Willst du mir etwas über Brustkrebs erzählen?«

»Nein.«

»Gut!«

Sie starrt wieder an die Wand und atmet heftig. Fragen flattern durch mein Gehirn wie Fledermäuse. Ich bekomme keine zu packen. Aber irgendwas stimmt nicht. Das können nicht die endgültigen Ergebnisse sein. Laboruntersuchungen brauchen Zeit. Oder nicht? Gibt es eine neue Methode? *Ruhig jetzt.*

Ich berühre ihren Arm. Ihr Körper ist steif vor Anspannung. Ich lege einen Arm um ihre Schultern. Sie senkt den Kopf und lehnt sich an mich. Es herrscht absolute Stille im Zimmer, ich glaube, keiner von uns atmet. Wir sitzen mit geschlossenen Augen da und warten darauf, dass uns die Angst verlässt.

Tut sie nicht.

»Wir kriegen es hin«, murmele ich und halte sie an mich gedrückt.

Sie löst sich und steht auf.

»Die Kinder dürfen nichts merken.«

Sie geht zur Tür, ich erwische sie am Arm, bevor sie die Tür öffnen kann.

»Warte doch mal ... Wieso hast du schon Ergebnisse? Woher wissen die das so schnell?«

Sie steht mit gesenktem Kopf vor mir und atmet tief durch, bevor sie spricht.

»Als ich Oscars Prellung berührte, fand ich einen Knoten ...« Sie hebt ihr Gesicht und wirft mir einen toten Blick zu. Ihre Pupillen sind klein und dunkel. »Mittwoch war ich vor der Arbeit bei meinem Hausarzt, der schickte mich gleich in die Uniklinik, dort wurden Gewebeproben entnommen. Heute kamen die Ergebnisse. Ich hab Krebs, meine linke Brust ist hin.«

Hin.

»Sicher?«

Sie schaut mich wütend an.

»Ja, verflucht!«

Ich starre sie an, unfähig etwas zu sagen.

»Wir reden später«, sagt Rene. »Die Kinder dürfen nichts merken.«

Sie verlässt das Schlafzimmer. Ich bleibe wie betäubt zurück und versuche zu verstehen. Eben war der Abend noch hell und leicht. Jetzt ist er dunkel und schwer. So schnell geht das. So verdammt schnell.

Rene ist die bessere Schauspielerin. Sie albert mit den Kindern herum, während ich starr in einer Ecke sitze und versuche, normal zu wirken. Für Oscar müsste ich mich nicht verstellen. Er ist in seiner eigenen Welt, worum ich ihn mal wieder beneide. Unsensibel hat es leichter. Lola ist ein anderes Kaliber. Sie fragt Rene, ob es ihr gut geht, doch als die sie durchkitzelt und belügt, lässt sie sich ein bisschen ablenken. Aber man merkt, dass sie sich ihren Teil denkt. Oder bilde ich mir das nur ein? Gott, sie ist erst sieben. Vielleicht ist sie gar nicht so schlau, vielleicht interpretiere ich in ihren Blick zu viel hinein. Vielleicht auch nicht.

Wir essen. Minuten aus Gummi. Ich brenne darauf, die Kinder ins Bett zu schicken und Rene in den Arm zu nehmen, sie zu beruhigen und alles verflucht noch mal so lange auszudiskutieren, bis ich es verstanden habe. Aber Rene lässt sie länger aufbleiben, knuddelt sie und verwöhnt sie mit Süßem. Lola mustert sie ununterbrochen. Ihr verwirrter Blick nimmt mir ein Stück Seele. Sie spürt, dass etwas nicht stimmt, weiß aber nicht was und kann deswegen keine Frage formulieren.

Als Rene die Kinder endlich ins Bett bringt, warte ich in der Küche auf ihre Rückkehr, damit wir alles besprechen können. Ich denke an den Champagner im Kühlschrank. Mir ist danach, die Flasche auf ex anzusetzen. Aber Rene braucht meinen klaren Kopf. Oder auch nicht, denn sie kommt nicht.

Irgendwann mache ich mich auf den Weg und werfe einen Blick ins Kinderzimmer. Die drei liegen in Lolas Bett, wie ein Rudel Welpen umeinandergewickelt, und schlafen. Als ich sie da liegen sehe, eine Familie, wird mir klar, dass ich nicht mehr wegkann. Ich kann nicht in ein Flugzeug steigen, während ich hier gebraucht werde. Es ist vorbei.

Ich ziehe die Tür zu, gehe in die Küche zurück und setze mich. Ich darf Rene nichts davon erzählen. Wenn sie mitkriegt, dass ich Eva ihretwegen nicht nachreise, mischt sie mich auf. Sie verheimlicht den Kindern, dass sie Krebs hat, ich verheimliche ihr, dass ich morgen nach Kanada fliegen wollte. Das Schweigen der Menschen.

Ich stehe auf und gehe auf den Balkon. Ich starre in den Himmel und versuche, die Welt verschwinden zu lassen. Klappt nicht. Also gehe ich wieder rein, setze mich an den Küchentisch, klappe meinen Laptop auf, gehe ins Netz und storniere die Reise. Mein Finger zögert kurz über der Bestätigungstaste. Dann klicke ich, klappe den Laptop wieder zu und starre an die Wand.

Im Haus ist es leise. Irgendwo läuft ein Fernseher. In den Wohnungen um uns herum geht das Leben weiter. Manchmal habe ich mich gefragt, wie lange es noch gut geht. Irgendwann musste irgendwas passieren, aber ich dachte an einen kleinen Unfall oder Überfall oder eine heftige unglückliche Affäre – aber nicht an etwas Lebensbedrohliches. Nicht Krebs. So etwas passiert doch nicht uns. Der ewige Irrtum.

Damals, als ich Rene auf dem Schiff wiedertraf, hatte ihre Mutter bereits beide Brüste verloren. Rene fuhr oft nach Hause, um bei ihr zu sein. Vier Monate nachdem wir zusammengezogen waren, starb ihre Mutter. In dieser Zeit redeten wir viel über die Krankheit, und daher habe ich ein bisschen Ahnung von den Abläufen und Therapien. Doch ein bisschen reicht jetzt nicht mehr. Wenn ich Rene helfen will, muss ich Informationen haben. Ich muss wissen, wann ich sie unterbrechen kann, um sie mit Fakten zu trösten. Sie hasst Beschwichtigungen. Hoffnung machen kann ich nur mit handfesten Argumenten. Also los.

Ich klappe den Laptop wieder auf, gebe *Brustkrebs* in die Suchmaschine ein und bekomme über achthunderttausend Treffer. Puh ... Aber einschüchtern gilt nicht. Ich beginne zu sortieren. Manche Seiten wollen verkaufen, doch die meisten sind von Ärzten oder Betroffenen, auf diesen Seiten bekommt man einen guten Überblick über die verschiedenen Diagnosen und Therapien.

Eine Kanne Kaffee später schwirrt mir der Kopf. Brustkrebs scheint eine unendliche Geschichte zu sein. Da es kein Heilmittel gibt, gilt die Patientin anscheinend nur dann als geheilt, wenn sie an etwas anderem gestorben ist. In den Foren schreiben Frauen von gestreuten Tumoren und fehlgeschlagenen Chemos, von Haarausfall und Übelkeit. Nebenbei erfahre ich, dass ein Großteil der Beziehungen der Betroffenen an der Krankheit zerbrechen.

Einige der Seiten speichere ich. Ich brauche etwas, wo ich nachlesen kann, falls ich zwischendurch den Faden verliere oder irgendein Arzt uns Müll erzählen sollte. Wobei ich das keinem raten würde. Rene weiß mehr über Brustkrebs, als jemand wissen kann, der nur studiert hat.

Ich klappe den Laptop zu und lehne mich zurück. In einem Forum stand, das Schlimmste sei, nachts aufzuwachen, wenn der Partner schläft, und in der Dunkelheit ganz allein mit seinen Gedanken zu sein. An Schlaf ist nicht zu denken, also mache ich noch einen Kaffee und klappe den Laptop wieder auf.

Drei Uhr nachts. Die Küche ist dunkel, bis auf das Leselicht über dem Küchentisch. Die Wohnung ist still, und ich arbeite mich durch das unendliche Geflecht des Internets. Mir war nicht klar, dass Brustkrebs in den westlichen Ländern die häufigste Krebsart bei Frauen ist. In manchen Foren wird behauptet, dass Milch ein Problem sei, weil Milch ein Hormon habe, das Zellen zum Wachsen anrege, und dieses Hormon könne nicht zwischen gesunden und kranken Zellen unterscheiden. Andere behaupten, man müsse mehr Soja essen, weil die Frauen in Japan kaum Brustkrebs bekommen. Die Nächsten meinen, die indischen Frauen würde weniger Brustkrebs bekommen, weil sie auch nach dem gebärfähigen Alter noch als Frau geschätzt würden. Fakt bleibt wohl, dass niemand genau weiß, was den Krebs verursacht, obwohl Milliarden in die Forschung gepumpt werden.

Ich stehe auf, schiebe den Küchenstuhl zurück und strecke mich. Mein Rücken knackt seine Melodie. Dann werfe ich einen Blick ins Kinderzimmer. Die drei liegen immer noch aneinandergekuschelt, als hätte man die Heizung abgestellt. Ein schöner Anblick. Ich wünschte, ich könnte ihn genießen. Stattdessen ist mir danach, sie zu wecken, damit ich sie trösten kann – was ich vielleicht mehr brauche als sie. Ich war bei Rene, als ihre Mutter starb. Sie freute sich über meine Gesellschaft, aber nicht über meine Tröstversuche. Sie freute sich über Ablenkung, aber die Trauer wickelte sie mit sich selbst ab und kam dann, nach und nach, wieder zurück. *Gib mir die Kraft, Dinge hinzunehmen, die ich nicht ändern kann, den Mut, Dinge zu ändern, die ich ändern kann, und die Weisheit, das eine vom anderen zu unterscheiden.* Das schrieb sie damals in das Kondolenzbuch ihrer Mutter. Den ersten Teil hat sie perfektioniert.

Zurück in der Küche nehme ich eine Aspirintablette, setze mir zur Abwechslung eine Kanne Tee auf und mache mich über die nächsten Seiten her. Betroffene berichten von den Nebenwirkungen der Chemotherapie. Bei manchen klingt es wie die Hölle, andere haben so gut wie keine. Wenn ich es richtig verstehe, beruht Chemo auf einem einzigen Prinzip. Krebszellen vermehren sich extrem schnell. Die Teilung geht bei ihnen rascher als bei normalen Körperzellen. Wenn man ein Mittel verabreicht, das den Zellteilmechanismus außer Kraft setzt, dann sterben die bösartigen Zellen ab, aber leider auch viele gesunde Zellen, dadurch entstehen die Nebenwirkungen, wie Übelkeit, Erbrechen, Entzünden der Mundschleimhaut, Haarausfall und die Veränderungen des Blutbilds.

Schließlich lande ich auf einer Informationsseite über Trauerarbeit und kindgerechte Aufarbeitung von schweren Krankheiten. Bei dem Gedanken daran zerdrückt es mir erst das Herz, dann wird mir klar, wie wichtig es ist, die Kinder nicht im Ungewissen zu lassen. Lola hat heute Abend eh schon gemerkt, dass etwas im Busch ist. Ich erinnere mich leider, wie es sich anfühlte, von Polizisten und Ärzten angelogen zu werden. Als die schon wussten, wie schwer verletzt meine Eltern waren, war ich noch ahnungslos. Und ich war damals achtzehn. Bescheid wissen hilft nicht gegen den Schmerz, aber angelogen zu werden verstärkt ihn. Wir sollten über alles reden und versuchen, normal zu bleiben. Aber wie bleibt man normal, wenn das Leben von der Normalität abweicht?

Ich gehe mit leichten Kopfschmerzen wieder auf den Balkon, um durchzuatmen. Es nieselt leicht. Ein ruhiger stetiger Frühjahrsregen. Noch zu kalt, um draußen zu sein, aber bereits voller stiller Verlockungen. Frühling. Hat meinem Leben immer gutgetan, und es gibt nicht viele zuverlässige, wohltuende Dinge in meinem Leben: Jahreszeiten, Schlaf, Essen und den Tag mit drei Menschen teilen, die mich lieben. Im selben Moment wird mir klar, was meine wirkliche Aufgabe ist. Rene hat die Krankheit, an der ihre Mutter gestorben ist. Mein Job wird es sein, sie von dem Gedanken abzubringen, dass sie dasselbe Schicksal erleidet. In einem Forum fand ich einen Satz vom Partner einer Betroffenen: *Ich kann nicht die Sonne für dich scheinen lassen, aber ich werde deinen Regenschirm halten.* Das ist es, was ich sein werde. Renes Schirm.

Ich bleibe stehen, bis ich fröstele, dann gehe ich wieder rein und klappe den Laptop zu. Es reicht für heute. Die Wohnung ist still und fühlt sich anders an. Fünf Uhr. Ich bin hellwach. Sicher wegen des Kaffees. Vielleicht wegen des Schocks. Vielleicht weil ich mich einsam fühle. Nicht nur Betroffene sollten nachts nicht alleine sein. Ein Flieger landet bald in Vancouver. Es wäre schön, jetzt mit ihr darüber reden zu können. Nur ein paar Sätze. Einfach ihre Stimme hören. *Hallo! Du kennst sie erst zwei Tage!* Ja. Hormone sind Trottel. Ich weiß. Doch das ändert nichts an meinem Verlangen. Eva fehlt mir in allen Nervenenden und Synapsen.

Ich werfe noch einen Blick ins Schlafzimmer. Sie schlafen. Würde ich auch gerne, aber es geht nicht, also mache ich mich nützlich. Ich schnappe mir einen Stapel Aktenordner. Mit Renes gesammelten Versicherungsunterlagen ziehe ich mich in die Küche zurück und mache mich darüber her. Es ist zu erwarten, dass die Kinder überversichert und sie selbst unterversichert ist. Mütter.

Keine Atembeschwerden. Ich öffne ein Auge. Die Uhr zeigt halb sieben. Mein Bett ist leer, bis auf den Aktenordner und verschiedene Versicherungspolicen. Eine dünne Sonne scheint durch einen Schlitz in der Gardine. Draußen wird es ein schöner Tag. Natur ist unsensibel.

Als ich in die Küche komme, sitzen bereits alle anderen am Tisch und frühstücken. Ich bleibe überrascht stehen.

»Guten Morgen.«

Lola schlürft, Oscar kaut, Rene liest. Niemand antwortet. Rene sieht müde aus. Es könnte ein Tag wie jeder andere sein, wenn nicht Krebs-Krebs-Krebs in meinem Kopf hämmern würde. Wer weiß, wie es in ihrem aussieht. Jetzt schön normal bleiben.

Oscars Blick flattert an mir herunter.

»Keine Sorge, deiner wird auch so groß«, sage ich und verschwinde ins Badezimmer.

Als ich aus der Dusche komme, lehnt Rene am Waschbecken und hält mir ein Handtuch entgegen.

»Was sollte der Mist eben? Glaubst du etwa, deiner ist groß?«

Ich schnappe mir das Handtuch und beginne, mich abzutrocknen.

»Na ja, größer als seiner, und ich möchte nicht, dass er sich deswegen Sorgen macht.«

»Er braucht sich keine Sorgen zu machen, wenn er nach seinem Vater kommt.«

»Gut zu wissen«, sage ich und beäuge sie.

Sie lehnt am Waschbecken und beobachtet sich im Spiegel. Nichts deutet darauf hin, dass sie die schlimmste Nacht ihres Lebens hinter sich hat. War es vielleicht nicht. Vielleicht noch lange nicht. Scheiße.

Mein Blick wandert zu ihren Brüsten, die sich unter dem T-Shirt abzeichnen. Dann suche ich ihr Gesicht nach Hinweisen ab, wieso sie mir ins Bad gefolgt ist. Was immer der Grund ist, ich habe auch für sie eine kleine Überraschung. Das wird sie verflucht noch mal umhauen.

»Weißt du, was die beste Früherkennung ist?«, sagt sie und stülpt ihre Hand vorsichtig über die Wölbung ihrer linken Brust. »Wenn sie regelmäßig abgetastet werden. Aber nicht mal ich habe mich in den letzten Jahren angefasst. Niemand berührt meine Brust, und jetzt stirbt sie.«

Oh Mann …

»Wär ich bloß ein Junge«, murmelt sie.

»Dann hättest du die Kinder nicht«, entgegne ich.

»Wäre vielleicht besser.«

Ich mache einen Schritt auf sie zu und schaue ihr ins Gesicht.

»Was redest du für einen Scheiß?«

Sie verpasst mir einen dunklen Blick.

»Meine Mutter hatte es, ich hab's, was, glaubst du, wird Lola …«

Ihre Stimme bricht. Sie beißt die Zähne zusammen,

senkt den Kopf, lehnt sich vor und fasst mit beiden Händen an das Waschbecken, als suche sie Halt. Das ist eindeutig der schwerste Anfall von Selbstmitleid, den ich je bei ihr miterlebt habe. Gut, dass ich heute Nacht vorgearbeitet habe. Genau in diesen Situationen kommt man mit Fakten weiter. Vor allem, wenn man sie polemisch einsetzt.

»He, Süße, entschuldige«, sage ich und stoße sie leicht an der Schulter. »Die Situation ist beschissen, aber tu mir einen Gefallen und verbreite jetzt keine Panik. Man geht heute davon aus, dass mehr als neunzig Prozent der Brustkrebserkrankungen nicht auf Vererbung zurückgehen. Das Risiko für Lola, an Brustkrebs zu erkranken, wäre höher, wenn sie eine sechzigjährige fettleibige Alkoholikerin wäre, aber verdammt, sie ist erst *sieben*, gertenschlank und soviel ich weiß, säuft sie auch nicht heimlich, also stehen die Chancen nicht so schlecht, dass sie die Einschulung erlebt, okay?«

Sie hebt den Kopf und starrt mich im Spiegel mit kleinen harten Pupillen an.

»Willst du mir was über …«

»Ja, verflucht, ich will dir was über Brustkrebs erzählen! Brustkrebs ist eine Scheißkrankheit, aber dass deine Mutter daran gestorben ist, bedeutet nicht, dass auch du daran stirbst! Und was Lola angeht, lass uns endlich diesen verdammten Gentest machen, den wir schon damals machen wollten, dann wissen wir endlich Bescheid, ob sie das Krebsgen hat oder nicht.«

Ein Schatten der Angst fliegt über ihr Gesicht.

»Ich weiß, aber …«, sie umklammert die Emaille

mit beiden Händen, ihre Knöchel werden weiß, »was, wenn sie es hat?«

»Dann überlegen wir uns, wie wir damit umgehen«, sage ich. »Ich habe einen Haufen Informationen auf dem Laptop, was man in diesem Fall am besten tut, am besten liest du dir alles mal durch. Danach entscheiden wir, was zu tun ist, ja?« Ich stupse sie leicht an die Schulter. »Wir kriegen das hin, okay?«

Sie atmet kräftig durch und klammert sich immer noch ans Waschbecken.

»Okay«, stößt sie aus und saugt Luft in die Lungen.

Ich ziehe sie an mich.

»Du bist nackt«, murmelt sie, macht aber keine Anstalten, sich zu befreien.

»Darauf wartest du doch seit Jahren.«

Es dauert einen Moment, bis sie auf mein Ablenkungsangebot reagiert.

»Schmink dir das ab, Junge«, sagt sie und befreit sich aus meiner Umarmung.

Ich wackele mit den Augenbrauen.

»He, überleg dir das noch mal, deine Kinder mögen mich, und ich habe einen Job.«

»Stimmt auch wieder«, sagt sie und schaut skeptisch an mir herunter. »Und ganz klein ist er ja nun auch nicht …« Sie scheint dem noch was hinzufügen zu wollen, aber ihr geht die Puste aus. Sie hebt ihren Blick, schaut mich mit großen Augen an, in denen nackte Verzweiflung steht. »Was mache ich, wenn ich nicht mehr arbeiten kann?«

»Einen Anwalt auf Volker hetzen, damit er seine Alimente zahlt? Wie viel schuldet er dir? Vier Jahre?«

Wie immer bei dem Thema endet das Gespräch. Sie senkt den Kopf und lehnt ihre Stirn gegen meine Brust. Ich warte auf Anzeichen, dass sie weint, aber da kann ich lange warten. Sie steht einfach da und lässt sich halten.

»Wir kriegen das hin«, sage ich und streichele ihre Haare. »Und jetzt hör auf, mir auf den Familienschmuck zu glotzen.«

Sie löst sich und lehnt sich gegen das Waschbecken. Ich hülle mich in ein Handtuch und setze mich auf die Kante der Wanne. Eine Spinne sitzt neben der Steckdose an der Wand. Muss neu in der Gegend sein, sonst hätte Oscar sie längst gefangen und ihr mit Lebensmittelfarbe einen Punkt auf den Rücken gemacht.

»Wann ist die OP?«

»Am Dienstag.«

Ich schaue sie überrascht an.

»So schnell? Was sagen wir den Kindern?«

Sie verschränkt die Arme. »Ich weiß es nicht«, murmelt sie. »Meine Eltern haben mich damals aufgeklärt, aber ich war schon älter, als Mama krank wurde. Die beiden sind noch so klein.«

»Ja, aber irgendwas müssen wir ihnen sagen. Lola kriegt eh schon alles mit.«

Sie schaut mich düster an.

»Soll ich ihnen etwa sagen, dass Mama dieselbe Scheiße hat wie Oma, die jetzt auf dem Friedhof liegt?«

Ich schaue kurz an die Decke und versuche, ruhig zu bleiben.

»Wir sagen ihnen einfach die Wahrheit. Mamas Brust ist krank und muss zur Operation ins Krankenhaus. Danach wirst du noch eine Zeit lang zu Hause bleiben, um dich zu erholen, und hast deswegen viel mehr Zeit für sie, und darauf freust du dich.«

Sie denkt drüber nach. Schließlich nickt sie langsam.

»Okay. Ich sage es ihnen, wenn wir ankommen.«

Für einen irrwitzigen Moment habe ich die Hoffnung, dass wir zusammen in einen Flieger klettern und nach Tofino reisen.

»Ankommen?«

»Ich will nach Hause.«

Für einen Moment frage ich mich, ob sie verwirrt ist. Dann fällt der Groschen.

»Nach *Aachen*?«

Sie nickt und legt mir eine Hand auf den Arm.

»Ich will zu Papa. Er braucht mich jetzt, wo Edith nicht mehr da ist …« Sie lächelt kläglich. »Wie würdest du dich fühlen, wenn ich sterbe und die Kinder besuchen dich nicht.«

»Hör auf mit dem Scheiß, du stirbst nicht.«

»Edith schon.« Sie drückt meinen Arm fest. »Sie ist tot, Mads! Tot!« Der Schmerz in ihren Augen raubt mir den Atem. »Papas beste Freundin ist nicht mehr da, er ist einsam. Er braucht mich.«

Ich mustere ihr Gesicht, und endlich fällt der Groschen. *Sie braucht ihn.* Bei ihm fühlt sie sich sicher. Sicherer als bei mir. Logisch. Er ist der Mann, der das alles schon mal durchgemacht hat. Er weiß, was zu tun ist.

»Ich will die Zwerge während der OP bei ihm lassen, da können sie raus und spielen, und der Opa ist immer da.«

»Du hast recht«, stimme ich ihr zu. »Das ist das Beste für alle.«

Sie nickt und lässt meinen Arm los.

»Ich bleibe übers Wochenende und komme am Montag ohne die Kleinen wieder, dann haben wir noch einen Tag für uns. Bringst du mich am Dienstag ins Krankenhaus?«

»Ja.«

»Danke.«

Sie mustert mich mit einem Blick, der jetzt gerührt, sentimental oder traurig sein sollte. Ihrer ist trocken wie die Sahara.

»Ich weiß, Aachen ist nicht leicht für dich, aber ... hast du nicht Lust, uns zu besuchen?«

»Doch, darum komme ich gleich mit.«

Das überrascht sie.

»Jetzt sofort?«

»Yep.«

Sie mustert mich und versucht dahinterzukommen.

»Musst du nicht zur Arbeit?«

»Hab Urlaub.«

Ihr ist anzusehen, dass sie mir kein Wort glaubt, aber immerhin will sie nicht diskutieren.

»Gut«, sagt sie erleichtert, »dann lass uns los. Ich will raus hier.«

»Ist es in Ordnung, wenn ich mir vorher eine Hose anziehe? Sonst kriegt dein Sohn vielleicht doch noch Komplexe.«

Sie zieht eine Grimasse und winkt ab.

»Pah, genieß das letzte Jahr, in dem du den Größten im Haushalt hast. Volker ist wirklich gut ausgestattet«, sagt sie und spitzt die Lippen. »Eigentlich einer der größten, die ich jema-«

»He, schon gut, ich hab's kapiert.«

Sie lächelt, doch als sie das Bad verlässt, erreicht das Lächeln nicht ihre Augen. Manchmal reicht rumalbern nicht. Aber schaden tut es nie.

Nachdem Rene den Kindern erklärt hat, dass sie Opa besuchen, wenn jeder eine Tasche gepackt hat, hängt sie sich ans Telefon, um dem Sender zu erklären, dass sie eine Zeit lang ausfällt und er sich eine andere Agentur suchen muss. Ich höre einen Augenblick zu, wie sie versucht, eine befreundete Agentur als Ersatz zu empfehlen, und gehe ins Kinderzimmer, um die Reisetaschen der Kinder zu kontrollieren. Lolas ist gut gepackt. Oscars ist voller Spielzeug.

»Na, freut ihr euch schon auf Opa? Wird toll, oder?«

Oscar lärmt ein Ja. Lola mustert mich mit ihrem Mona-Lola-Blick. Das schiebt mir ein dickes Schuldgefühl in die Seele und schraubt es dort fest. Ich schwöre mir, sie nie wieder anzulügen. Ein Schwur, den ich jetzt schon zweimal gebrochen habe. Erwachsener zu sein ist manchmal ein Scheißjob.

Ich zeige auf Oscars Tasche.

»Das ist nicht gut gepackt. Du brauchst auch etwas zum Anziehen. Versuch's noch mal. Sobald du fertig bist, können wir los.«

Oscar kippt die Tasche aus und beginnt, sie mürrisch noch mal zu packen.

»Ich helfe dir«, sagt Lola und packt für ihn. Oscar schaut stirnrunzelnd zu, wie sie seine Tasche umräumt. Als sie voller Kleidung ist, versucht er sein ganzes Spielzeug obendrauf zu packen, was natürlich nicht klappt. Also fliegen ein paar Pullis wieder raus. Schließlich haben sie es geschafft. Der Inhalt ist ungefähr derselbe wie vorhin, sieht jetzt aber viel ordentlicher aus. Ich lobe beide, parke sie ausnahmsweise vor dem Fernseher, schalte KIKA ein, gehe ins Zimmer zurück und packe Oscars Tasche noch mal. Dann marschiere ich los, um Renes Tag zu verändern, und wahrscheinlich auch ihre Zukunft.

Ich finde sie auf dem Balkon. Sie telefoniert. Überraschung.

»Wenn du so viel delegierst, kannst du auch gleich alles selbst machen«, sage ich und quetsche mich neben sie auf die Bank.

Sie gibt mir ein Zeichen, dass ich die Klappe halten soll.

»Willst du gar nicht wissen, was ich hier habe?«

Sie mustert das Blatt Papier, das ich ihr vor die Nase halte. Sie kneift die Augen zusammen. Jaja, ein Königreich für eine Lesebrille. Sie wirft mir einen fragenden Blick zu und sucht in meinem Gesicht nach Hinweisen. Ich wedele mit dem Blatt herum. Sie verabschiedet sich am Telefon und betrachtet das Dokument neugierig.

»Was ist das?«

»Wonach sieht es aus?«

»Eine Versicherungspolice.«

»Und?«

Ihre Augen blitzen auf, als ihr klar wird, dass ich ihr das Ding bestimmt nicht ohne Grund zeige. Sie boxt mich auf den Arm.

»Sag schon!«

»Erinnerst du dich an den Finanzdienstleister, mit dem du mal ausgegangen bist?«

Sie runzelt die Stirn und mustert die Police.

»Er hat mir also doch was angedreht ...«

»Allerdings!«, lache ich und wedele noch mal damit herum. »Du hast eine private Unfallversicherung, und sie ist nicht mal schlecht. Du bekommst Krankenhaustagegeld und Genesungsgeld. Himmel, hast du denn überhaupt keinen Überblick über deine Ausgaben? Du zahlst dafür!«

»Ist nicht dein Ernst ...«, sagt sie staunend und schielt leicht bei dem Versuch, die fett gedruckten Zahlen auf dem Papier zu erkennen. »Wie viel?«

»Einhundertfünfzig Euro ab dem ersten Krankenhaustag bis zur völligen Genesung, was das auch immer bedeuten mag.«

Sie starrt mich an.

»Mit so was scherzt man nicht.«

Ich schaue sie bloß an und lasse mir nichts entgehen. Ihr Mund öffnet sich zu einem kleinen O. Sie schüttelt den Kopf, als ihr klar wird, dass sie plötzlich keine Geldsorgen mehr hat.

»Das gibt's doch nicht ...« Sie schnappt sich die Police und lässt ihre Augen darüberlaufen wie ein Scanner. »Ich verdiene mehr, wenn ich krank bin, als wenn ich arbeite?«

»Von wegen Scheißdate, was?«, grinse ich.

Sie verpasst mir das erste wirkliche Lächeln des Tages.

»Jesus Maria! Ich hätte doch mit ihm schlafen sollen!«

»Er hat mich mal angerufen und nach dir gefragt. Ich hab noch seine Nummer. Willst du sie?«

»Eine Frau ohne Titten, das ist bestimmt sein großer Traum«, sagt sie und tötet den leichten Augenblick effektiver als ein Kopfschuss.

Ich schnappe ihr die Police weg und schüttele den Kopf.

»Tu das nicht.«

»Was?«

»Das.«

Wir schauen uns in die Augen. Schließlich atmet sie ein und nickt.

»Okay.«

»Außerdem macht es keinen Sinn, deinen Job von hier aus zu erledigen. Da kannst du auch gleich ins Büro fahren. Meinst du, die Kinder haben was von dir, wenn du hier rumsitzt und telefonierst? He, der Eingriff ist in drei Tagen, wann willst du denn mit deiner Auszeit anfangen? Auf dem OP-Tisch?«

»Ja, aber –«

»Scheiß drauf«, unterbreche ich sie. »Lass dir doch 'ne örtliche Betäubung geben, dann kannst du während der OP weitertelefonieren.«

Sie mustert mich wütend, dann senkt sie den Kopf und denkt nach. Nach ein paar Sekunden schaltet sie ihr Handy aus. Ich wusste gar nicht, dass sie den Knopf kennt. Sie legt es auf die Sitzbank, verschränkt die Arme und schaut mich demonstrativ an.

»Ich werde mich ändern.«

»Gut.«

»Jetzt, wo ich reich bin, kann ich mich ja entspannen.«

»Ja.«

Wir mustern uns, sie zieht eine Schnute.

»Du glaubst, ich kann das nicht?«

»Du bist ein arbeitssüchtiger Kontrollfreak und musst vom Handy entwöhnt werden wie ein Heroinsüchtiger vom Stoff.«

Sie wirft einen von Oscars Spielzeugsoldaten nach mir. Ich ducke mich. Er zischt an mir vorbei, prallt von der Balkontür ab und springt über die Balkonbrüstung.

»Clever«, sage ich anerkennend. »Jetzt kannst du deinem Sohn erklären, dass sein General den Freitod gewählt hat.«

Sie hört mir nicht zu.

»Ich schaffe das«, sagt sie und nickt, mehr für sich selbst. »Ich schaffe das.«

»Dann tu es doch einfach und hör auf rumzuzicken.«

Sie lächelt seltsam. Dann legt sie die Police weg und nimmt meine Hand.

»Lass uns den Krebs auslachen«, sagt sie.

»Was?«

Sie nickt.

»Wir machen Witze drüber.«

»Krebswitze ...?«

Sie nickt wieder. Ich schaue sie an. Sie zieht die Schultern hoch.

»Ich habe Krebs, okay, aber ich bin immer noch derselbe Mensch wie letzte Woche.« Sie setzt sich aufrecht hin. »Gegen die Krankheit kann ich nichts tun, aber gegen das Getue, Schweigen, komische Benehmen, dagegen kann ich was tun.« Sie nickt vor sich hin. »Ich bin immer noch ich, Schluss mit dem Gejammer.«

»He, die Einzige, die sich wie ein Waschweib aufführt, bist du. Fast hättest du heute ein bisschen geweint, du Schlaffi.«

»Stimmt.« Sie lächelt. »Wird nicht mehr vorkommen.«

Oh Mann. Sie macht sich Sorgen, ob sie zu weinerlich rüberkommt.

»Ich meine es ernst«, sagt sie.

»Ich weiß«, sage ich und versuche, nicht die Augen zu rollen.

»Die Sache hat ja auch Vorteile«, erklärt sie mir. »Ich werde mehr Zeit mit den Kindern verbringen.«

»Stimmt. Und ich habe gelesen, dass deine Haare nach der Chemo dichter und voller nachwachsen werden, weil die Zellen runderneuert werden.«

»Wirklich?« Sie mustert mich überrascht. »Cool. Außerdem habe ich ja plötzlich auch keine Geldsorgen mehr. Ich bin eigentlich das perfekte Beispiel für Krankheit als Chance.«

Ihr Wechsel ins Heitere geht mir eine Spur zu schnell, aber ich bin der Letzte, der gegen Rumalbern Einspruch erhebt. Ich schlage mir mit der Handfläche gegen die Stirn.

»Oh verdammt, pass auf!«

»Was??«, sagt sie und schaut sich um.

»Ein Mann schlurft durch einen Krankenhausflur und murmelt: ›Krabben? Hummer? Austern?‹ Ein Arzt kommt vorbei und sagt: ›*Krebs*, Herr Müller, Sie haben *Krebs*.‹«

Ich reiße den Mund auf und wackele mit den Ohren wie Fozzybär. Sie lächelt und drückt meine Hand.

»Ach Doofi, manchmal bist du einfach zu süß. Aber was ist blau, aus Plastik und hat vierzig Brustwarzen? – Ein Müllsack aus der Brustkrebsklinik.«

Ich starre sie an. Sie lächelt und lehnt sich gegen mich.

»Den hat Mama mir erzählt.«

»Toll, wenn Eltern ihren Kindern etwas weitergeben.«

Ich hebe meinen Arm an. Sie kuschelt sich an mich. So sitzen wir da und schauen über die Dächer. Gestern Abend saß die potenzielle Frau meines Lebens neben mir. Jetzt sitzt hier die definitive Freundin meines Lebens. Beides gleichzeitig zu haben wäre schön, aber man kann nicht erwarten, dass das Leben perfekt ist. Nichts ist perfekt. Nicht mal Glück. Doch es bleibt Glück.

Wir sind fast aus Köln raus, als wir den Kindern verraten, dass sie mindestens die ganze nächste Woche nicht in die Kita müssen und jeden Tag mit Opa verbringen werden. Sie verpassen uns ein bisschen Tinnitus, dann singen sie ein Lied aus der Kita. Irgendwas mit Finger im Popo, und nach jeder Zeile fügen sie einen Namen hinzu und kichern sich schlapp. Es ist selten, dass ich Lola so ausgelassen erlebe, und ich nehme ihr das genauso wenig ab wie ihrer Mutter vorhin. Sie ist so sensibel und sozial. So eine Frau hätte ich mal kennenlernen sollen. *Eva!* Meine Eingeweide ziehen sich zusammen. Hatte schon vergessen, wie schmerzhaft es ist, dass es so schön hätte sein können.

Wir rollen über die A 57. Ein Wagen voller Menschen, die sich lieben. Über uns am Himmel zieht ein Flugzeug einen weißen Strich. Ich könnte jetzt da oben sein, aber hier unten bin ich richtig. Eva kenne ich zwei Tage, Rene eine Ewigkeit. Eva war eine Hoffnung, Rene ist die Tatsache.

Ich spüre, wie sie mich vom Beifahrersitz aus mustert.

»Du vermisst sie.«

»Wen?«

»Blödmann. Vielleicht kommt sie ja wieder.«

»Klar.«

Bevor sie noch mehr Stuss reden kann, quiekt ein Meerschwein. Ich greife nach meinem Handy, nur um zu merken, dass es Susi ist, die im Fußraum bei den Kindern steht. Oscar schmeißt sich weg, und mein Herz versucht, sich einen Weg aus meiner Brust freizuklopfen. Dabei hat Eva noch nicht mal meine Nummer. Herz, blödes Ding.

Seit der Beerdigung meiner Eltern war ich dreimal in Aachen. Bei der Beerdigung von Renes Mutter, bei der Beerdigung von Edith und jetzt. Dreimal in einundzwanzig Jahren, und es hätte mir für die nächsten einundzwanzig gereicht. Wir fahren durch die Stadt, und nichts was ich sehe, löst Wiedersehensfreude aus. Im Gegenteil. An dem Eckkiosk hat sich Papa seine Zigaretten gekauft ... Bei dem Bäcker da holten wir sonntags Brötchen ... Da ist der Schleichweg rüber zum Spielplatz ... Die Stadt hat sich verändert, aber dennoch scheint alles beim Alten zu sein. Nur das Wichtigste fehlt.

Als ich an der Kreuzung vorbeifahre, an der man eigentlich links abbiegen muss, um zu Renes Elternhaus zu gelangen, mustert Rene mich aus dem Augenwinkel. Auch deswegen bin ich weggegangen. So haben mich damals alle angeschaut.

Wir fahren einmal um den Block. Als wir von der anderen Seite in die von Bäumen flankierte Straße einbiegen, steht Renes Vater auf dem Gehweg vor der Garage, als würde er schon immer da stehen. Die Kinder entdecken ihn und drehen durch. Kaum hält der Wagen, sind beide draußen und kleben an ihrem Opa wie Schnecken an Glas. Rene stößt die Beifahrertür auf und läuft ihrem Vater in die Arme. Sulke kommt angelaufen. Sulke ist ein grauer Hovawart, der mittlerweile in die Jahre gekommen ist, aber grau war er schon immer. Er trägt den Namen des Lieblingssängers von Renes Mutter. Rene schenkte ihn ihr, als sie im Sterben lag, um ihr in den letzten Monaten noch mal die Freude zu schenken, an einem jungen Leben teilzuhaben. Eines der sinnvollsten Geschenke, die ich je erlebt habe. Jeden Abend, wenn Rene ihre Mutter anrief, berichtete die freudig, was Sulke wieder angestellt hatte. Ein tapsiger Welpe, schmusig und unfreiwillig komisch, war ein Lichtblick im Prozess des Sterbens. Trotz seines hohen Alters ist er immer noch bereit für einen Freudentanz, als ich aussteige. Einmal Freund, immer Freund. Hunde.

Ich lehne mich an den Gartenzaun, streichle Sulkes Schädel, beobachte die Wiedersehensfreude um mich herum und kämpfe gegen den Magneten, der an meinem Kopf zerrt. Fünfzig Meter von hier entfernt steht der Grund für den Umweg um den Block. Ich riskiere einen schnellen Blick die Straße runter. Da. Ein blaues Haus. Immer noch.

Als die Umarmungen im Garten nachlassen, stürzt sich Oscar auf Sulke. Lola steuert die Gartenschaukel an. Renes Vater legt den Arm um seine Tochter, und zusammen gehen sie langsam zum Haus. Rene kuschelt sich an ihn und sieht aus, als hätte man sie in eine warme Decke gehüllt. Er ist ein Mann, der fünfzig Jahre Bau unbeschadet überstanden hat und seine Frau sieben Jahre lang pflegte, als sie erkrankte und schließlich nach vielen Operationen verstarb. Nie wirkte er auf mich unentschlossen oder zögerlich. Er ging stets Schritt für Schritt in die Richtung, in die er gehen musste, bis die Straße aufgab und endete.

Ich werfe einen weiteren Blick die Straße runter. Es stehen Kinderfahrräder vor dem Zaun. Die Hecken sind auf Kopfhöhe gestutzt. Früher waren sie höher. Tja. Jetzt wohnt da eben jemand anderes. Vielleicht saß hier damals jemand und schaute zu, wie mein Fahrrad da stand, und dachte dasselbe. Der Gang der Dinge. In jedes Heim wird nach uns jemand einziehen. Wir sind bloß zu Besuch. Und einer der Momente, die mich gelehrt haben, lieber Müll zu denken, als sich runterziehen zu lassen. Aber mir fällt nichts mehr ein, außer dass es eigentlich blöd ist, sich von einem Haus runterziehen zu lassen.

Ich marschiere in den Garten. Renes Vater kommt mir entgegen. Ich strecke ihm die Hand entgegen. Er drückt sie mit seiner Pranke, während er mich schweigend mustert.

»Willkommen, Junge«, sagt er dann. »Alles in Ordnung?«

Da ich nicht genau weiß, ob die Frage meiner Verfassung oder der seiner Tochter gilt, nicke ich einfach. Eigentlich müsste er längst Bescheid wissen, da die beiden vorhin telefoniert haben, aber falls nicht, werde ich ihm nicht die Botschaft im Garten überbringen.

Ich werfe dem blauen Haus noch einen Blick zu, dann tragen wir Gepäck und Susis Käfig ins Haus. Rene bezieht das Gästezimmer, weil es das größte Bett hat, in dem sie die Kinder nachts auffangen kann. Mir wird ihr altes Kinderzimmer zugeteilt. Bevor ich darin verschwinde, kommt Lola mir im Flur entgegen.

»He Süße, ich schlafe im Kinderzimmer. Kannst mich dort jederzeit besuchen.«

Sie senkt den Kopf. Ich knie mich vor sie und streiche ihr ein paar Haare aus dem Gesicht.

»Süße, alles in Ordnung?«

Sie nickt, ohne mich anzuschauen.

»Freust du dich, wieder bei Opa zu sein?«

Sie nickt.

»Redest du nicht mehr mit mir?«

Sie senkt den Kopf noch weiter.

»Bist du sauer auf mich?«

Sie antwortet nicht.

»Ist es wegen Eva? Sie war nur zu Besuch. Jetzt ist sie weit weg und kommt nicht wieder.«

Sie mustert den Boden ausgiebig.

»Okay.« Ich richte mich auf. »Wenn du Fragen hast, frag mich, ja? Ich würde mich wirklich freuen, wenn du wieder mit mir redest.«

Ich gebe ihr den Weg frei. Sie steht noch einen Augenblick da, dann zieht sie weiter. Bevor sie um die Ecke biegt, wirft sie mir einen Blick zu. Als sie sieht, dass ich ihr nachschaue, schaut sie schnell wieder weg. Hm.

Ich habe Dramatisches erwartet, aber alles wirkt normal. Oscar jagt seit einer Stunde Sulke durch den Garten, der langsam die Zunge hängen lässt. Lola schaukelt mit ihrem Opa auf der Baumschaukel. Rene und ich sitzen auf der Veranda, trinken Kaffee und knabbern Kekse. Der Himmel ist blau, der Wind frisch – ein Tag wie jeder andere. Bis auf die Tatsache, dass der Mensch, dem ich am meisten vertraue, Krebs hat und irgendwo in Kanada ein Mädchen auf mich wartet und ich sie nicht erreichen kann.

Rene steckt die Nase nach oben und schnuppert in die Luft.

»Riechst du das?«

»Ja, warst du das?«

»Blödmann«, sagt sie und breitet die Arme aus. »Riech doch mal: Der Garten duftet wie früher.«

»So riecht jeder Garten.«

»Nein, so riecht nur unser Garten.« Sie boxt mich lässig auf den Arm. »Wie ist es denn so für dich, hier zu sein? Kippst du wieder um?«

Ich seufze. Sie mustert mich.

»Es sind nur Erinnerungen«, sagt sie. »Die können dir nichts tun.«

Wenn sie wüsste ... Hundert zu eins, dass sie gleich einen Hausbesuch vorschlägt.

»Lass uns losziehen und uns die Sache anschauen.« Sie nickt zu dem kleinen Loch in der Hecke, durch das wir uns früher von Garten zu Garten geschlichen haben. Es ist immer noch da. Und führt immer noch zu einem blauen Haus. »Was ist, traust du dich nicht?«

»Achtung!« Ich zeige auf ihren Arm. »Wespe!«

Sie kennt meine Ablenkungen mittlerweile ganz gut, also dauert es einen Augenblick, bis sie betont gelangweilt an sich hinunterschaut und die Wespe auf ihrem Pulli entdeckt. Mit einem Schrei springt sie auf und schlägt um sich. Alle schauen zu uns rüber. Ich winke ab.

»Sie wird's überleben.«

Ihr Vater starrt mich an. Ach so. Prima. Das letzte Fettnäpfchen war ja auch schon so lange her.

Als Rene genug herumgewedelt hat, setzt sie sich und beäugt die Gegend misstrauisch. Ich kreuze die Hände hinter meinem Nacken und lehne mich zurück.

»Ah, es geht doch nichts über einen Tag im Garten«, schnurre ich und kassiere einen weiteren Schlag.

Sulke lässt sich auf den Rasen plumpsen und signalisiert Oscar, dass er ausgespielt hat. Auf der Suche nach einem neuen Spielobjekt steuert Oscar Renes Vater an, redet ein paar Sätze mit ihm und stürmt dann ins Haus. Wenig später kommt er mit Susis Käfig heraus. Er hockt sich auf den Rasen und nimmt das Käfigdach ab, ich richte mich auf. Sulke tapert hin, setzt sich daneben und mustert das Schauspiel neugierig. Oscar holt Susi heraus.

Ich werfe Rene einen Blick zu.

»Der macht nichts«, sagt sie.

»Ach so.«

Ich schaue zu, wie Oscar Susi vor Sulkes Nase hält, um die beiden miteinander bekannt zu machen. Vielleicht denkt er, das hier ist wie im Zoo, wo man Seelöwen nach dem Spielen ein Häppchen zuwirft, vielleicht will er Susi auch einfach mal den Garten zeigen, jedenfalls: Sulke leckt sich die Schnauze.

»Oscar, was wird denn das?«

Renes Vater winkt ab.

»Alles in Ordnung. Du kannst dein Meerschweinchen ruhig absetzen«, sagt er zu Oscar. »Sulke tut ihm nichts.«

Ich werfe Rene erneut einen Blick zu, den sie ignoriert. Vielleicht mag sie keine Meerschweinchen mehr. Sogar Oscar, der immer für ein Gemetzel zu haben ist, zögert einen Moment, doch dann setzt er Susi auf den Rasen, die sofort hinter den Käfig flitzt und auf mich einen ziemlich unglücklichen Eindruck macht. Der Hund tapert einen Schritt vor und steckt seine Nase in den Käfig. Ich schaue Renes Vater an.

»Er weiß, dass sie zur Familie gehört«, sagt er ruhig.

So sitzen wir da und schauen zu, wie die Hundeschnauze schließlich das Meerschwein hinter dem Käfig findet und Susi die Totenstarre übt, während der Hund sie beschnuppert. Gut, vielleicht frisst er sie nicht, aber was verflucht noch mal ist mit Herzstillstand?

Gerade als ich es nicht mehr aushalte, verliert Sulke das Interesse. Er trottet zur Hecke und lässt sich auf den Rasen fallen. Nach dieser Showeinlage gibt es Eis für die Kinder. Oscar düst mit Opa ins Haus. Ich steige von der Veranda und steuere den Käfig an, während ich mich frage, wie man Mund-zu-Maul-Beatmung bei einem Nagetier macht. Wenn ich zu doll puste, platzt sie vielleicht, und das wollen wir ja auch nicht.

Zu meiner Überraschung hockt Susi quicklebendig hinter dem Käfig und zerlegt eine Möhre, die Oscar ihr dagelassen hat. Sie wirkt, als hätte sie den Schock überstanden, aber vielleicht ist sie nur so abgebrüht wie Rene, die sich neben mich hockt und ein Stück Gebäck knabbert.

»Siehst du, sie lebt noch«, sagt sie leichthin.

»Mir wird gerade eine Menge über deine Erziehung klar.«

Sie lacht und zieht Susi die Möhre weg. Sie lässt sie

danach schnappen, zieht sie aber immer wieder weg. Als sie Susi genug geärgert hat, legt sie ihr die Möhre hin und streichelt sie.

»Wir ziehen gleich los«, sagt sie.

»Ich will das Scheißhaus nicht sehen.«

»Ich meine, mit den Kindern. Wir machen einen kleinen Ausflug vor dem Abendessen. Ich erkläre ihnen alles.«

»Okay, ich hole meine Jacke.«

Als ich aufstehen will, legt sie eine Hand auf meinen Arm.

»Wenn du mitkommst, ist Oscar noch abgelenkter, und mit dir und Lola liegt eh was im Argen, oder?«

Ich blinzele. Sie will, dass ich hierbleibe? Sie möchte das wichtigste Gespräch seit Jahren mit den Kindern alleine führen?

»Ich soll wirklich nicht mitkommen?«

Sie schüttelt ihren Kopf, und ich bin draußen. Es würde mich echt interessieren, ob es auch in biologischen Familien Usus ist, dass eigentlich nur einer bestimmt. Ein weiterer Moment, in dem ich mich frage, wie ich handeln würde, wenn ich der leibliche Vater wäre. Würde ich mein Recht einfordern? Lasse ich mich zu sehr von dieser Blutsache einschüchtern? Ich atme tief durch. Nein. Sie hat recht. Wenn ich dabei bin, ist Oscar abgelenkt und Lola erst recht. Es ist besser, wenn Rene das alleine macht. Oder? Scheiße, ich weiß es nicht.

Ich schaue rüber zu dem Baum, in dem Lola hockt.

»Es hat irgendwas mit Eva zu tun.«

»Vielleicht«, sagt Rene, »vielleicht ist sie aber auch bloß verunsichert. Sie kriegt meine Verunsicherung mit und weiß nicht genau, was los ist. Ich werde es ihr erklären.«

»Was willst du sagen?«

»Dass Eva unsere Freundin, aber leider verreist ist, und ich mich aber freuen würde, sie wiederzusehen. Außerdem ist Mamas Brust krank und muss im Krankenhaus operiert werden, und Mama wird ihre Haare verlieren und eine Zeit lang ein bisschen schlapp und müde sein, doch danach, danach wird sie die neuen Powerhaare bekommen, und dann wird alles gut.«

Sie lächelt mich an und wirkt ganz ruhig, fast zufrieden. Es ist, als würde dieser Ort sie ausbalancieren.

»Klingt gut.«

Sie stupst ihre Wange kurz gegen meine Schulter.

»Schön, dass du da bist.«

Wenig später winke ich ihnen nach, dann gehe ich wieder in den Garten und setze mich an den Verandatisch zu Renes Vater, während meine beste Freundin mit ihren Kindern losfährt, um ihnen zu erklären, dass sie Krebs hat.

Wir sitzen da und schauen über den Garten, der ein bisschen abschüssig liegt und in einem kleinen Bach endet, der wiederum zu einem blauen Haus führt. Früher haben wir Schiffchen Briefe transportieren lassen. Ich saß bei uns im Garten und wartete auf Schiffchen, die mir einen Zettel brachten, falls sie nicht vorher kenterten. Wenn eines kam, las ich den Zettel, der meistens unglaublich wichtige Fragen enthielt wie, wer ist deine Lieblingssängerin. Ich schrieb die Antwort auf die Rückseite, lief die Allee hoch, warf den Zettel in Renes Briefkasten, dann rannte ich zurück und wartete auf eine neue Frage. So konnten wir ganze Tage rumkriegen. Prähistorische SMS.

Renes Vater räuspert sich.

»Und, Junge, wie läuft es in Köln?«

Meine beste Freundin hat Brustkrebs, meine Verliebtheit ist ausgewandert, und im Job lief es auch schon mal besser.

»Ganz gut.«

Er nickt. Dann schauen wir wieder über den Garten. Es hat sich nicht viel verändert. Früher waren wir oft da unten bei den Beeren. Erdbeeren, Stachelbeeren, sogar Himbeeren, alles haben wir uns zusammengeklaubt. Man kann hier immer noch bedenkenlos Kinder herumstreunen lassen, anders als bei uns in der Stadt. Ein paar Vögel zwitschern, sonst ist alles ruhig.

Renes Vater holt eine Pfeife hervor, die aussieht, als wäre sie ein paar Mal geteert worden, und beginnt sie zu stopfen.

»Dieser Volker …«

Weder verändert sich seine Stimme, noch verzieht er das Gesicht, dennoch freue ich mich wieder mal, nicht Volker zu sein. »Wie macht der sich?«

»Na ja. Meistens ist er damit beschäftigt, Filme über Väter zu drehen, die sich toll um ihre Kinder kümmern.«

Er nickt bedächtig.

»Und wie oft sieht er die Lütten?«

»Unregelmäßig.«

Auch darüber denkt er gründlich nach. Maurerfolter: einen Satz pro Kelle. Oder nicht mal das. Er stopft die Pfeife gemächlich. Dann klopft er sich ein Streichholz aus der Schachtel. Dann drückt er den Tabak im

Pfeifenkopf fest. Dann klappt er den Tabakbeutel wieder auf und bröselt noch ein paar Gramm obendrauf. Dann wird alles wieder zurechtgestopft.

»Hat meine Tochter zurzeit jemanden?«

Ich schüttele den Kopf. Er zündet die Pfeife an und pafft ein paar Wolken. Dann drückt er den glühenden Tabak mit einem schmerzresistenten Daumen in den Pfeifenkopf und wirft mir einen prüfenden Blick zu.

»Und ihr seid immer noch befreundet.«

Klingt wie ein Vorwurf, dennoch nicke ich. Er pafft wieder ein paar Wolken. Ich warte auf die eigentliche Frage, aber er muss erst den Weltrekord im Pausenmachen aufstellen. Eine Amsel beschwert sich in den Bäumen über irgendwas. In der Ferne rumpelt ein Zug über Gleise. Schließlich legt er die Pfeife auf den Tisch und lässt seine hellen Augen auf mir ruhen.

»Du bist seit fünf Jahren der Mann im Haus meiner Tochter«, sagt er und drückt an dem Pfeifenkopf herum. »Die Lütten vertrauen dir.«

Ich nicke und warte. Irgendwann kommt auch ein Maurer mal zu Potte.

»Was ich dabei nicht verstehe …« Er legt die Pfeife in den Aschenbecher und mustert mich aufmerksam. »Entschuldige, Junge, aber wieso seid ihr kein Paar? Sie liebt dich, und du liebst sie doch auch, oder?«

Jedes Mal wenn ich versuche, einem älteren Menschen zu erklären, wieso ich nicht mit der Frau zusammen bin, mit der ich zusammenlebe und die ich liebe und deren Kinder ich liebe, fühle ich mich anschließend irgendwie blöd. Vielleicht sollte ich ihm einfach mal sagen, dass seine Tochter schlecht im Bett ist. Ich denke, das beendet das Gespräch. Aber vielleicht auch mein Leben.

Ich ziehe die Schultern hoch.

»So wie es jetzt ist, ist es für alle perfekt. Ich glaube, wenn wir ein Paar wären, würde es nicht mehr so gut funktionieren.«

Seine wässrigen Augen haften an mir.

»Willst du denn keine eigene Familie?«

Wie immer, wenn einer behauptet, das sei nicht meine Familie, sticht es in der Brustgegend.

»Ich traf noch nicht die Richtige«, sage ich, um eine Nanosekunde später *Eva* zu denken und einen Stromschlag in der Magengegend zu kassieren.

»Lola meint, du hast eine Freundin.« Sein heller Blick klebt unentwegt an mir. »Was, wenn die Sache hier länger dauern sollte. Musst du dann zu dieser Frau?«

Sieh an, sieh an. Mit Opa redet sie also.

»Nein, sie ist weg«, sage ich und denke an ihren regungslosen Blick. Mein Herz beginnt, schneller zu schlagen.

Er lässt einen prüfenden Blick über mein Gesicht laufen, gestählt von tausend Lügen am Bau. Aber bei mir kann er suchen, wie er will. Mein Herz ist rein. Und die Gedanken sind frei.

Schließlich räuspert er sich.

»Entschuldige die Fragen. Ich bin zu alt, um zu verstehen, wie das heute bei euch jungen Leuten läuft.«

»Kein Problem.«

Er nickt mir zu, stemmt seine Fäuste gegen die Tischplatte und drückt sich hoch. Er nickt mir noch mal zu und geht ins Haus. Die Tür fällt zu. Er will

Sicherheit für seine Tochter. Ich versuche, mir vorzustellen, wie es ist, wenn man jahrelang zuschaut, wie die Frau, die man liebt, vor den eigenen Augen immer weniger wird, bis nichts mehr von ihr übrig ist. So etwas haben meine Eltern nicht erleben müssen. In jedem Unglück lässt sich ein kleines Glück finden.

Der Garten wirkt plötzlich still und leer. Das blaue Haus steht immer noch da, das Dach und die Antenne schauen zu mir rüber. Ich stehe auf und gehe ins Haus. Im Kinderzimmer lasse ich mich auf das viel zu kleine Bett fallen und rolle mich zusammen. Rene fehlt mir, Lola fehlt mir, Oscar fehlt mir, und noch jemand fehlt, so sehr, dass meine Haut schmerzt. Sie wartet noch zwei Tage. Solange dieser Countdown läuft, gibt es Hoffnung, und solange es Hoffnung gibt, tut es noch mehr weh.

Ich versuche es mit einem Buch. Als ich die ersten Seiten zum dritten Mal lese, werfe ich es in die Ecke. Irgendwo da draußen redet Rene mit den Kindern.

Ich klappe den Laptop auf und schreibe ein paar Sätze über Caro, lösche sie und klappe den Laptop wieder zu. Einsamkeit schleicht durch den Raum. Es ist so still hier. Alles, was Renes Vater geblieben ist, ist ein zu großes Haus und ein Sack voller Erinnerungen. Mir ging es damals ähnlich, doch ich bin weggezogen, um nicht an jeder Ecke erinnert zu werden. Und jetzt bin ich hier. Und mein Elternhaus ist nur fünfzig Schritte entfernt. Schon merkwürdig, wie viel Bedeutung Gegenstände manchmal bekommen. Nach Isa konnte ich lange nicht an Wasserbetten denken, ohne an Isa zu denken, weil sie darauf bestanden hatte, dass wir uns eins anschaffen. Vielleicht dachte sie damals schon daran, dass sie das Ding beim Umzug mitnimmt. Bis heute kann ich auch keinen Schaukelstuhl ansehen, ohne an meine Mutter zu denken. Er war ihr Lieblingsmöbelstück. Ich brachte es nicht übers Herz, ihren Stuhl zu verschenken. Ich schaffte es aber auch nicht, ihn in die Wohnung zu stellen und zu benutzen. Noch heute steht er in einem Lager, neben den Gemälden meines Vaters. Ich habe ihre Parfümflaschen aufgehoben, ihre Fotoalben, seine Brillen, ihre Töpfe. Ich kann diese Dinge weder verkaufen noch benutzen, noch anschauen. Wieso sind Gegenstände so oft Auslöser eines Gefühls? Gegen-stände. Ein seltsames Wort. Und jetzt liege ich hier und habe Atemnot wegen eines Hauses. Ich weiß, dass ich meine Gefühle nur auf das Haus projiziere. Was ich nicht weiß, ist, wie man damit aufhört.

Ich klappe den Laptop wieder auf.

Tausend sinnlose Gedanken und fünf Schreibversuche später dämmert es im Zimmer. Die Sonne geht bereits unter, als draußen Autotüren klappen und Kindergeschrei ertönt. Ich eile raus und treffe ein paar gut gelaunte Kinder. Wie Rene es ihnen auch immer beigebracht hat, keinem ist Traurigkeit anzumerken. Oscar stürzt sich auf Sulke, Lola schaukelt eine Runde. Die Einzige, die ein bisschen mitgenommen wirkt, ist Rene. Ich frage sie, wie es lief.

»Später«, murmelt sie und verschwindet ins Haus.

Beim späten Abendbrot kreist das Gespräch um das Wetter, den Garten, Sulke und Alemannia Aachen. Rene macht auf munter, Oscar quatscht, Lola ignoriert mich weiterhin, und Renes Vater sitzt da wie ein

Klotz. Danach putzen die Kinder brav ihre Zähne und gehen, ohne zu murren, ins Bett. Rene legt sich zu ihnen.

Ich gehe wieder ins Kinderzimmer, klappe den Laptop auf, schreibe ein paar Sätze, lösche sie, klappe den Laptop wieder zu und starre an die Wand. Gott, wenn nicht bald jemand mit mir redet, drehe ich durch.

Ich krame mein Handy hervor, aber wozu? Die eine, die ich gerne anrufen würde, hat kein Handy mehr. Die andere schläft im Nebenzimmer. Oder nicht?

Ich lausche. Das Haus ist still. Ich schleiche auf den Flur und werfe einen Blick ins Gästezimmer. Oscar liegt neben dem Bett auf einer Matratze mit Sulke, süß. Die Mädchen liegen im Bett. Lola liegt nicht auf ihrer Mama, sondern brav an ihrer Seite. Rene hebt eine Hand. Ich gehe wieder rüber und lege mich auf das Kinderbett. Wenig später kommt sie gähnend ins Zimmer.

»Sorry, bin eingeschlafen.«

Sie lässt sich neben mir aufs Bett fallen und gähnt noch mal ausführlich. Sie trägt nur Slip und T-Shirt, und als sie sich an mich kuschelt, verrutscht das Shirt. Automatisch schaue ich auf die Ansätze ihrer Brüste. Nichts zu sehen. Hm.

»Du glotzt schon wieder, du Perverso«, sagt sie.

»Na ja, ich dachte, man, äh, sieht was.«

»Was soll man da sehen?«

»Weiß nicht, aber du hattest doch eine Gewebeentnahme, oder nicht?«

»Der Einstich war winzig, ich musste das Pflaster nur einen Tag drauflassen. Noch sehe ich aus wie eine normale Frau.«

»Du bist eine normale Frau.«

»Ja, noch«, sagt sie und gähnt noch mal. »Wie spät?«

»Zehn. Wie lief es mit den Kindern?«

»Gut. Oscar freut sich, dass er nicht in die Kita muss, und Lola wollte wissen, ob es auch ein Papakarzinom gibt.«

Ich brauche einen Moment, bevor ich es auf die Reihe bekomme und loslache. *Papakarzinom?* Oh Mann! Mona-Lola, ich liebe dich.

»Meine Tochter«, sagt Rene und gluckst, »findet es unfair, dass ich es bekommen habe und nicht Volker. Ist das groß, oder was?«

»Oh ja, das ist riesig«, lache ich. »Und hat sie was über mich oder Evas Besuch gesagt?«

Rene reibt sich ein Auge.

»Ich glaube, sie sieht einen Zusammenhang zwischen Evas Besuch und meiner Krankheit.«

Mir vergeht das Lachen.

»Ach du Scheiße!«

Ich richte mich auf. Rene winkt ab.

»Sie weiß, dass du nicht ihr Vater bist, aber um sie herum gibt es nur Paarbeziehungen oder Alleinerziehende. In der Kita und bei ihren Freundinnen gibt es keine einzige Patchworkfamilie, wo die Erwachsenen nur befreundet sind, also vergleicht sie, okay? Lass ihr Zeit. Es war das erste Mal, dass sie dich mit einer anderen Frau gesehen hat. Sie muss das Ganze noch sortieren.« Sie schiebt die Füße unter meine Bettdecke und kratzt sich am Hals. »Und, wie lief es hier?«

»Dein Vater hat mich gefragt, wieso wir nur Freunde sind.«

»Und, wieso sind wir nur Freunde?«

»Weil du mies im Bett bist.«

Sie macht große Augen.

»Das hast du nicht zu ihm gesagt!«

»Natürlich nicht! Will ich morgen unter einer Lage Estrich aufwachen?«

Sie atmet aus.

»Jesus«, murmelt sie und gähnt mittendrin. »War das eine üble Nacht damals. Ich dachte, die endet nie.« Sie schnappt sich meinen rechten Arm und zieht ihn sich unter den Nacken. Ihr Kopf ist schwer und warm, ihr Haar kitzelt. »Schon merkwürdig, wie die Dinge laufen. Mit Volker klappte es wirklich gut im Bett, er roch gut, küsste gut, und es war ein echter Genuss, mit ihm einzuschlafen. Aber sonst war er zu nichts zu gebrauchen. Wieso ist bloß alles so beschissen kompliziert?«

»Gute Frage.«

Sie legt sich besser zurecht und starrt an die Decke.

»Echt schade.«

»Was?«

»Letzten Monat habe ich Unterwäsche aus Paris bestellt. Eigentlich könnte ich sie wieder verkaufen. Ich habe sie gekauft, um ein paar Jungs um den Verstand zu bringen, aber es dauert jetzt wohl ein paar Jahre, bis jemand wieder meine Unterwäsche sehen will.«

»Na ja«, versuche ich es, »der Letzte, der deine Unterwäsche sah, ist längst an Altersschwäche gestorben, so viel ändert sich also nicht.«

Sie lacht nicht, sondern starrt an die Decke und hängt düsteren Gedanken nach.

»Wieso weinst du eigentlich nie?«

Sie schaut mich an und wirkt überrascht.

»Ich meine, klar, ich weiß, dass deine Eltern eigentlich einen Jungen wollten, aber auch Jungs weinen mal, und ich habe dich noch nie weinen sehen, weder als wir uns mit dem Mofa von Jenne aufs Maul legten, weder bei der Beerdigung von deiner Mutter, und auch nicht jetzt, wo du selber krank bist, wieso weinst du nie?«

Die Falten um ihre Augen vertiefen sich. Ihre Mundwinkel zucken.

»Das fragst du mich jetzt?«

»Hab mich bisher nicht getraut.«

Ihr Lächeln wird immer breiter, bis es seinen Zenit überschreitet und langsam wieder zusammenfällt.

»Das ist bloß so ein Familiending«, sagt sie. »Papa weint auch nie.«

»Und glaubst du, das ist gut für ihn? Schau dir die Kinder an, die heulen manchmal, und danach geht's ihnen besser.«

Sie schüttelt den Kopf.

»Das sind Kinder. Es ist was anderes, wenn man Verantwortung hat, dann muss man stark sein.«

»Aber du hast auch nicht geweint, als du noch keine Kinder hattest.«

Sie mustert einen Fleck auf ihrem Ärmel, kratzt daran, und als sie mich anschaut, lächelt sie wieder. Diesmal ist es nicht echt.

»Themenwechsel, hm?« Sie macht eine Handbewegung und mustert die Decke wieder. »In letzter Zeit habe ich nur noch funktioniert.« Sie schaut angestrengt nach oben. »Ich weiß nicht mal, wann …«

»Wann was?«, frage ich.

»Wann ich aufgehört habe zu leben.«

»Du lebst doch.«

»Nein.« Sie dreht sich diesmal mit dem ganzen Körper zu mir herum, und als ihr Blick mich trifft, ist er schmerzerfüllt. »Ich atme bloß und halte durch. Ich genieße mein Leben nicht mehr.«

»Hm.«

Sie kratzt sich am Kinn und heftet ihren Blick auf eine Stelle über meinen Augen.

»Vielleicht muss man erst krank werden, bevor man nachdenkt. Vielleicht ist der Krebs deswegen da.« Ihr Blick wandert zurück zu meinen Augen. »Was meinst du? Ist Krankheit eine Art der Kommunikation des Körpers? Die meisten Frauen bekommen diesen Scheiß mit sechzig. Ich bin erst Ende dreißig. Will mein Körper mir was sagen?«

»Zum Beispiel?«

»Weiß nicht.« Sie kratzt sich wieder am Kinn. »Gesünder leben, weniger Stress, so was.«

»Kann nie schaden«, sage ich, »aber wenn ungesund leben der Grund für Krebs wäre, was ist dann mit den Menschen, die rauchen, trinken und zu viel essen und sich nie bewegen? Die müssten ja dann alle Krebs haben. Haben sie aber nicht.«

Darüber denkt sie nach. Ihr Haar riecht nach Vanille. Bald muss sie es nicht mehr waschen. Ich verkneife mir einen schlechten Spruch über Einsparungen im Haushalt und hänge meinen eigenen Gedanken nach. So lagen wir als Jugendliche fast täglich zusammen und dachten nach. Wie sehr es mir fehlt, merke ich erst in diesem Moment. Gott, seit Jahren habe ich mir keine Zeit mehr genommen, um nachzudenken. Und mein Leben ging dennoch weiter. Erschreckend.

»Glaubst du, es ist die Strafe dafür, dass ich zwei gesunde Kinder habe?«

Ich mustere ihr Gesicht, um sicherzugehen, dass sie das ernst meint.

»Du meinst so eine Art ausgleichende Gerechtigkeit?« Ich strecke meinen Zeigefinger aus und streichele ihre Wange. »Da steckt kein höherer Plan dahinter, so was passiert einfach.«

Sie spitzt die Lippen. Ihre Nasenflügel werden weiß. Ihre Augen sind dunkel, ihr Gesicht wirkt schmaler als sonst. Höchste Zeit für eine neue Runde Polemik.

»Verlierst du jetzt den Verstand?« Ich tippe ihr an die Stirn. »Wenn es ausgleichende Gerechtigkeit gäbe, dann erklär mal lebende KZ-Wärter oder glückliche Pädophile.«

Sie schließt die Augen und atmet tief. Nach einer Weile wird ihre Nase wieder hautfarben.

»Ich versuche nur zu verstehen, warum ...«

»Da gibt es nichts zu verstehen«, sage ich und bemühe mich, sicherer zu klingen, als ich mich fühle. »Krankheit ist wertfrei. Niemand hat Schuld. Und ein Gott, der dich bestraft, weil du gesunde Kinder hast, müsste ein ganz schön krankes Arschloch sein.«

Ich sehe an ihren Augen, dass sie mir nicht zuhört. Sie ist auf ihrem Trip.

»Vielleicht weil ich die ganze Zeit meine Gefühle unterdrücke ...«, murmelt sie. »Zu wenig Zärtlichkeit, zu viel Selbstkritik, meine Wut auf Volker, die ich immer unterdrücken muss ...«

Ich verkneife mir jeden Kommentar. Bei dem

Thema ist es schlauer, wenn sie es selbst ausspricht, sonst bricht sie wieder das Gespräch ab. Doch schon der Gedanke, dass Rene vielleicht Krebs haben könnte, weil sie sich ständig über Volker ärgern muss … Mir ist danach, seinem Drehort einen Besuch abzustatten und seine neueste TV-Schmonzette um ein paar Splatterszenen zu bereichern. Ich werde das nie verstehen: Der Typ dreht fünf Filme im Jahr, weiß gar nicht mehr, wohin mit der Kohle, und zahlt weder seine Alimente, noch kann er sich die Geburtstage von zwei Kindern merken. Er tauscht seine Familie gegen eine Karriere im Filmzirkus. Was will der Spinner eigentlich noch erreichen? Er hat doch schon den Oscar und die Lola.

»Vielleicht bin ich selber schuld an dem ganzen Mist«, sagt sie und hat immer noch diesen abwesenden Blick.

Auf zur nächsten Polemikrunde.

»Klar«, sage ich. »Vielleicht kriegt man ja Krebs, wenn man schlecht im Bett ist. Hm, nein – dann müsste Isabella längst krank sein.«

Sie schaut mich genervt an. Na, geht doch. Schnell weiter. Ich halte ihr einen wichtigtuerischen Finger dicht vors Gesicht, so wie sie es hasst.

»Und, he, was ist mit der Brille, die du nicht trägst? Stattdessen überanstrengst du tagtäglich deine Augen, das muss ja schädlich sein, oder? Vielleicht kriegt man Krebs vom Augenzusammenkneifen?«

Sie schlägt meinen Finger weg. Da will sie sich in aller Ruhe die Schuld geben, und dann stört sie so ein Idiot beim Jammern.

»Und was ist mit deiner DNA?«, mache ich weiter.

»Bist du schuld an deiner genetischen Abstammung? Willst du deine Großmutter anzeigen, weil sie vielleicht schlechte Gene weitergegeben hat? Wobei, ups – das können wir ja nicht, sie ist ja schon tot, und ups – sie hatte ja gar keinen Brustkrebs. Was nun? Und was ist eigentlich mit –«

»Halt die Klappe!«, schnauzt sie und rückt ein Stück von mir weg.

»Dann halt du doch die Klappe«, sage ich. »Niemand kennt den genauen Grund für Krebs.«

Sie funkelt mich wütend an.

»Trotzdem muss ich mich ändern, oder nicht?!«

»Gut«, stimme ich zu, »aber wenn du etwas ändern willst, dann tu es nicht wegen der Krankheit, sondern weil es besser für dich ist und geändert werden muss.« Ich nicke ihr zu. »Tu es nicht wegen des verdammten Krebses, sondern weil es dir guttut, ja? Komm, ändere irgendwas, ich mache mit. Das wird ein Heidenspaß. Wollen wir umziehen? Unsere Jobs kündigen? Auswandern?«

Nach Kanada zum Beispiel.

»Ich weiß es nicht ...«, flüstert sie, und ihr Blick wird wieder matt und mutlos. »Sag du mir, was ich tun soll.«

»Was?«

Ich schaue sie entgeistert an. Dann platzt ein lautes Lachen aus meiner Brust und schüttelt mich durch. Seitdem ich sie kenne, hat sie jeden, der ihr sagen wollte, was sie tun soll, ungespitzt in den Boden gerammt, und jetzt das.

Rene sträubt sich etwas, kann aber irgendwann auch nicht anders, als mitzulachen. Wir klammern uns aneinander und lachen uns schlapp, und alles, was ich denken kann, ist: *Sie hat Angst, und ich habe keine Ahnung, wie ich ihr die nehmen kann.*

Das Lachen hält nicht lange an. Wird leiser. Verstummt. Wird zu Stille. Die Pause dehnt sich aus und verwandelt sich in Atmosphäre. Rene hat die Augen geschlossen. Ihre Stirn ist faltenfrei und wirkt entspannt, aber das ist nur für mich, damit ich nicht weiternerve. Tja, Pech gehabt.

»Die Sache inspiriert mich«, erkläre ich ihr und drücke ihre Nasenspitze. »Ich wollte schon immer ein Drehbuch über Dummheit schreiben. Wie wäre das: Eine Nazidemo wird von der *Antifa* zerschlagen. Auf der Flucht rettet sich ein ziemlich bescheuerter Skinhead in eine Gruppe kahlköpfiger Chemopatienten und denkt, es sind Sympathisanten. Die Chemopatienten merken, dass der Skin total verblödet ist, und motivieren ihn mit Nazisprüchen die ganze Zeit, Dinge für sie zu tun: Besorgungen machen, zum Termin fahren, Inkassounternehmer abschrecken und so weiter. Und so wird dieser Skin, der sich eigentlich als wahren SS-Mann einschätzt, zum guten Menschen, ohne es zu merken, und kommt schließlich mit einer Punkerin zusammen, die ihn zwar benutzt, um die gesamte Fascho-Organisation zu enttarnen, sich dabei aber in ihn verliebt. Am Ende, wenn er das Bundesverdienstkreuz erhält und die Punkerin von ihm schwanger ist und alle seine alten Kumpels im Knast sind, da gibt es einen Augenblick, in dem man denkt, jetzt begreift er, dass man ihn manipuliert hat, aber ... nein, er ist einfach zu dämlich. Na?«

Zeit vergeht. Mein Arm schläft langsam ein, und

Rene ist es wahrscheinlich schon. Seit Minuten hat sie nichts mehr gesagt oder sich bewegt.

»Wer spielt die Hauptrolle?«, fragt sie plötzlich, ohne die Augen zu öffnen.

»Eindeutig Til Schweiger. Stell dir vor, wie er sich als Skinhead mit einer einzigen Mimik neunzig Minuten lang durch das größte Chaos spielt.«

Ihre Mundwinkel bewegen sich ein bisschen nach oben.

»Und wer spielt die Punkerin?«

»Tja, schwierig. Sie müsste charakterstark und auf eine ganz natürliche Art sexy sein, ohne jedes Zickengehabe. Sie muss ein emotionaler Mensch sein, aber zugleich abgezockt, intelligent und dabei so sympathisch, dass die Leute sie lieben.«

»Nimm Lola«, schlägt sie vor.

»Perfekt! Ich schreibe zehn Jahre an dem Drehbuch, und wenn Lola volljährig ist, geht's los. Oscar kriegt auch eine Rolle, als fieser BKA-Mann, der die ganze Zeit unseren Skinhead zusammenschlägt, bis er einsieht, dass es für die Gesellschaft effektiver ist, dumme Leute zu guten Handlungen zu bringen, anstatt sie zu bestrafen.«

Sie öffnet ihre Augen und schaut mich an.

»Lass uns tanzen gehen.«

»Was?« Ich hebe die Augenbrauen. »Tanzen?«

Sie nickt und kratzt sich an der Nase.

»Ich will noch mal mit Brüsten feiern.«

Ich mustere ihre Augen. Die sind todernst.

»Ich will noch mal eine ganz normale Frau sein, mit ganz normalen Bedürfnissen, bevor ich zu einer Patientin werde ... « Sie stemmt ihren Oberkörper hoch, zum ersten Mal seit Stunden wieder Lebenslust in den Augen. »Lass uns ausgehen. Die Kinder schlafen, und Papa ist ja da.«

Sie meint es ernst. Ich lächele.

»Du willst in Aachen ausgehen? Wohin denn? Wir kennen hier keinen Laden mehr, wir haben keine Ahnung, wo 'ne Tanzfläche ist.«

»Wir finden schon was.« Sie rollt sich aus dem Bett und springt auf die Beine. Die Traurigkeit von eben scheint von Partylust pulverisiert worden zu sein.

»Na los!« Sie verpasst mir ihr Scheißegalgrinsen und zerrt an meiner Hand. Ihre Euphorie ist ansteckend. »Ziehen wir um die Häuser und feiern meine Versicherungspolice, heute geht alles auf mich!«

Wir stehen vor einem Club in der Innenstadt. Früher war dies einer der coolsten Aachener Läden, mit einer großen Tanzfläche und perfektem Sound, meistens Funk oder Soul, stilvollem Personal und gut gekleideten Gästen zwischen zwanzig und vierzig. Die Zeiten ändern sich. Die Schlange vor der Tür ist fünfzig Meter lang und hat ein Durchschnittsalter von circa zweiundzwanzig. Wir werden begafft wie Außerirdische. So muss Knut sich gefühlt haben.

Vor uns steht eine Gruppe blondierter Mädchen, Anfang zwanzig. Sie sind so aufgetakelt, dass sie abgetakelt wirken, werfen immer wieder Blicke nach hinten, stecken die Köpfe zusammen und kichern. Zu viel Schminke, bauchfreie Shirts und über dem Hosenbund die obligatorische Tätowierung. Die Arschgeweihten grüßen dich.

»Wollen wir da wirklich rein?«, flüstere ich zum dritten Mal.

Rene nickt, und ich gebe auf. Es ist ihr Abend. Mal schauen, wie lange, denn sie mustert die Tussen schon länger, die sich über uns amüsieren.

»Was ist an uns so lustig?«, fragt sie die Mädchen, als die sich mal wieder umdrehen, um uns zu begaffen.

Die Tussen bekommen einen kollektiven hysterischen Kicheranfall und drehen sich wieder nach vorne. Rene schaut mich an. Ich zucke mit den Schultern.

»Frag mich nicht, ich habe vergessen, was Gekichere in dem Alter bedeutet.«

Während ich die Arschgeweihe vergleiche und mir mit Such-den-Fehler die Wartezeit vertreibe, wird vor uns fröhlich weitergeprustet und gekichert, und ich meine, das Wort *Gammelfleisch* herauszuhören. Ich werfe Rene einen Blick zu. Sie mustert die Tussen mit leichtem Stirnrunzeln. Oh, oh ...

»Vielleicht lachen die gar nicht über uns«, schlage ich etwas lauter vor. »Vielleicht gucken die nach hinten, sehen ihr Arschgeweih und denken, ach schau, wir haben alle dasselbe Tattoo, Mist, ich dachte, das wäre total individuell.«

Rene lacht nicht. Von allen Seiten permanent angeglotzt zu werden kann ganz schön auf die Laune schlagen. Die Tussen trippeln einen Schritt vor. Wir rücken nach. Ich schnappe unbekannte Wörter auf, vielleicht gelten sie uns.

»Was zum Henker sind *Pornflakes*?«

»Keine Ahnung, wir müssen wohl mal unseren Wortschatz *pimpen.*« Ich zupfe sie am Ärmel. »Komm, wir finden einen anderen Laden. Ich meine, he, wir sind doppelt so alt wie die, verdienen unser Geld selber und haben heute noch kein Mal *krass* gesagt.«

»Wir gehen da rein«, sagt sie.

»Krass.«

Die Tussen zahlen an der Kasse und verschwinden, nach einem letzten Blick, kichernd durch die Clubtür. Wir rücken vor zur Kasse. Ich nicke dem Türsteher zu, lege einen Zwanziger auf den Stehtisch, der als Kassenhaus dient, und lächele die Kassiererin an.

»Wir wollen unsere Tochter abholen.«

Sie mustert mich regungslos, nicht ganz sicher, ob ich scherze. Rene stößt mir den Ellbogen in die Seite.

»Er ist bloß nervös, weil er in seinem Alter nicht mehr so oft ausgeht.« Sie blinzelt der Kassiererin zu. »Keine Angst, ich habe seine Patientenverfügung dabei.«

Die Kassiererin mustert Rene, mich, Rene, dann zuckt sie mit den Schultern, drückt uns einen Stempel auf die Hände, schiebt das Wechselgeld rüber und schaut an uns vorbei.

»Danke schön«, sage ich und schenke ihr mein bestes Lächeln.

Sie ignoriert mich. Der Türsteher mustert mich ausdruckslos. Alles klar. Abgang.

Nachdem wir unsere Jacken an der Garderobe bei einem gelangweilten Rastamann abgegeben haben, öffne ich die Tür zum Club. Tropische Temperaturen und brüllend lauter Gangsta-Rap schlagen mir entgegen. Großartig. Ich höre ja gerne Gangsta-Rap. Zwei Sekunden lang.

Ich werfe Rene einen Blick zu, doch sie steuert bereits die Tanzfläche an. Während ich mich zur Theke durchdrängele und Bier bestelle, erkenne ich, dass ich nichts wiedererkenne. Die Tanzfläche ist geteilt worden und wirkt jetzt viel zu klein für den Raum, außerdem ist sie nicht abgegrenzt, überall stehen Leute auf der Tanzfläche herum und unterhalten sich, die Tänzer müssen um sie herumtanzen. Besonders mies ist das Licht. Heutzutage dreht sich ja alles um Design und Look, aber ich mag es nun mal intim, und diese Tanzfläche da ist ausgeleuchtet wie eine Landebahn. Das Hauptproblem bleibt aber die Musik. Auch Gangsta-Rap groovt, aber ich konnte noch nie zu Texten tanzen, die Frauenhass und Gewalt als Lösung propagieren. Wann wurde es eigentlich hip, ein Assi zu sein?

Auf der Tanzfläche hat Rene die Augen geschlossen und versucht, auf den Beat zu kommen. Neben ihr tanzen die Tussen. Sie lachen und jubeln und wirken ausgelassen und glücklich. Mit zwanzig wäre ich vielleicht drauf reingefallen. Heute verziehe ich mich zum Eingang, wo die Luft besser ist, nippe an meinem Bier und beobachte das Schauspiel. Rene kommt immer besser in Schwung und steht im starken Kontrast zu den Tussen, die sich aufführen, als wäre die Tanzfläche ihre Bühne und die herumstehenden Clubbesucher eine Jury, die sie von sich überzeugen müssten. Ich kann kaum hinschauen, so peinlich ist das, doch niemanden scheint es weiter zu stören. Tussen haben das geschafft, worum Migranten sich immer noch bemühen – sie haben sich in die Gesellschaft voll integriert.

Ich löse meinen Blick und betrachte stattdessen die anderen Clubgäste, doch ich schaffe es nicht, die brüllend laute Musik zu ignorieren. Noch bevor die Flasche leer ist, hängen mir die Raptexte bereits zum Hals raus. *Isch bin der Geilste ... isch bring disch um ... isch ficke disch ...* Gott, ist das dämlich und langweilig. Außerdem nervt es, dass jeder, der durch die Tür hereinkommt, mir unaufgefordert seinen Stempel zeigt. Manchmal rempelt mich jemand an.

Ich werde immer genervter, doch Rene hat ihren Beat gefunden und geht steil.

Ich will mir gerade ein neues Bier holen, als der DJ sich ein Mikro schnappt und durch den Laden brüllt, dass jede Frau seine Schlampe ist. Ich lache höhnisch. Oh Junge, diesmal bist du zu weit gegangen ... *Bringt ihn um und legt danach ein bisschen Funk auf!* Doch statt ihn zu lynchen, dreht sich der ganze Club in Richtung DJ und wiederholt seine Aussage begeistert. Auch die weiblichen Gäste. Grundgütiger.

Ich schaue zur Tanzfläche. Dort steht Rene und mustert den DJ mit dem Blick, den sie vorher für die Tussen reserviert hatte. Diese flippen neben ihr völlig aus und skandieren irgendwas in Richtung DJ-Pult. Rene wirft ihnen einen Blick zu, für einen Augenblick befürchte ich das Schlimmste, doch dann setzt sie sich in Bewegung und kommt auf mich zu. Sie bleibt vor mir stehen, schnappt sich wortlos meine Flasche und will einen Schluck nehmen, bis sie merkt, dass sie leer ist. Sie guckt mich böse an.

»Seit wann ist ›Schlampe‹ nicht mehr frauenfeindlich?«

Ich zucke mit den Schultern.

»Vielleicht hängen wir schon so weit hinterher, dass die Schimpfwörter sich in Kosewörter verwandelt haben?«

»Nichts wie raus hier«, sagt sie und steuert den Ausgang an.

»He, warte, ich hab noch keine Schlampe kennengelernt!«

Sie verschwindet durch die Tür. Ich nehme die Verfolgung auf.

Als wir endlich wieder frische Luft atmen, geht vor dem Club gerade ein typischer Frühlingsschauer nieder. Wir bleiben unter dem Vordach stehen. Die Kassiererin wünscht uns zuckersüß noch einen schönen Abend.

Weit und breit kein Taxi in Sicht. Dafür werden wir endlich wieder angeglotzt. In der unüberdachten Schlange stehen immer noch an die fünfzig Leute und warten klatschnass auf Einlass. Man sollte sie vielleicht warnen, dass ihre Freundinnen dort unten beleidigt werden, aber für heute reicht es mir mit blöden Blicken.

»Was jetzt?«, frage ich. »Taxi rufen oder wieder rein, bis es aufhört zu regnen?«

Rene legt ihren Kopf schief.

»Hörst du das?«

Ich lausche und höre bloß das fette Wummern aus dem Club.

»Da«, sagt Rene. Sie streckt einen Arm aus und zeigt die Straße runter. »Salsa.«

Ich folge ihrem Fingerzeig. In dem Grau erkenne ich weder eine Leuchtreklame noch eine Bar oder irgendwas Sonstiges. Alles, was ich sehe, ist Nacht und Regen. Die Tropfen trommeln auf den Asphalt, dass es spritzt. Ich lausche noch mal – nichts. Alles, was man hört, ist Rap und Regen, und Letzterer nimmt zu. Das ist kein Schauer, sondern ein amtliches Frühlingsgewitter.

Rene nimmt meine Hand.

»Wir laufen.«

»Wir werden ersaufen.«

Sie verpasst mir ihr Scheißegallächeln, dann läuft

sie mit meiner Hand los. Der Rest von mir nimmt die Verfolgung auf. Nach wenigen Metern sind wir durchnässt. Wir hüpfen von Hauseingang zu Hauseingang, und als wir um eine Straßenecke kommen, höre ich es auch: Durch den prasselnden Regen dringen Salsatöne zu uns. Wir sprinten unter die Markise einer Boutique und entdecken auf der gegenüberliegenden Straßenseite die Quelle. Eine Bar, aus der laute Salsamusik und Gelächter dringen. Durch die beschlagenen Scheiben erkenne ich Gleichaltrige. Es wird getanzt. Wow! An einem Regentag in Deutschland ist das wie Drogen nehmen.

Rene jauchzt und läuft los, ich folge. Wir sprinten über die ausgestorbene Straße, erreichen die Bar und stoßen die Tür auf. Sofort empfängt uns Krach der allerfeinsten Sorte. Musik, Gelächter und Stimmengewirr. Dazu eine lange Bar mit Hockern, auf denen keiner sitzt, weil jeder im Laden zu tanzen scheint oder zumindest auf der Stelle wackelt. Man kommt sich vor wie in einem Bacardi-Clip.

Rene wirft mir ihre Jacke zu.

»Yippie!«, jubelt sie und steuert auch schon die Tanzfläche an. Nicht dass sie Salsa tanzen kann, aber wie immer, wenn ich mit einer attraktiven Frau irgendwo hingehe, wo Salsa läuft, schafft auch sie es nicht, acht Takte alleine zu sein, bevor ein Latinlover neben ihr auftaucht und ihr seine Dienste anbietet. Zehn Sekunden später schweben sie über die Tanzfläche wie Ginger und Fred.

Renes Tanzlehrer sieht schon fast surreal gut aus, und während er Rene leicht wie eine Feder führt, korrigiert er ihren Körper mal hier, mal da, nutzt die

Lage, um ihren Körper abzuchecken, und bringt ihr gleichzeitig das Tanzen bei.

Ich hänge unsere nassen Jacken an die Haken unter der Theke und schaue mich um. Der Laden ist voll, alles ist in Bewegung, weiße Zähne und Gelächter. Manchmal verstehe ich die Komplexe der Skinheads. Vielleicht waren die Glatzen früher ganz normale Jungs, die einfach zu oft in Salsaclubs herumhingen und hüftsteif von der Theke aus zuschauten, wie geschmeidige Ausländer ihren Freundinnen eine Kernschmelze verpassten. Vielleicht sollte man Skinheads das Tanzen beibringen. Es würde ihre Minderwertigkeitskomplexe abbauen, wenn sie sich bewegen könnten wie ein Südamerikaner, und sie hätten weniger Zeit, über Wehrlose herzufallen.

Vor mir materialisiert sich eine Karibikschönheit mit einem Lächeln, so breit wie ein Tourist auf dem Oktoberfest.

»Was kann ich für dich tun?«

Wunderheilung. Flugticket. Zeitmaschine.

»Das Wichtigste hast du schon getan.«

Sie hebt eine Augenbraue.

»Ja?«

»Ich war eben noch in einem Lokal, in dem niemand gelächelt hat, dagegen ist das hier die reinste Wohltat. Danke schön.«

Ihr Lächeln wird ein Stückchen breiter.

»Kann ich sonst was für dich tun?«

Ah, es geht doch nichts über ein kleines Flirtchen mit einem lebendigen Menschen.

»San Miguel, bitte.«

Ohne mich aus den Augen zu lassen, greift sie unter

sich, angelt eine Flasche aus dem Kühlschrank, öffnet sie und stellt sie auf eine Serviette.

»Danke.«

»Bitte.«

Sie lächelt noch mal, bevor sie sich umdreht, um einen anderen Durstigen zu bedienen. Ich denke an Eva. Vielleicht lächelt sie in diesem Moment auch irgendjemanden an und denkt dabei an mich. Toll.

Ich lehne mich an die Theke, nippe an der eiskalten Flasche und beobachte meine beste Freundin beim Tanzen. Wenn das noch Tanzen ist. Falls es jemals einen Tanz geben wird, bei dem man ein Kondom tragen muss, wird er definitiv aus der Karibik kommen. Rene strahlt übers ganze Gesicht und wirkt wie eine Frau, die nicht die klitzekleinste Sorge hat. Ich habe schon hundertmal erlebt, was eine Tanzfläche mit ihr macht, aber es ist jedes Mal ein Wunder. Musik ist ihre Oase und Tanzen ihre Droge. Mir fällt ein, dass wir die iPod-Station zu Hause vergessen haben, und nehme mir vor, morgen loszuziehen, um ihr irgendwas zu kaufen, damit sie hier Musik hören kann.

Als ich meinen Blick durch den Raum gleiten lasse, blicke ich in die Augen eines Mannes, der mich mit offenem Mund anstarrt. Er hat die Augen weit aufgerissen und sieht mich so verstört an, dass ich ihm zuwinke. Mitten im Winken wird mir klar, wer es ist. Meine Hand erstarrt. Er dreht sich um und drängelt sich zum Ausgang durch. An der Tür wirft er noch einen Blick zu mir rüber und wirkt, als hätte er einen Geist gesehen. Dann verschwindet er nach draußen in den Regen. Die Tür schließt sich hinter ihm. Mein Herz schlägt, als wäre ich gerannt. Ich schaue mich um. Niemand scheint den hektischen Abgang bemerkt zu haben. Vielleicht war er gar nicht da. Vielleicht war er der Geist.

Ich leere meine Flasche in einem Schluck und drehe mich zur Theke. Bevor ich etwas sagen kann, stellt die Bedienung eine neue Flasche auf die Serviette.

»Also, kein Macho«, sagt sie und kassiert die leere Flasche.

Ich schaue sie fragend an. Sie nickt zur Tanzfläche.

»Kein Macho erträgt den Anblick seiner Frau in Juans Armen.«

Ich folge ihrem Blick. Auf der Tanzfläche wackelt Rene mit Juan herum. Immerhin haben sie noch die Klamotten an. Ich nehme einen tiefen Schluck. Wieder eiskalt. Wieder lecker. Mein Herz schlägt immer noch zu schnell.

»Ich hätte gerne einen braunen Tequila.«

In null Komma nichts stehen zwei Gläser Tequila mit Zimt und einer Orangenscheibe vor mir auf der Theke.

»Salud!«, sagt die Bedienung und lächelt schief. »Keine Sorge. Juan ist nur beim Tanzen selbstsicher. Sobald die Musik ausgeht, ist er schüchtern.«

Ah. Sie denkt, ich saufe seinetwegen.

»Schwer zu glauben.«

»War auch gelogen«, lacht sie.

Wir kippen den Schnaps, und sie beginnt wieder, Bestellungen aufzunehmen. Der Tequila brennt sich durch meine Kehle in den Magen, wo er sich warm ausbreitet. Ich werfe einen Blick zur Tür. Keiner da. Verrückt, ich habe tatsächlich seinen Namen vergessen. Ich sehe sein Gesicht vor mir – im Gerichtssaal, auf den Zeitungsfotos –, aber ich weiß nicht mehr, wie er heißt.

»Noch einen?«

Die Bedienung steht mir wieder gegenüber. An jedem anderen Tag würde ich mich über ihre Aufmerksamkeit wundern oder versuchen herauszufinden, wie weit sie geht. Heute nicke ich bloß.

Sie füllt nur mein Glas auf. Mir fällt etwas ein.

»Ist Juan Single?«

Sie mustert mich neugierig.

»Wieso?«

»Ja? Nein?«

Wieder der neugierige Blick, doch sie nickt ironisch.

»Ja, soviel ich weiß, ist er heute solo. Eigentlich ist er immer solo. Außer nachts.«

»Gut.«

Sie mustert mich einen Moment überrascht, dann unterdrückt sie ein Lächeln und schüttelt den Kopf, dass die schwarzen Locken fliegen.

»Das da vorne ist nie im Leben deine Freundin!«

»Aber klar ist sie das. Sie ist meine allerbeste Freundin, wir leben zusammen und erziehen ihre Kinder.«

Bevor sie nachhaken kann, ruft man sie. Sie macht eine Bin-gleich-wieder-da-Geste und geht an die Arbeit. Ich schnappe mein Bier und drängele mich in Richtung Ausgang. Draußen prasselt der Regen, als wäre es der Tag des Jüngsten Gerichts. Ich stelle mich unter das Minivordach und schaue mich um. Unter dem überdachten Eingang am Nachbarhaus steht ein knutschendes Pärchen. Weit und breit kein Geist. Die verlassene Straße wirkt so künstlich beleuchtet wie eine Hollywoodfilmszene aus den Vierzigern. Fehlt nur noch, dass Humphrey Bogart auftaucht.

Ich lasse die Geräusche des Regens auf mich wirken und atme die frische Luft ein. *Henning*. Henning heißt er. Ein Fremder, mit dem mich mehr verbindet als mit vielen Freunden. Der letzte Mensch, der meine Eltern lebend sah. Als Henning vier Wochen den Führerschein hatte, tat er das, was viele mal tun: Er trank zu viel und fuhr Auto. Viele von uns haben Glück. Henning nicht. Er überschätzte sich und geriet mit seinem Auto auf die andere Straßenseite. Dort raste er frontal in ein Fahrzeug, in dem ein Ehepaar saß, das soeben von dem achtzehnten Geburtstag ihres Sohnes kam. Sie hatten die Party früh verlassen, um die jungen Leute nicht beim Feiern zu stören. Sie waren auf der Stelle tot. Fast.

Ich hole tief Luft und lasse sie langsam aus meinen Lungen wieder hinausströmen. Eine Bewegung am Ende der Straße. Etwas Graues, Massiges schiebt sich durch den Regen. Die Welle. Sie verharrt in der Straßenmitte und bewegt sich kaum, schwappt nur leicht hin und her, als könnte sie sich nicht entscheiden. Zum ersten Mal in meinem Leben geht sie nicht sofort auf mich los. Ich nutze die Gelegenheit, um sie mir genauer anzuschauen. In den Katastrophenfilmen sind Tsunamis blaue, schöne Riesenwellen, die sich perfekt brechen. Meine Welle ist eine graue Wand. Die Schaumkronen obendrauf sind reine Staffage. Sie wird nicht brechen, sie wird durch alles hindurchfegen. Für einen Moment überlege ich mir, das Knutschpärchen zu fragen, ob es sie auch sehen kann, aber ich mache mir nichts vor. Die Welle gehört mir. Und ich ihr. Außer gestern in der Küche, als Eva mich berührte. Gott, fehlt sie mir.

Ich zeige der Welle den Finger und gehe wieder rein. Rene fängt meinen Blick und winkt mir von der Tanzfläche zu. Ich winke zurück und steuere die Theke an, wo die Bedienung sich suchend umschaut. Als sie mich sieht, lächelt sie.

»Hey Fremder, dachte schon, du hättest die Zeche geprellt.«

»Ich wollte ja, aber es regnet.«

Sie legt ihren Kopf schräg.

»Möchtest du tanzen?«

»Ich bin mit meiner Freundin hier.«

Sie schaut vielsagend zur Tanzfläche, wo Rene und ihr Lehrer gerade knutschen. Sie schaut mich wieder an.

»Offene Beziehung?«, schlage ich vor.

»In offenen Beziehungen darf man mit anderen tanzen, oder?«

Ich wiege den Kopf hin und her.

»Also, hm, ich weiß nicht. Gruppensex toleriert sie, aber wenn ich mit dir tanze, also das könnte Stress geben.«

Sie lacht und hält mir ihre Hand hin. Ich schüttele den Kopf. Sie lässt die Hand wieder sinken.

»Was ist das Problem?«

»Ich kann keine Salsa.«

»Aber ich.«

Ich hebe eine Hand.

»Danke, aber besser nicht.«

Sie spitzt die Lippen und mustert mich nachdenklich.

»Bist mehr so der Checker, ja? Weißt 'ne Menge,

machst aber nie mit, und dadurch wird dein Wissen nutzlos, weil du nichts erlebst, stehst in der Ecke und schaust zu, wie die anderen tanzen.«

Sie schaut mich auffordernd an. Mann, ist sie süß.

»Musst du nicht arbeiten?«

Statt beleidigt zu sein, lächelt sie fein. Sie steht einfach da, sagt keinen Ton, und lächelt. Ich versuche es noch mal.

»Hör mal, ich bin der einzige Junge, der jemals aus einer Tanzschule geworfen wurde, ohne jemanden befummelt zu haben. Ich kann wirklich nicht tanzen.«

Sie mustert mich bloß. Verdammt, was soll's.

»Okay«, seufze ich. »Dann gehöre ich halt auch gleich zu den vielen weißen Männern, die sich auf einer Latinotanzfläche blamiert haben.«

Ein strahlendes Lächeln huscht über ihr Gesicht, bevor sie zu einem Latino rüberschaut, der in einer Männerrunde steht. Sie feuert eine Maschinengewehrsalve Spanisch auf ihn ab. Er zuckt getroffen zusammen und hebt eine Hand zur Aufgabe, dann kommt er zur Theke getrottet.

Wenig später schiebt sie mich über die Tanzfläche, während sie versucht, meine Hüfte zum Leben zu erwecken und sich dabei nicht die Zehen planieren zu lassen. Gott sei Dank ist es so voll, dass niemand meine Beinarbeit sieht. Ich folge ihren Anweisungen und ignoriere Renes dämliches Augenbrauengewackel, während meine Tanzlehrerin sich bemüht, Europa aus meiner Hüfte zu vertreiben.

Eine Stunde später lehne ich schweißüberströmt an der Theke und rolle mir eine eisgekühlte Bierflasche über die Stirn. Meine Tanzlehrerin heißt Rossella und ist die Besitzerin des Ladens. Sie ist in Costa Rica geboren, in Deutschland aufgewachsen und arbeitete früher als – Überraschung – Tänzerin. »Bekleidet«, wie sie betont. Als sie dafür zu alt wurde, steckte sie ihr Geld in diesen Laden, die beste Entscheidung ihres Lebens, sagte sie, bevor sie mir einen Kuss auf die Wange gab und in Richtung Toiletten zog. Obwohl wir nur getanzt haben, fühle ich mich, als wäre ich fremdgegangen. Fragt sich nur, wen ich betrogen haben soll, jaja.

Rene schlägt neben mir auf und lehnt sich gegen die Theke.

»Hey, die mag dich, oder?«

Sie schnappt sich meine Flasche und setzt sie an ihre Lippen.

»Ich glaube, deiner mag dich auch«, sage ich.

Einen Viertelliter später reicht sie mir die Flasche zurück und grinst.

»Jesus, wem erzählst du das – ich *tanze* mit ihm! Wenn er nur halb so gut im Bett ist, überlebt man das vielleicht gar nicht.« Sie schaut sich grinsend um. »Und, was geht mit der Chica?«

»Nix.«

Sie tätschelt meine Wange und lächelt mich mit ernsten Augen an.

»Süßer, ich weiß, sie fehlt dir. Aber sie ist weg, also lass dir ein bisschen Liebe geben und genieß das Leben. Du hast keine Ahnung, ob nicht schon morgen irgendein Scheißknoten irgendwo auftaucht, also verdammt noch mal carpe diem!«

Sie gibt mir einen leichten Stupser gegen die Brust,

schnappt sich wieder meine Flasche und leert sie, ohne mich aus den Augen zu lassen. Ihre funkeln vor Lebenslust, und ich weiß, dass sie recht hat. Eva ist weg, und nun geht es weiter.

»Sei kein Schlappschwanz, ja?«

Nach diesen kollegialen Worten zieht es meine beste Freundin wieder auf die Tanzfläche. Eine karibische Schönheit verschafft mir eine Tanzerektion, und ich denke an jemanden, den ich kaum kenne. Ein klarer Fall von Realitätsflucht. Rene hat wirklich recht, ich sollte endlich aufhören zu zicken und den Abend genießen.

Ich ordere ein neues Bier und sehe, wie meine Tanzlehrerin von der Toilette kommt. Ihre braune Haut glänzt vor Schweiß, sie grüßt nach links und rechts, und lächelt, als sie meinen Blick sieht. Aber es ist nicht das breite Lachen von vorhin. Rossella spürt was. Sie gibt mir die Chance, stehend mit ihr Safer Sex zu praktizieren, und ich greife nicht zu. Vielleicht habe ich es jetzt doch geschafft, sie zu beleidigen.

Sie geht hinter die Theke, schenkt sich ein Glas Rosé ein und stellt sich zu mir. Nun ist die Theke wieder zwischen uns.

»Tut mir leid mit deinen Füßen«, sage ich und proste ihr zu.

»Sie bluten kaum«, sagt sie, »das ist für einen Europäer ganz gut.«

Ich lache. Sie fischt sich einen Eiswürfel aus dem Eiswürfelbehälter, steckt ihn sich in den Mund und kaut darauf herum. Gut möglich, dass sie sich nichts Böses dabei denkt. Wir reden ein bisschen über die Grobmotorik der Europäer, über die Karibik, über

Aachen. Als wir beim Wetter ankommen und ich das nächste Bier ordere, lehnt sie sich vor, legt ihre Handflächen auf die Theke und mustert mich mit ihren schwarzen Augen.

»Magst du mich nicht?«

Ich lache.

»Rossella, wie kann man dich nicht mögen? Du bist die erste Frau, die mir durch Eiswürfelkauen einen Herzinfarkt verpasst.«

Sie lacht nicht. Stattdessen betrachtet sie mich wissend.

»Dann gibt es also eine andere Frau ...«

Ich winke ab.

»Das ist kompliziert.«

»Oh, ich bin ein großer Fan von komplizierten Beziehungsgeschichten. Man könnte fast sagen, ich bin Expertin.« Etwas Düsteres überschattet ihre Mimik und verschwindet sofort wieder. »Also, es gibt da eine Frau?«

»Es gab sie.«

»Und wo ist sie jetzt?«

»Weg.«

Sie hebt die Augenbrauen.

»Verstorben?«

»Verreist.«

»Wann kommt sie wieder?«

»Gar nicht. Sie ist ausgewandert.«

Darüber denkt sie ein paar Sekunden nach. Sie schnappt sich noch einen Eiswürfel und knabbert daran. Ihre dunklen Augen fixieren meine.

»Und was machst du dann noch hier?«

Treffer. Versenkt.

»He, nur weil ich verliebt bin, muss ich ja nicht gleich mein Leben über den Haufen schmeißen.«

Sie runzelt die Stirn, und richtig, versuche ich gerade einer Latina zu erklären, dass es was Sinnvolleres gibt, als sich zu verlieben? Mein Anti-Verliebtheitsmonolog liegt mir auf der Zunge, aber ich beginne mich schon selbst damit zu langweilen, also trinke ich lieber noch einen Schluck Bier.

Rossella legt den Eiswürfel in ihr Glas und nippt daran, ohne mich aus den Augen zu lassen.

»Klingt, als hättest du mal schlechte Erfahrungen gemacht.«

»Mal? Weißt du, was Verlieben ist? Eine zeitlich begrenzte Hormonausschüttung, die Angstgefühle unterdrückt und Euphorie schürt.«

»Quatsch«, sagt sie und unterstreicht das mit einer energischen Handbewegung, die ihre Armreife klackern lässt. »Verlieben ist *Hoffnung*! Deswegen spielen die Leute so gerne Lotto. Rein rechnerisch macht das keinen Sinn, aber sie wollen auf etwas hoffen können.«

»Ach, wirklich?«, spotte ich. »Und ich dachte, sie wollen reich werden.«

»Das ist doch nur ein Nebenaspekt«, sagt sie.

»Ach so.«

»Ja«, sagt sie nachdrücklich. »Die Leute zahlen dafür, dass sie bis zur Ziehung von einer besseren Zukunft träumen können. Sie verspüren Vorfreude und beschäftigen sich mit den Möglichkeiten, das Leben zu genießen – und das macht glücklich. Nur Checker kommen da mit Wahrscheinlichkeitsrechnungen.«

»Die besagen, dass die Leute zu 99,99 Prozent enttäuscht werden.«

Sie winkt ab. Die Holzringe um ihr Handgelenk klackern wieder.

»Doch nur kurz. Nach der Ziehung ist vor der Ziehung.«

Oh Mann, eine Karibiktänzerin voller Kalendersprüche. Sie legt eine Hand auf meine und schaut mich mit dramatischen Augen an.

»Hast du schon mal Menschen ohne Hoffnung gesehen?« Sie schüttelt ihren Kopf. »Oh, es gibt nichts Traurigeres im Leben. Wirklich. Ob beim Lieben oder Lotto, der Mensch braucht Zukunftsglaube. Darum stirbt die Hoffnung ja auch zuletzt, danach gibt es nichts mehr, wofür es sich zu leben lohnt.«

Ach, ich liebe überzeugte Menschen, die mich überzeugen wollen. Außer natürlich, es sind Rechtsradikale. Die flippen immer so aus, wenn man ihre Argumente widerlegt.

»Rossella, du bist klasse.«

Sofort ist ihr Lächeln wieder da.

»Danke schön.«

Ihre schwarzen Augen versprühen Esprit. Ich schüttele bedauernd den Kopf.

»Aber Hoffnung ist nicht alles. Ich kann dieser Frau nicht nachreisen, doch ich denke noch an sie.«

»Dann hör auf, an sie zu denken, und genieß dein Leben.«

»Geht nicht«, sage ich bedauernd. »Es ist einfach der falsche Augenblick.«

»Es gibt keinen perfekten Augenblick, außer man macht ihn perfekt.«

»Herrje«, lache ich. »Du hast wohl für alles einen Spruch.«

»Checker stehen auf so was«, sagt sie. »Sie folgen erst ihrem Herzen, wenn man ihren Kopf überzeugt hat.«

Man kann ihre Energie mit Händen packen, und an jedem anderen Tag würde ich mein Glück versuchen, weil sie so süß und sexy und offen und warmherzig ist. Doch ich entwickele mich langsam zu einem Experten für falsches Timing. Was auch immer sie in meinen Augen sieht, ihr Lächeln verblasst, und schließlich tippt sie sich mit einem Finger kurz auf ihre vollen Lippen.

»Bist du einer der Männer, die nie wirklich Ja sagen können?«

»Nein. Aber die Sache ist halt kompliziert. Ich bin in sie verliebt, aber sie ist ausgewandert, und ich kann nicht einfach hier weg, meine Freundin braucht mich.«

Beeindruckt sie nicht besonders. Sie zuckt die Schultern.

»Man denkt immer, alles ist kompliziert, aber glaub mir, sobald man etwas *tut*, werden die Dinge ganz einfach.«

Vielleicht hat sie recht. Vielleicht denke ich zu viel. Vielleicht sollte ich einfach mit Rossella gehen und mir etwas Hoffnung schenken lassen. *Wirf das alte Los weg! Zieh ein neues Los und träum vom Hauptgewinn!*

Rene bleibt vor uns stehen und klaut meine Flasche. Sie trinkt sie halb leer, drückt mir die Flasche wieder in die Hand und verpasst Rossella ein schönes Lächeln.

»Na Schwester, hat er dich schon mit seinem Verliebtheit-ist-das-Ende-der-Zivilisation-Quatsch vollgeheult? Einfach ignorieren. Er ist nur etwas schüchtern, weil er so schlecht im Bett ist.«

Ich starre sie an. Ihre Augen funkeln vergnügt. Sie schnappt sich ihre Jacke.

»So. Ich finde alleine nach Hause, warte nicht auf mich. Ich komme, bevor die Kinder wach sind.«

Darauf wette ich. Ich schaue über ihre Schulter zum Ausgang, wo Juan wartet. Er trägt Jacke und Hut und sieht aus wie eine Filmfigur. Ich nicke ihm zu. Er ignoriert mich. Machos.

»Viel Spaß noch«, sagt Rene und stupst mich an. »Sei nicht blöde«, flüstert sie viel zu laut. »Die ist klasse!«

Sie lächelt Rossella an und geht auf den Ausgang zu. Juan legt seinen Arm um sie und zieht sie durch die Tür, ohne mich zu beachten. Es ist das erste Mal seit Jahren, dass ich Rene mit einem Mann verschwinden sehe. Ich lausche in mich. Nichts als Freude. Der letzte Typ, mit dem ich sie sah, bekam keinen Sex, drehte ihr aber immerhin die Unfallversicherung an. Ich hoffe, Juan dreht ihr was ebenso Gutes an.

Ich wende mein Gesicht und blicke in große schwarze Augen. Rossella ist um die Theke herumgekommen und steht so nahe vor mir, dass ich ihren Atem rieche. Fast trete ich einen Schritt zurück.

»Na, noch mal tanzen?«

Bevor ich etwas erwidern kann, kommt ihr Gesicht näher. Ich bewege mich nicht. Sie drückt ihre Lippen sanft gegen meine und schließt ihre Augen. Ich denke an Eva. Vielleicht küsst sie auch gerade jemanden und denkt an mich.

Rossella öffnet ihre Augen, mustert meine, dann zieht sie sich zurück, und von einem Moment auf den anderen verändert sich ihr Wesen.

»Tut mir leid«, murmele ich.

Sie nickt, ohne zu lächeln. In ihren Augen steht weder Enttäuschung noch Vorwurf. Zum ersten Mal sehe ich feine Linien und Fältchen in ihrem Gesicht. Vielleicht ist sie fünfzig. Vielleicht älter.

»Wenn du nicht tanzen willst, dann solltest du jetzt gehen, ja?«

»Okay.«

Als ich eine Hand in meine Hosentasche stecke, winkt sie ab.

»Danke für den Unterricht«, sage ich und meine auch das Tanzen.

Sie nickt wieder. Ich lächele noch mal, wende mich ab und gehe. Als ich mich am Ausgang umschaue, steht sie an der Theke und schaut mir nach. Eine gute Frau. Aufrecht, wach, sehnsüchtig und in der Lage, ihre Bedürfnisse mitzuteilen. Sie hatte eine Hoffnung, es hat nicht geklappt, und wenn ich raus bin, kauft sie sich einen neuen Lottoschein und freut sich auf die nächste Ziehung.

Das Taxi rollt durch die Nacht. Es muss zwei Uhr sein. Was Rene wohl gerade macht? Der Gedanke, dass sie in diesem Moment vielleicht Sex hat, ist schon merkwürdig, und ich bin sehr erleichtert, dass ich mich wirklich für sie freue. Ich kenne sie nicht mehr mit Lovern, so wie sie mich nicht mit Lovern kennt. Seitdem wir zusammengezogen sind, sind wir Singles, und sie hatte, soweit ich weiß, in dieser Zeit kaum mal eine Affäre. Ich verbrachte manchmal eine Nacht im Hotel, und als Rene und ich mal zusammen auf einer Vernissage waren, kam eine dieser Hotelnacht-Bekanntschaften auf mich zu und begrüßte mich etwas zu intim. Rene fragte, wer das sei, und ich weiß bis heute nicht warum – aber ich log sie an. War nur ein Reflex. Vielleicht aus demselben Grund, aus dem man Partner in Beziehungen anlügt: Angst zu verletzen, Angst, dass der Partner dann dasselbe tut, Angst vor den Veränderungen, die folgen könnten, wenn jemand sich plötzlich ändert. Darum freue ich mich jetzt, dass ich mich für sie freue. Dennoch, vielleicht fahre ich seit fünf Jahren die größte Vermeidungsstrategie der Geschichte, aus Angst, dass sich etwas ändert, sobald einer von uns eine Beziehung eingeht. Vielleicht habe ich die Hotelnächte deswegen nie zurückgerufen, obwohl ein paar wirklich toll waren. Vielleicht habe ich deswegen den Versicherungstypen ein bisschen schlechtgemacht. Vielleicht stelle ich Rene deswegen keine Kollegen vor. Meine Güte, vielleicht habe ich Eva deswegen abfliegen lassen.

Der Wagen hält. Ich krame einen Zehner aus der Tasche und halte ihn nach vorne. Als ich aussteige, merke ich, dass ich vor dem falschen Haus stehe. Das Taxi fährt los, und im selben Moment realisiere ich, dass es mein Elternhaus ist. Etwas zieht sich in meiner Brust zusammen. Meine Gesichtshaut prickelt. Ich stütze mich an ein parkendes Fahrzeug. Da lebten wir. Hier war mein Leben heil. Hier war ich keine Waise. Diesen Zaun habe ich mit meinem Vater gebaut, und wir haben ihn gemeinsam an einem warmen Sommertag angestrichen. Ich höre die Stimme meiner Mutter, wie sie mich zum Essen ruft, höre die beiden in der Küche reden, während ich in meinem Bett müde einschlafe, mit dem Gefühl absoluter Liebe und Sicherheit, wie ich es nie wieder gefunden habe. Ich schließe die Augen. *Es ist bloß Projektion. Atme!*

Nach einiger Zeit beruhigt sich mein Puls. Ich öffne die Augen in der Erwartung, eine Wasserwand auf mich zurasen zu sehen, doch ich sehe nichts. Die Straße hat immer noch keine Laternen, also erkenne ich weder Wolken noch Wellen. Na prima. Ich Trottel. Die Welle ist eine visuelle Bedrohung. Warum bin ich noch nie auf den Gedanken gekommen, die Augen zu schließen? Oh Mann ... Zwanzig Jahre Hologrammbedrohung und immer schön hingeschaut. Super, echt, toll, und was nun? Ich stehe vor dem falschen Haus. Man könnte da wieder Zeichen sehen, aber vermutlich habe ich dem Taxifahrer einfach aus Gewohnheit unsere alte Adresse genannt.

Im selben Moment flackert das Licht über der Haustür. Es geht aus, an, aus, dann springt es wieder an und stabilisiert sich, was man von meinem Puls nicht behaupten kann. Doch Zeichen? Ist der Heilige Soundso in eine Glühlampe gefahren, um in mir Angst und Schrecken zu verbreiten?

Ich trete ein paar Schritte vor. Das Gartentor ist neu, sonst hat sich nicht viel geändert. Die Bäume und Beete sind an ihren alten Plätzen, der Efeu an der Nordseite des Hauses, sogar der Windweiser auf dem Dach neben dem Schornstein – alles noch beim Alten. Nur die Gardinen und eine Lampe über der Haustür zeugen von Veränderungen. Für einen Moment schaffe ich es, das Haus wie ein fremdes zu sehen, dann verwandelt es sich wieder in mein Zuhause, und das Nächste, was ich weiß, ist, dass ich die Allee hinuntereile und erwarte, dass jederzeit ein Tsunami donnernd über mich hereinbricht.

Als ich das metallische Gartentor von Renes Haus berühre, halte ich mich daran fest, bleibe stehen und schaue zurück. Nichts und niemand ist hinter mir. Bloß eine unbeleuchtete Allee, in der ein paar Häuser stehen, von denen jedes seine Geschichte hat.

Ich öffne das Tor und gehe durch den ruhigen Garten. Auch hier passiert nichts, dennoch atme ich erst auf, als ich die Haustür hinter mir schließe. Das Haus ist still. Keine Gefahr weit und breit. War nur ein Gefühl, und Gefühle liegen oft falsch. Niemand weiß das besser als ich.

Ich werfe einen vorsichtigen Blick ins Schlafzimmer. Oscar liegt immer noch neben dem Bett auf einer Matratze, Sulke hat sich verzogen. Lola liegt im Bett zwischen den Decken. Sie umklammert ein Kissen mit beiden Armen. Ich wünschte, ich wäre das.

Ich ziehe die Tür zu und schleiche den Flur runter zu meinem Kinderzimmer. Als ich an der offenen Küchentür vorbeikomme, bewegt sich etwas im Dunkeln.

»Ich bin's«, sagt eine tiefe Stimme.

Fast kriege ich einen Herzinfarkt. Von draußen fällt schwacher Mondschein in die Küche und zeigt den Umriss eines Mannes, der am Küchentisch sitzt. Ich lehne mich schlapp gegen den Türrahmen und warte, bis mein System den Schreck verarbeitet hat.

»Was tust ...«, beginne ich und weiß dann nicht, ob ich ihn siezen soll, »... man hier?«

Grundgütiger.

»Ich brauche nicht viel Schlaf. Wo ist meine Tochter?«

Wird gerade von Don Juan flachgelegt.

»Tanzen.«

Ohne aufzustehen, streckt er die Hand aus und öffnet den Kühlschrank. Es geht kein Licht an. Er nimmt zwei Bierflaschen heraus. Beide öffnen sich in seiner Hand, ohne dass ich irgendwo einen Öffner sehe. Er stellt eine Flasche vor sich, die andere schiebt er über den Tisch, bis sie vor dem gegenüberliegenden Stuhl steht. Auf dem Bau gleicht das wahrscheinlich einer formellen Einladung.

»Wieso sitzen Sie im Dunkeln?«, frage ich und setze mich an den Tisch.

»Es gibt nicht viel zu sehen.«

Auch wieder wahr.

Er hebt seine Flasche und prostet mir zu. Wir trinken einen Schluck. Stille breitet sich aus. Mit Eva war schweigen toll. Mit ihm macht es mich nervös. Er hat irgendwas auf dem Herzen.

»Dieser Volker …« Wieder dieser Unterton. »Was wird der machen, wenn er von der Krankheit erfährt?«

»Vermutlich einen Film über Brustkrebs drehen.«

Er knipst eine kleine Tischlampe an und mustert mich in dem schwachen Licht. Okay, keine Witze mehr.

»Er wird nicht auf der Matte stehen?«

»Unwahrscheinlich.«

Er nickt bedächtig. Ich nicke bedächtig. Er trinkt einen Schluck. Ich mache es ihm nach. Er stellt die Flasche ab. Ich stelle die Flasche ab.

»So gesehen, bist du der Mann im Leben meiner Tochter …«

Geht das wieder los. Ich trinke einen Schluck alleine.

»Die Wohnung gehört dir, richtig?«

»Der Mietvertrag läuft auf meinen Namen«, verbessere ich ihn und fühle mich von seinem Blick genötigt, weiter zu erklären. »Ich wohnte da schon, bevor Rene einzog.«

Auch darüber denkt er gründlich nach. Meine Flasche ist fast leer, bevor er wieder spricht.

»Und diese Frau … Was passiert, wenn sie doch wiederkommt?«

Gott, schon der Gedanke, dass Eva vielleicht wiederkommen könnte, lässt mein Herz auf mich einschlagen. Zwei verfluchte Tage, und es fühlt sich an, als sei ein Teil von mir verschwunden.

»Sie kommt nicht wieder.«

»Aber falls doch«, beharrt er, »was dann?«

Gott, was will er? Dass ich Eva nachreise und sie um die Ecke bringe, damit sie nicht stört?

»Egal, was passiert«, sage ich, »zu Hause bleibt alles beim Alten.«

Er senkt den Kopf und schaut auf die Flasche. Er dreht sie ein bisschen hin, dann wieder ein bisschen zurück. Ein bisschen nach links, wieder zurück. Dann nach rechts, wieder zurück. Ich kann circa fünfundvierzig Sekunden die Luft anhalten. Ich beende gerade die zweite Runde, als er weiterspricht.

»Also sehen die Lütten euch eigentlich nie mit anderen?«

Keine, bis auf eine ...

»Eigentlich nicht.«

»Also, seid ihr beide eigentlich wie eine normale Familie. Ihr kümmert euch um die Lütten und verbringt euer Leben zusammen ...«

Irgendwas in seinem Tonfall sagt mir, dass wir uns langsam dem Punkt nähern, um den es ihm geht. Also nicke ich, damit wir vor Lolas erster Abiparty ins Bett kommen.

Die Flasche verharrt still zwischen seinen Fingern.

»Du möchtest also dein Leben mit meiner Tochter verbringen.«

Lustige Formulierung. So habe ich das noch nie gesehen. Gott, feiern wir irgendwann goldene Freundschaft? Und was machen wir bloß, wenn die Kinder aus dem Haus sind? Kaufe ich mir dann einen Porsche und bumse eine Achtzehnjährige, während Rene Italienischkurse belegt und den Garten umgestaltet?

Ich wische mir das Grinsen aus dem Gesicht.

»Tja, irgendwie tue ich das ja schon.«

Er nickt bedächtig und denkt eine Mauer lang nach, dann holt er zwei neue Flaschen aus dem Kühlschrank. Er öffnet sie, schiebt eine über den Tisch und faltet seine großen Hände, während er mich anschaut.

»Dir ist klar, dass sie in nächster Zeit auf deine Hilfe angewiesen sein wird? Das kostet viel Kraft und viel Zeit.«

»Ich habe mir Urlaub genommen.«

Wenn ihn das beeindruckt, lässt er sich nichts anmerken.

»Als meine Frau damals krank wurde, wollten wir es nur hinter uns haben. Wir dachten, OP, Chemo, und dann wird alles wieder gut. Doch es wurde nicht wieder gut.«

Er nickt mir zu, fragend, ob ich verstehe. Ich nicke ihm zu, dass ich verstehe. Es kommt eine schwere Zeit auf seine Tochter zu, und er will wissen, ob mir klar ist, was das bedeutet, oder ob ich den Schwanz einziehe, wenn es hart auf hart kommt. Ich frage mich, wie ich ihm erklären kann, dass Rene, Lola und Oscar das Wichtigste in meinem Leben sind.

»Junge, nichts für ungut«, brummt er. »Ich glaube dir, dass du ihr beistehen willst, aber du musst wissen, dass es niemanden interessieren wird, wie hart es für dich wird. Als Helfer denkt man, dass die eigenen Probleme Lappalien gegen eine lebensbedrohliche Krankheit sind. Also spricht man nicht mehr darüber – wochenlang, monatelang. Man hält sie unter Verschluss. Man möchte den geliebten Menschen nicht beunruhigen, man möchte seine Lage nicht erschweren. Man sagt sich immer wieder: Ich habe keinen Krebs, also sind meine Probleme ein Witz dagegen. Das geht ein paar Monate so, dann wird irgendwann klar, dass die eigenen Probleme zwar nicht lebensbedrohlich sind, aber es sind Probleme, und sie führen zu weiteren, wenn man sie nicht löst. Man kommt zu der Einsicht, dass man reden muss – aber mit wem?«

»Freunde?«, schlage ich vor.

Er nickt, als hätte er das erwartet.

»Beim ersten Mal hören sie zu und sind mitfühlend, beim dritten Mal auch. Doch beim zwanzigsten Mal sind sie genervt und wollen ihre Ruhe – und deine Frau hat immer noch Krebs. Man fühlt sich alleingelassen und isoliert.«

Vielleicht ist das doch keine Prüfung, sondern ein Versuch, mich zu verscheuchen?

Er trinkt einen Schluck, ich mache es ihm nach. Er setzt die Flasche schwer auf dem Tisch ab und heftet seinen Blick auf etwas hinter mir.

»An manchen Tagen hat man wirklich die Nase voll, und wenn der geliebte Mensch dann fragt, wie es dir geht, dann sagt man nicht: ›Beschissen‹, sondern: ›Alles in Ordnung, Liebes.‹ Krebshelfer zu sein ist, als würde man sich freiwillig für einen Stoßtrupp melden und dann eine Kugel abkriegen. Die Teilnahme war zwar die eigene Entscheidung, aber die Verwundung nicht. Man wird wütend. Es ist ungerecht. Und diese Dinge sollte man dann mit einem neutralen Menschen besprechen. Dafür bezahlt man einen Therapeuten.«

Er war in Therapie? Grundgütiger, was kommt als Nächstes? Ballett?

Er schaut mich an.

»Verstehst du, was ich dir sage, Mads?«

»Ich denke schon«, sage ich überrascht, als er mich zum ersten Mal seit zwanzig Jahren mit Namen anspricht. »Sie möchten sichergehen, dass ich Ihre Tochter nicht im Stich lasse, das verstehe ich sehr gut. Ich weiß, dass viele Männer ihre Frauen verlassen, wenn sie krank werden, aber Sie brauchen sich da keine Sorgen zu machen, ich kann sie nicht alleinlassen, ich liebe sie. Rene und die Kinder sind meine Familie. Ich brauche sie viel mehr als sie mich.«

Er lässt mich nicht aus den Augen. Seine Finger drehen die Flasche, als hätte sie ein Eigenleben. Schließlich nickt er.

»Wieso heiratet ihr dann nicht?«

Was? Gibt es Akustikhalluzinationen, oder hat er mir gerade seine Tochter angeboten? Ich nehme einen kräftigen Schluck aus der Flasche.

»Meine Tochter braucht in nächster Zeit viel Sicherheit. Für deine rechtliche Situation wäre es auch gut, außerdem spart ihr Steuern.«

Er scheint das ernst zu meinen. Verkuppeln liegt wohl in der Familie. Gleich bietet er mir Landbesitz an.

»Ich werde darüber nachdenken.«

»Tu das, Junge, tu das – und denk an die Kinder.« Es graben sich Falten des Grams in sein Gesicht. »Ihr könnt von Glück sagen, dass ihr euch habt. Jetzt erfahrt ihr, wie viel ihr euch bedeutet.«

Seine Stimme bebt. Er steht auf, nickt mir zu und geht zur Tür. Dort bleibt er stehen.

»Wenn du mit jemandem reden musst, ich bin immer für dich da.«

»Danke.«

»Immer«, betont er noch mal mit tonnenschweren Silben.

Er verlässt die Küche. Ich höre seine Schritte durch das Haus, bis er sein Bett erreicht. Bettfedern knarren schwer, dann löst er sich akustisch in Luft auf. Zurück bleibt ein lähmendes Gefühl der Sorge.

Zum ersten Mal bin ich froh, das Kinderzimmerbett zu sehen. Ich hocke mich auf die Bettkante, schließe die Augen und lasse mir das Gespräch durch den Kopf gehen, doch nicht, was er sagte, beschäftigt mich, sondern wie und warum. Seine Frau ist gestorben, aber ich kann mich nicht damit befassen, dass Rene vielleicht auch sterben könnte. Der Gedanke, dass die Kinder zu Waisen werden könnten ...

Ich stehe auf und beginne, in dem kleinen Zimmer herumzulaufen. Mit achtzehn erlebte ich, wie von einem Tag auf den anderen, plötzlich der Boden meiner Welt verschwand. Plötzlich war ich dem Leben ungeschützt ausgesetzt, ohne ältere Menschen, die korrigierend und liebend eine Hand über mich hielten. Seitdem fühlte ich mich nirgends mehr sicher, bis zu dem Tag, an dem Rene wieder in meinem Leben auftauchte und mir mein neues Zuhause schenkte. Ich will das nicht verlieren. Ich will Rene nicht verlieren. Ich muss dieses Gefühl loswerden, aber ich weiß nicht wie. Gott, wäre es schön, wenn ich jetzt mit Rene reden könnte. Oder mit jemand anderem. Zum ersten Mal seit fünf Jahren denke ich an einen weiteren Menschen, wenn ich mich einsam fühle.

Ich lege mich aufs Bett, schließe die Augen und denke an Eva. Als ich die Augen wieder öffne, ist die

Traurigkeit über die Sorgen von Renes Vater fast verflogen – dafür vermisse ich Eva, dass es wehtut. Tolle Therapie.

Ich stehe auf, klappe den Laptop auf und beginne zu schreiben.

Um sechs Uhr geht die Sonne auf. Vögel zwitschern, und ich sitze seit Stunden im Schneidersitz auf der weichen Matratze, mit dem Laptop auf dem Schoß. Ich habe Kopfschmerzen, Rückenschmerzen und einen Text, der mir zum ersten Mal seit Jahren das Gefühl gibt, das ich am Schreiben liebe. Mir ist noch nicht ganz klar, wie das eine ANNA-Reportage werden soll, aber immerhin habe ich Caros Buchtitel in der Headline erwähnt. *Als meine beste Freundin Brustkrebs bekam und jemand auswanderte – übrigens, Caros neues Buch heißt: »Mein schönes Leben«*. Gonzo-Journalismus vom Feinsten. Hunter S. Thompson wäre stolz auf mich. Wäre spannend, was Gerd dazu sagen würde. Aber das werde ich nie erfahren, weil ich nicht so blöd bin, ihm diesen Text zu schicken. Zum einen würde er ihn mir um die Ohren schlagen, zum anderen gibt er zu viel von mir preis. Aber es hat sich gelohnt, ihn zu schreiben, denn dabei ordnete sich das Chaos in meinem Kopf. Manchmal versteht man etwas erst, wenn man es laut ausspricht, und manchmal sortieren die Dinge sich erst, wenn man versucht, sie verständlich aufzuschreiben. Die Angst und Verwirrung, die das Gespräch mit Renes Vater hinterlassen hatten, sind verflogen.

Ich strecke mich auf der Matratze aus, knacke eine Rückenmelodie und lese den Text noch mal. Wieso habe ich eigentlich aufgehört, Tagebuch zu schreiben? Es war mal das wichtigste Instrument der Reflexion für mich. So wie wir die Kinder abends von ihrem Tag erzählen lassen, damit sie ihn verarbeiten, setzte ich mich früher hin und schrieb. Das Tagebuch war mein Blitzableiter, und doch hörte ich an meinem Achtzehnten damit auf. Nach dem Unfall war mir alles zu viel, ich wollte nicht nachdenken, nicht reflektieren. Ich wollte Ruhe. Und das war in Ordnung. Aber nicht für immer. Ich hätte längst in den Schmerz gehen sollen, stattdessen bin ich ihm ausgewichen. *Das will die verdammte Welle mir sagen!* Ich bedrohe dich dein Leben lang, bis du endlich den Arsch hochkriegst. Scheiße, vielleicht haben die Therapeuten doch recht, vielleicht ist die Welle wirklich mein Freund? Na, wer braucht da noch Feinde …

Ich rutsche in den Schneidersitz zurück und denke über diese Erkenntnis nach. Und die Bedeutung dessen. Freud sagte, wir streben mehr danach, Schmerz zu vermeiden, als Freude zu gewinnen. Aber man kann ihn nicht immer nur vermeiden.

Ich strecke mich wieder auf dem Bett aus und gehe die Sache in Ruhe durch. Seit dem Tod meiner Eltern wurde ich permanent analysiert und therapiert. Immer drehte es sich um die Vergangenheit, nie um die Gegenwart oder gar um die Zukunft. All die Jahre wusste ich, dass ich mich vor unangenehmen Dingen drückte, doch erst in diesem Moment wird mir klar, dass ich seit meinem achtzehnten Geburtstag aufgehört habe zu agieren. Ich habe mich verhalten wie ein konservativer Investor: Ich habe alles möglichst risikolos angelegt, habe auf Zugewinn verzichtet und war zufrieden mit einem Inflationsausgleich. Ich habe mein Leben verwaltet. Gott, mein Leben war eine *Vermeidungsstrategie*. Alles, was ich heute habe, ist mir ohne mein Zutun zugeflogen. Die Kinder wohnen bei mir, weil Rene es vorgeschlagen hat. Den Job habe ich, weil Isa ihn mir besorgt hat. Und ich? Was habe ich für mich getan? Was habe ich eingefordert? Was erhoffe ich mir? Wo ist mein verdammter Lottoschein? Was *erhoffe* ich mir?

Ich hoffe, die Kinder wachsen gesund und sicher auf. Ich hoffe, Rene wird gesund. Aber nichts davon kann ich garantieren. Kindern kann jederzeit etwas zustoßen, mit dieser Gewissheit muss man leben, das heißt: Man muss sie verdrängen, weil alles andere einen verrückt macht. Dass Renes Krebs nicht streut, kann ich ebenfalls nicht beeinflussen. Alles, was ich tun kann, ist, zu versuchen, die Kinder zu schützen, versuchen, Rene beizustehen – und das werde ich tun. Doch es gibt noch eine Sache, die ich mir erhoffe, aber ich tue nichts dafür. Klar, es ist nun mal schlechtes Timing, wenn man sich in eine Frau verliebt, die am nächsten Tag auswandert, und ja, es ist ebenso blödes Timing, wenn man verreisen will und die wichtigste Person im Leben krank wird – aber wie Rossella sagte: Es gibt keinen perfekten Augenblick. Ich muss einen perfekt machen, aber wie? Hätte Renes Diagnose nicht eine verfluchte Woche später kommen können?

Im selben Moment durchzucken mich Schuldgefühle, weil ich so etwas denke. Aber die können sich verpissen. Hier hat niemand Schuld.

Draußen klappen Autotüren. Ich springe auf die Beine und mache mich auf den Weg. Im Flur überholt mich Sulke, der in Richtung Haustür strebt. Er drängelt sich durch meine Beine, als wäre ich gar nicht da, dicht gefolgt von einem kleinen Fellklumpen, Susi. Vor der Tür halten beide an, drehen ihre Köpfe und schauen mich an. Es sieht bescheuert aus. Mir ist danach, mich zu kneifen – aber bloß nicht, nachher wache ich noch auf.

Als ich die Haustür öffne, sausen die beiden raus in den Garten. Ich lehne mich gegen den Türrahmen und beobachte, wie Rene am Gartentor von Juan abgeknutscht wird wie in einem Teeniefilm. Sie küssen sich, als würde die Welt gleich untergehen, was eine schöne Art ist, einen Kuss anzugehen.

Sulke läuft hin und schnuppert an ihnen. Sie merken nichts. Also läuft er zu einer Gartenecke und hockt sich auf die Art hin, die jeden Hund der Lächerlichkeit preisgibt. Neben ihm bewegt sich ein Fellhügel durchs Gras. Ich möchte Susi zurufen, dass sie Abstand halten soll, aber das ist eben das Risiko in Beziehungen: Da wird man manchmal eben auch angeschissen.

Rene drückt Juan einen letzten Kuss auf und will sich lösen, er zieht sie zurück in seine Arme. Ich lasse mir nichts entgehen. Es ist viel zu ungewohnt, meine Mitbewohnerin endlich wieder als Frau statt als Mutter, Freundin oder Dienstleisterin zu sehen. Ob es Übermüdung, eine Nachwirkung der letzten Tage oder vielleicht eine Folge des Schreibens ist, ich denke komische Dinge, wie: Die Welt ist voller Liebe, man muss sie nur annehmen … Es gibt keinen perfekten Augenblick, außer man macht ihn perfekt … Geh wieder ins Haus, bevor die Nachbarn dich für einen Spanner halten …

Ich gehe schnell wieder rein, klappe den Laptop auf und folge dem gestrigen Link auf die Seite der Fluggesellschaft. Der nächste Flug nach Vancouver geht in sechs Stunden von Frankfurt aus. Zehn Stunden Flugzeit, zwanzig Stunden Aufenthalt, Rückflug über London. Ich hätte genug Zeit, um es Rene zu erklären, nach Köln zu sausen, eine Tasche zu packen, mit der Bahn nach Frankfurt zu fahren, nach Kanada zu fliegen und nach Tofino zu fahren, Eva eine Frage zu stellen und vor der OP wieder zurück zu sein. Könnte eng werden, aber es müsste klappen.

Mein Finger zögert nur einen Sekundenbruchteil, bevor er den Cursor ins Ziel lenkt. Ich speichere die Flugbestätigung, klappe den Laptop zu und richte mich auf. Mannomann.

Der Kaffee köchelt bereits auf dem Herd, als draußen ein Auto wegfährt. Rene kommt in die Küche gewankt und lächelt mich zerknittert an. Nie sah jemand durchgenudelter aus. Ihre Augenlider hängen auf Halbmast, ihre Lippen sind vom Küssen aufgequollen und auf ihrer linken Kopfseite stehen ihre Haare ab wie nach einer Elektroschocktherapie.

»Morgen«, murmelt sie und ersetzt die Zerknitterung durch ein befreites strahlendes Lachen.

Ich grinse womöglich noch breiter.

»Na, noch Jungfrau?«

»Uuuuh, nicht mehr so ganz«, gickelt sie, »nicht mehr so ganz …«

Ich lache.

»Also konnte Juan was?«

Statt zu antworten, beginnt sie mit zwei imaginären Rasseln in der Hand einen Tango zu summen, wie Jack Lemmon, als er in *Manche mögen's heiß* von der Jachtparty mit Osgood nach Hause kommt. Ich umarme sie lachend.

»So gut?«

»Besser!«, stöhnt sie und verdreht die Augen.

Ich nutze die Umarmung, um ihre Haare zu richten.

»Kaffee?«

Sie hält mich auf Armeslänge von sich weg.

»Das *Einzige*«, beschwört sie mich mit aufgerissenen Augen, »was fehlt, um diese Nacht absolut *perfekt* zu machen, ist ein guter Kaffee.«

»Setz dich«, sage ich und mache mich an die Arbeit.

Sie lässt sich auf einen Küchenstuhl fallen und strahlt vor sich hin. Habe sie schon lange nicht mehr so entspannt und zufrieden gesehen. So was kann körperliche Nähe, kombiniert mit ein bis sieben Orgasmen. Mir liegen tausend Fragen auf der Zunge, aber meine Lieblingsmitbewohnerin scheint gerade wunschlos glücklich, also gieße ich unter großem Tamtam eine Kaffeetasse voll, tue wegen der Uhrzeit einen Hauch zu viel Zucker rein und hoffe auf den perfekten Augenblick, um ihr meinen Lottoschein vorzulegen.

Schließlich setze ich mich an den Tisch und schiebe ihr die Tasse rüber. Sie probiert einen Schluck und schließt die Augen.

»Gut?«

Nach einem Moment beginnt sie wieder, mit der freien Hand zu rasseln und Tango zu summen. Ich lache. Herrje, wie verdammt lange habe ich sie nicht mehr so erlebt.

»Ich mag dich, wenn du so bist.«

Sie öffnet die Augen und strahlt mich an.

»Du meinst, wenn ich Sex hatte und du warst nicht dabei?« Sie grinst übermütig. »Ach Süßer, heute Nacht ist mir eines klar geworden.«

»Darauf wette ich«, grinse ich.

»Der miese Sex damals war deine Schuld. Ich bin super im Bett!«

»Wow«, lache ich. »Wenn Juan sogar eine frigide Grobmotorikerin wie dich in Schwung bekommt, sollte ich vielleicht einen Workshop bei ihm machen.«

»Vergiss es«, sagt sie und winkt lässig ab. »Ein Rollstuhlfahrer wird nie die Tour de France gewinnen, egal wer ihn trainiert.«

»Ohooo!«

Sie grinst, ich grinse. Wir schlürfen unseren Kaffee und gucken uns über den Tassenrand hinweg an. Zwei Freunde in einer Küche, nach einer langen guten Nacht. Und noch ist sie nicht vorbei.

»Und du?«, fragt sie und schlürft an der Tasse wie an einer Auster.

»Och, ich hatte wieder ein Supergespräch mit deinem Vater. Er wollte, dass ich dir einen Antrag mache.«

Ihr Gesicht hat plötzlich alle Hände voll zu tun, sich nichts anmerken zu lassen.

»Soso«, murmelt sie und sieht weder überrascht noch empört aus. Aha. Sie steckt also mit drin in der Sache.

»Möchtest du dazu irgendwas sagen?«

Sie versteckt ihr Gesicht in der Tasse und beginnt laut zu schlürfen. Tapsende Pfoten. Sulke kommt in die Küche getapert, dicht gefolgt von Susi. Sulke checkt uns auf Futter ab, und als er merkt, dass es nichts gibt, legt er sich auf den Küchenboden. Susi läuft in die Ecke und verschwindet hinter dem Kühlschrank.

»Sie gehen sogar zusammen aufs Klo«, verrate ich Rene.

Sie senkt die Tasse etwas, wirft Sulke und Susi einen Blick zu und beginnt dann, ihre Tasse nach links und rechts, hin und her zu drehen. Vor ein paar Stunden saß ihr Vater auf demselben Platz und drehte eine Bierflasche. DNA ist mystisch. Freundschaft auch. Wir kennen uns schon so lange, aber ich weiß nicht, was sie jetzt denkt.

»Hör mal«, beginne ich, »dass du nicht einfach zugeben kannst, dass ich besser im Bett bin als Juan, ist schlimm, aber dass du deine Heiratsanträge von deinem Vater ausrichten lässt, finde ich bedenklich.«

Sie dreht an der Tasse und nickt, ohne aufzuschauen.

»Papa hat Angst, dass es mir so ergeht wie Mama und dass du das nicht durchhältst.«

»Und er glaubt, ich halte länger durch, wenn wir heiraten? Kennt er nicht die Scheidungsquoten?«

Sie hebt ihr Gesicht und schaut mir in die Augen.

»Er kennt nicht mal das Wort.«

»Autsch.«

Sie nickt ernst.

»Papa glaubt an ›Bis der Tod euch scheidet‹, ist sich aber nicht ganz sicher, ob du die Eier dazu hast.«

Ich starre sie an. Sie winkt ab.

»'tschuldigung. Ich fange noch mal an.«

»Herzlichen Dank.«

Sie lächelt leicht.

»Ach komm, entspann dich, Papa macht sich Sorgen um die Zwerge. Er will sie absichern, und du bist in seinen Augen die einzige männliche Konstante in meinem Leben ...«

»Er hat keine Ahnung, was wir da eigentlich treiben, oder?«

Sie bewegt ihren Kopf langsam von einer Seite zur anderen.

»Er glaubt, wir verheimlichen ihm etwas, aber er sieht, wie du die Zwerge liebst, und aus seiner Sicht wäre es daher die beste Lösung, wenn wir heiraten und das gemeinsame Sorgerecht hätten, und daher halt jetzt einfach mal die Klappe, ja?« Sie schaut zur Decke, atmet tief ein, behält die Luft einen Moment in ihren Lungen und atmet dann nachhaltig aus. »Käme es für dich in Betracht, mich im Fall der Fälle zu einer ehrbaren Frau zu machen?«

Ich räuspere mich.

»War das jetzt ein Antrag?«

Sie senkt ihren Blick und schaut mir in die Augen.

»Ein Vorschlag«, verbessert sie mich, »für den Fall, dass die Sache übel endet.«

»Sie endet nicht übel.«

»Ich weiß«, sagt sie, ohne zu lächeln. Sie senkt den Blick auf ihre Tasse und beginnt sie wieder hin und her zu drehen. »Mads, ich habe Mama sterben sehen, hier, in diesem Haus, und bei ihr fing es genauso an.«

»Aber sie war älter. Du bist noch keine vierzig.«

»Richtig, und das bedeutet, meine Kinder brauchen mich noch. Daher gehe ich auf Nummer sicher. Falls …«, sie stockt kurz, »falls meine Lymphknoten befallen sind, nehmen die Ärzte mir bei der OP beide Brüste ab, und wenn das nicht reichen sollte, heiraten wir schnell, nach einem Jahr adoptierst du die Zwerge – und ich kann in Frieden gehen.«

Ich starre sie an. Etwas kämpft sich durch meine Kehle nach oben. Meine Augen brennen. Rene hebt ihr Gesicht. In ihren Augen ist nichts als bitterer Ernst.

»Mads, ich brauche Sicherheit. Der Krebs ist real, und ich kann nicht riskieren, dass irgendwas falsch läuft, und plötzlich entscheidet das Familiengericht, dass die Zwerge ins Heim müssen, oder schlimmer noch …«, sie stößt Luft zwischen ihre Lippen hervor, »zu Volker. Wenn ich nach der OP aufwache und noch meine Lymphknoten habe, ist alles in Ordnung, wenn nicht, brauche ich einen Plan B.«

Plan B. Oh Mann.

Sie betrachtet mich genau und wartet auf meine Reaktion. Sie meint es ernst. Gott, *sie schließt nicht aus, dass sie sterben wird.* In diesem Moment wird mir zum ersten Mal wirklich klar, dass es unser letzter gemeinsamer Frühling gewesen sein kann. Der Gedanke trifft mich mit voller Wucht. Mein Gesicht fühlt sich kalt an. Etwas steigt durch die Kehle hoch. Ich versuche zu schlucken, aber mein Hals ist zu.

Rene legt ihre Hand auf meine.

»Ich weiß, das ist ein bisschen viel auf einmal, aber es geht nicht anders. Ich wollte dich testamentarisch als Vormund einsetzen, aber Testamente kann man leichter anfechten als eine Adoption. Und ich muss sicher sein, dass Volker nicht plötzlich auf einen Vaterschaftstrip kommt.«

Endlich bekomme ich wieder ein bisschen Luft.

»Aber ... Volker ...«

»Er hatte seine Chancen«, sagt sie und macht eine abfällige Handbewegung. »Es geht um das Wohl der Kinder, und darauf hat er noch nie Rücksicht genommen.«

»Aber er ist immer noch der leibliche Vater.«

Sie winkt wieder ab.

»Der leibliche Vater muss nicht zustimmen, wenn er über einen langen Zeitraum kontinuierlich die Kinder vernachlässigt hat.« Sie zuckt mit den Schultern. »Darüber müssen wir nicht reden, oder?«

»Verstehe«, sage ich. Ich fasse mir an die Stirn und massiere sie kurz. Nichts dahinter. Heiratsanträge, Adoptionen – Himmel, was für eine Nacht. Und eine Sache steht noch aus ...

Rene drückt meine Hand.

»Willst du erst mal drüber schlafen?«

»Um Gottes willen!«

»Nicht mit mir, du Doofi!«, lacht sie. »Himmel, nach Juan würde ich dich wahrscheinlich gar nicht spüren.«

»Na, vielen Dank.«

Sie lacht.

»Okay«, sage ich, »wenn's sein muss, heiraten wir, aber du machst einen großen Fehler.«

Sie runzelt die Stirn.

»Wieso?«

»Ich krieg die Kinder, wenn du stirbst? Mutti, pack die scharfen Gegenstände weg.«

Sie braucht einen Moment, dann steht sie auf, kommt um den Tisch herum, quetscht sich auf die Kante meines Stuhls und umarmt mich.

»Danke«, flüstert sie.

Ich drücke sie an mich.

»Gern.«

So erfüllt sich also mein großer Wunsch. Ich werde Papa. Seit drei Jahren habe ich eine Vollmacht, die es mir gestattet, Alltagsentscheidungen wie Arztbesuche für die Kinder zu treffen, aber bei einem größeren medizinischen Eingriff würde immer noch Volker entscheiden, falls Rene nicht erreichbar wäre. Gott, ich hatte schon Albträume, in denen ich Oscar blutend im Arm hielt und versuchte, Volker am Set zu überreden, eine OP zu erlauben ... Und jetzt das. *Call me Papa!*

Mein Blick wird unscharf. Ich blinzele ein paar Mal, und als das nicht hilft, wische ich mir unauffällig über die Augen. Rene rutscht fast von der Stuhlkante, ich lege ihr einen Arm um die Schulter und halte sie fest.

»Und, was wirst du Volker sagen?«

Wieder macht sie diese abwertende Handbewegung, die sie neuerdings für Volker reserviert zu haben scheint. Wieder rutscht sie fast vom Stuhl.

»Er wird erleichtert sein und die Zwerge auch. Ich habe sie gestern gefragt, wann sie Volker mal wieder besuchen möchten. Lola sagte nichts, und Oscar wirkte, als müsste er erst überlegen, wen ich meine. Ich glaube, es ist besser, die Sache nicht länger künstlich am Leben zu halten. Volker hatte sechs Jahre Zeit, um eine Beziehung zu den Kindern aufzubauen, aber er hat es verbockt.«

Die Nacht ist voller Überraschungen. Dies war das erste Mal, dass ich mitbekomme, wie sie etwas Schlechtes über Volker sagt. Volker, hör die Signale ...

»Bist du sicher?«

Sie nickt nachdrücklich.

»Dieser verdammte Idiot«, schimpft sie. »Wenn ich daran denke, was ich alles getan habe, um ihm die Tür aufzuhalten ... Solange ich gesund war, ging das, aber ich kann das nicht mehr, ich will das auch nicht mehr. Und sein Umgangsrecht bleibt ja, wenn er die Kinder mal sehen will. Ich möchte bloß ausschließen, dass er eines Tages auf blöde Gedanken kommt. Übrigens, mein Hintern tut weh.«

»Zu viel Information!«

»Von dem Stuhl!« Sie steht lachend auf und verpasst mir einen Schwinger auf den Arm. »Du bist manchmal so ein Hirni.«

»Aber du willst mich trotzdem heiraten.«

»Nur im Notfall, Süßer, nur im Notfall.«

»Apropos ... ich habe dir auch was zu sagen.«

»Ach ja?« Sie geht um den Tisch herum, setzt sich auf den anderen Stuhl und schaut mich erwartungsvoll an. »Lass hören.«

Bevor ich etwas sagen kann, kommt Oscar rein, und vorbei ist es mit dem Dialog. Er tritt Sulke auf die Pfote, kippt Renes Tasse um und erzählt uns von einem Traum, in dem er Formel-1-Weltmeister wurde. Es ist, als wäre eine Küchenwand aufgeklappt und man befindet sich plötzlich in einer Zirkusmanege. Von dem Krach wird sogar Lola wach. Sie kommt rein und klettert auf den Schoß ihrer Mutter.

»Morgen«, sage ich.

Sie antwortet nicht. Rene signalisiert mir, dass ich es nicht persönlich nehmen soll. Aber ich nehme es persönlich. Ab heute nehme ich endlich wieder alles persönlich.

Wir machen Frühstück und decken den Tisch. Ich mache einen frischen Kaffee. Rene stupst mich an.

»Was wolltest du mir sagen?«

Oscar kippt Lolas Müsli um. Die Schüssel fällt vom Tisch und zerschellt auf dem Boden. Lola zieht quietschend die Beine an, um nichts abzubekommen. Rene schnauzt Oscar an, der erklärt, dass er nichts dafürkann. Seine Ausreden werden immer fantasievoller. Sulke und Susi stürzen sich auf die Milchlache, die sich auf dem Fußboden ausbreitet. Niemand bemerkt, dass ich gehe.

Das Haus ist frisch gestrichen und hat einen kleinen Vorgarten mit gepflegten Blumenbeeten. Als ich meinen Finger auf die goldene Türklingel drücke, schlägt mein Herz bis zum Hals. Ich trete ein paar Schritte zurück.

Die Tür öffnet sich. Ein Mann wird sichtbar. Henning. Er sieht aus, als hätte er keine Sekunde geschlafen. Als er mich erkennt, starrt er mich wieder an, als sei ich nicht echt, und schwankt zwei Schritte in den Hausflur zurück. Ich hebe meine Hände.

»Ich will nicht darüber reden«, sage ich. »Ich will nur sagen, dass es okay ist. Jeder macht Fehler, und ohne Glück geht's nicht.« Ich atmete tief durch. »Ich will an sie denken können, ohne mich beschissen zu fühlen, und darum will ich …« Ich komme ins Stocken. Was will ich eigentlich? »Frieden.«

»Es tut mir so leid«, flüstert er.

»Mir auch.«

Ich strecke ihm meine Hand entgegen. Er ergreift sie, und ich schüttele die Hand eines Menschen, mit dem mich seit einem kleinen Augenblick sein ganzes Restleben verbindet. Bis jetzt. Ab heute wird er nur noch jemand sein, der an demselben Tag kein Glück hatte wie meine Eltern.

Ich lasse ihn los, nicke ihm zu, drehe mich um und verlasse das Grundstück. Als ich im Wagen sitze, steht er am Gartentor und schaut zu mir rüber. Neben ihm steht jetzt eine Frau im Morgenmantel, um die er einen Arm gelegt hat. Als ich losfahre, winkt sie scheu. Ich winke zurück. Ich fühle mich euphorisiert, erfrischt, beruhigt, frei. Bei mir. Wieso habe ich das nicht früher getan?

Auf dem Rückweg durch ein noch stilles Aachen hat sich die Welt nicht verändert, doch in meiner ist alles anders.

Renes Vater steht vor dem Haus, als hätte er geahnt, dass ich komme. Vielleicht hat er einen Sender an meinem Wagen versteckt, und wenn ich die Stadtgrenze überfahren hätte, hätte er mit einem Haufen brettharter alter Maurer die Verfolgung aufgenommen.

Ich parke ein, steige aus und nicke ihm zu.

»Ich heirate sie, und die Kinder nehme ich auch, gut so?«

Er verzieht ein paar Falten, und zum ersten Mal seit Jahren merke ich ihm Freude an, wenn es um mich geht.

»Tut mir leid, Junge, da bin ich wohl mit der Tür ins Haus gefallen.« Er streckt die Hand aus. »Deine Eltern wären stolz auf dich«, sagt er. »Du bist ein Mann geworden, der seine Leute nicht im Stich lässt.«

Ich spanne mich gegen den Stich an, der immer folgt, wenn meine Eltern erwähnt werden – doch er bleibt aus. Ich greife zu, und schon schüttele ich zum zweiten Mal eine Hand an diesem Tag, einmal Frieden, einmal Hochzeit. Und ich hatte noch nicht mal ein Frühstück. Guten Morgen.

Als wir in den Garten gehen, sitzt eine Familie am Verandatisch und frühstückt. Rene trägt einen Trainingsanzug und sieht immer noch sehr zufrieden aus.

Sie winkt. Ich winke zurück. Oscar kaut angestrengt. Lola steckt ihren Kopf in die Müslischüssel und tut, als hätte sie mein Winken nicht gesehen – aber dazu gehören zwei. Ich eile auf die Veranda, knutsche sie auf den Scheitel und nutze die Gelegenheit, um kurz an ihren Haaren zu schnuppern.

»So, Kinder, ich muss eure Mutter für ein paar Minuten entführen. Ich bringe sie gleich zurück.«

Keine Reaktion von den Kindern, nur Rene hebt fragend die Augenbrauen.

»Außerdem sind Mädchen schlauer als Jungs«, füge ich hinzu.

Oscar runzelt die Stirn und hebt den Blick.

»Sie sind auch stärker«, lege ich nach.

»Bäh!«

»Und sehen besser aus.«

Was zu viel ist, ist zu viel. Er knallt mich mit seinem Löffel ab, schafft es, Renes Kaffeetasse umzukippen, handelt sich einen Anschiss ein und eine Klage von Lola, die ein paar Spritzer auf ihr Kleid bekommen hat. Ich schnappe mir Renes Hand und ziehe sie zum Gartentor.

»Was wird das?«, fragt sie lachend.

»Gleich«, sage ich und nicke ihrem Vater zu. »Wir sind in einer halben Stunde wieder da.«

Er winkt, als würde er sagen, jetzt gehört sie dir, mach, was du willst. Rene folgt mir unentschlossen.

»Wo gehen wir hin?«

»Wart's ab«, sage ich und öffne das Gartentor.

»Und wo warst du vorhin?«, will sie wissen.

»Wart's ab«, sage ich und ziehe sie in Richtung Auto. »Ich hoffe nur, du hast geduscht.«

»Jesus.« Sie lacht. »Was hast du vor?«

»Wart's ab«, sage ich und handele mir einen Klaps ein.

Im Auto sieht sie die Blumen und denkt, sie seien für sie. Bis ich das Missverständnis aufgeklärt habe, sind wir schon halb da. Ich versuche, sie in ein Detailgespräch über die Vorgänge der Nacht zu verwickeln, um zu sehen, was ein Salsatanzlehrerlatinlover so alles draufhat, aber sie stöhnt seinen Namen nur. Damit ist sie ganz gut beschäftigt. Sie wird erst aufmerksam, als ich den Wagen vor dem Friedhof parke. Sie schaut überrascht aus dem Fenster.

»Wollen wir da rein?«

»Ja.«

Sie sucht mein Gesicht nach irgendwelchen Anzeichen ab. Ich lasse sie sehen, was da ist. Sie verschränkt die Arme.

»Ich gehe keinen Schritt, bevor du mir nicht sagst, was mit dir los ist.«

Ich schnappe mir die Blumen und steige aus. Durch das Eingangstor sieht man einen langen, etwa drei Meter breiten Kiesweg, von dem weitere Wege abgehen. Ich marschiere los. Nach der zweiten Abzweigung knirschen Schritte neben mir, und eine Hand schiebt sich in meine.

»Wenn du mir nicht sofort sagst, was mit dir los ist …«

»Ich hab's mit Eva versaut.«

Sie wirft mir einen fragenden Blick zu.

»Wie? Ich denke, sie ist ausgewandert? Doch nicht deinetwegen, oder?«

»Natürlich nicht, aber ich habe es nicht geschafft,

ihr vorher klarzumachen, wie sehr ich sie kennenlernen will. Vielleicht hätte alles Reden eh nichts genutzt, sie ist schon in ihrer letzten Beziehung zugetextet worden, sie braucht vielmehr ein klares Zeichen, also gebe ich ihr jetzt eins. Ich fliege nach Kanada. In fünf Stunden geht mein Flug.«

Sie bleibt ruckartig stehen. Ich mache es ihr notgedrungen nach und schüttele meinen Kopf.

»Ich weiß, ich weiß, aber ich bin vor der OP wieder da. Ich muss mich ranhalten, sie wartet nicht mehr lange. Ich will nur von ihr hören, dass sie lieber durch die Welt reist, als mit mir zusammen zu sein, dann kann ich sie gehen lassen – aber so nicht. Also fliege ich rüber und frage sie.«

Sie betrachtet mich, als wäre ich gerade aus einem Wandschrank gesprungen.

»Eva wartet da drüben auf dich?«

»Na ja, mehr oder weniger. Dienstag reist sie weiter. Ich muss sie vorher erwischen, sonst ist sie weg.«

»Und das fällt dir jetzt ein?«

»Nein. Ich hatte schon ein Ticket, als die Diagnose kam.«

Ihr Blick wird dunkler. Sie senkt ihr Gesicht und fährt sich mit der linken Hand durch ihre Struppelhaare.

»Es war doch ein bizarr falscher Augenblick, um dich alleine zu lassen, und das ist es immer noch, dein Vater bringt mich wahrscheinlich um, aber ich *muss* mit ihr reden, bevor sie verschwindet, ich *muss*!«

Sie steht einfach nur da. Je länger sie schweigt, desto nervöser werde ich.

»Sagst du bitte mal was?«

Nichts.

»Hey Süße, alles in Ordnung?«

»Nein«, murmelt sie und hebt ihr Gesicht. Ihre Augen sind blank. »Verdammt, nichts ist in Ordnung …« Sieht aus, als würde sie gleich weinen, aber das kann ja nicht sein. Sie zieht die Nase hoch und mustert mich düster. »Jeden Morgen, wenn ich aufwache, hoffe ich, dass ich mich in jemanden verliebe, der keinen Totalschaden hat, und du triffst diese Klassefrau und …« Sie verstummt und zieht wieder die Nase hoch. »Verdammter Trottel …«

»Was hätte ich denn tun sollen? Ach, du hast Krebs? Prima, ich bin dann mal weg?«

Ihre Augen verengen sich.

»Glaubst du, ich will schuld sein, dass du dein Liebesleben verpfuschst? Ich hab dich noch nie so verliebt gesehen, also nimm, verflucht noch mal, nicht meine Krankheit als Ausrede. Soll der Scheißkrebs etwa gewinnen?«

»Entschuldigen Sie bitte«, ruft jemand halblaut. »Könnten Sie Ihre Sprache mäßigen?«

Wir schauen uns um. Fünf Gräber weiter steht eine Oma. Rene winkt rüber und schaut mich wieder an.

»Was willst du ihr sagen?«

Ich zucke mit den Schultern. Sie hebt die Augenbrauen.

»Du folgst ihr bis nach Kanada und weißt nicht, was du ihr sagen willst?«

»Ich habe genug Zeit im Flieger, um darüber nachzudenken, okay?« Ich hebe eine Hand. »Und noch was …«

Sie zieht eine Grimasse.

»Jesus …«

»Ich habe vorhin Henning Kruska getroffen.«

Sie macht große Augen. Ihr Mund öffnet sich und bildet ein kleines O.

»Hast du ihm was getan?«

»Nein, du Pappnase«, sage ich. »Wusstest du, dass er mit Meggie, der kleinen, hübschen, durchgeknallten Iranerin, zusammen ist?«

»Schon lange.«

»Warum erzählst du mir so was nicht?«

»Ich?« Sie zieht eine Grimasse. »Ich soll dir von Kruska erzählen …« Sie verstummt und schaut mich merkwürdig an. »Oh Jesus Maria – ihr habt euch versöhnt!«

»Yep«, sage ich.

Ihre Augen werden wieder blank.

»Wirklich?«

»Ja«, sage ich nickend. »Wir haben uns ausgesprochen.«

Ihre Unterlippe beginnt zu zittern. Eine Träne löst sich aus ihrem rechten Auge und läuft über ihre Wange. Sie bleibt an ihrem Kinn hängen. Eine weitere kommt angerollt und nimmt ihr die Entscheidung ab. Sie stoßen zusammen, werden zu schwer und fallen auf einen Boden, der schon Millionen Tränen gesehen hat.

Rene weint.

»Das ist … schön«, sagt sie mit brüchiger Stimme.

Ich mustere sie überrascht. Zum ersten Mal, seitdem ich sie kenne, weint sie vor mir, und dann ausgerechnet jetzt? Die Krankheit ihrer Mutter, die Beerdigung, Volker, ihre Diagnose – aber sie weint, weil ich mich versöhnt habe. Oh Mann.

Ich ziehe sie an mich. Sie lehnt sich gegen meine Brust und beginnt zu schluchzen. Ich umarme sie und kämpfe gegen den Drang mitzuweinen. Mein Herz fühlt sich groß und warm an. Ich küsse ihre Stirn, und als meine Lippen ihre Haut berühren, gebe ich dem Drang nach. So weinen wir vor einem Grab, wie Millionen andere Menschen es vor uns getan haben. Nur unsere Gründe sind schöner.

Ein junges Paar geht vorbei. Sie hat verweinte Augen, er schaut starr nach vorne. Keiner von beiden schaut uns an. Ich halte Rene fest umarmt und merke, wie mein Hemd feucht wird. Ich blicke über ihre Schulter auf das Grab meiner Eltern. Vor einundzwanzig Jahren stand ich genau hier, während zwei Särge in der Erde versenkt wurden. Hinter mir standen Menschen, die weinten. Ich war auf Tabletten und nahm alles wie durch eine Nebelwand wahr. Vielleicht war das schon der Fehler. Vielleicht hätte ich damals schon in den Schmerz gehen und mich der Wahrheit stellen sollen, stattdessen habe ich einen Nebel erschaffen, um mich vor den Blicken anderer zu schützen – doch im Nebel hat niemand mehr Durchblick.

»Ich hätte dich zwingen sollen«, murmelt Rene und versucht, sich aus meiner Umklammerung zu lösen. »Eine gute Freundin hätte dich persönlich ins Flugzeug gesetzt …«

»Ja klar«, sage ich und halte sie fest. »Du hast mich vernachlässigt, und das nur, weil du Krebs hast. Mann, bist du egoistisch.«

Sie verpasst mir eine auf den Rücken.

»Autsch!«

Sie schiebt ihre Hand um meine Taille und dreht

sich. Seite an Seite betrachten wir die letzte Ruhestätte meiner Eltern. Den Grabstein, den ich damals aussuchen musste. Er wird ihnen nicht gerecht. Alles ging so schnell. Der Anruf, die Pathologie, die Unterlagen, Papiere, Entscheidungen ... Es ist, als würde man einen Karton mit alten Fotos finden. Bilder sausen durch meinen Kopf. Schöne Bilder ... warme Bilder ... die Bilder meiner Kindheit. Jetzt, wo der Schmerz weg ist, wird mir wieder bewusst, wie viel Glück ich hatte. Zwei Menschen, die ich liebte, die mich liebten – achtzehn gute Jahre. So viel Glück hat nicht jeder. Seit ihrem Tod war ich viel zu sehr damit beschäftigt, enttäuscht von der Welt zu sein. Ich habe einen der schlimmsten Fehler begangen, den man machen kann: Ich habe aufgehört, dankbar zu sein.

»Ich möchte ein Elterndenkmal bauen.«

Rene dreht ihren Kopf und schaut überrascht zu mir hoch.

»Ein Denkmal? Für Eltern?«

Ich nicke.

»Ja, ich denke schon. In jeder Stadt sehe ich Denkmäler für Soldaten und Schlachten ... Ich möchte eines für die Menschen bauen, die die Gesellschaft zusammenhalten.«

Sie lächelt ein schönes Lächeln.

»Klingt gut. Kann ich mitmachen?«

»Wirklich?« Ich nicke, mehr für mich selbst. »Ja«, sage ich. »Gut. Bauen wir ein Elterndenkmal. Auch für dich.« Ich drücke sie fest. »Du bist eine gute Mutter.«

»Na ja ...«

»Halt die Klappe«, sage ich. »Den Kindern geht

es gut. Sie können lieben und sind glücklich. Scheiß auf die Selbstzerfleischungen. Ich will, dass du ab heute damit aufhörst, perfekt sein zu wollen, sei lieber glücklich. So wie du bist, bist du gut genug.«

Ihre Unterlippe beginnt wieder zu zittern. Ihre Augen werden blank. Sie zieht eine Grimasse.

»Mist«, flucht sie und wendet ihr Gesicht ab. »Kaum fängt man damit an, mutiert man zum Weichei.«

»Ach was, heul doch«, sage ich und ziehe sie wieder an mich. »Das tut gut.«

Sie versucht, sich zu lösen. Ich halte sie fest.

»Trottel«, schnieft sie und schmiegt sich an mich. »Du verpasst deine Maschine.«

»Nie im Leben«, sage ich und halte sie fest.

Der Abschied von den Kindern ist ein Persönlichkeitsdiagramm. Lola sitzt still da, hört sich meine Erklärung an, ohne zu unterbrechen, sie sagt keinen Ton, als ich erkläre, dass ich für einen Tag wegmuss, um Eva zu besuchen, und morgen wiederkomme. Es wäre einfacher, ihr zu verschweigen, dass ich Eva besuche, ich könnte auch sagen, dass ich arbeiten muss, aber nein, keine Lügen. Ihre Bezugspersonen sind nun mal kein Paar, und irgendwann müssen die Kinder das nicht nur erzählt bekommen, sondern auch erleben.

Oscar ist es schnurzegal, wo ich hinfahre. Er will nur wissen, ob ich ihm was mitbringe. Fünf Minuten später habe ich gepackt. Als ich mit meiner Tasche auf die Veranda trete, sind alle da, nur von Lola ist nichts zu sehen. Ich schaue Rene an. Sie nickt zum Haus. Ich gehe wieder rein und klopfe an die Tür vom Schlafzimmer. Nichts. Ich öffne die Tür. Ein kleines

Häufchen Mensch sitzt auf der Bettkante, einsam und verlassen. Der Anblick schmerzt.

»Hey, Süße. Kommst du nicht raus und winkst?«

Sie antwortet nicht. Ich setze mich neben sie und erkläre ihr die Sache noch mal … Morgen wieder da … Nur ein Mal schlafen … Nichts.

Schließlich gebe ich die Erklärungen auf und versuche es mit Kitzeln. Sie reagiert genervt. Alles klar. Ich gebe ihr einen Kuss auf den Scheitel, stehe auf und erkläre ihr noch mal, dass ich morgen wieder da bin und mich total darauf freue. Nichts. Sie sitzt wieder mit gesenktem Kopf da. Gott, es bricht mir das Herz, aber es ist nur ein Tag. Was auch immer ihre Befürchtungen sind, sie werden erst morgen widerlegt, wenn ich auf der Matte stehe.

Als ich die Schlafzimmertür erreiche, höre ich hinter mir ein lautes Schluchzen. Ich drehe mich um und sehe Lola mit ausgebreiteten Armen auf mich zugeschossen kommen, das kleine Gesicht voller Verzweiflung. Ich fange sie auf. Sie klammert sich an mich, weint und stammelt, und ich verstehe kein Wort. Aber ich verspreche ihr, dass alles gut wird, dass wir eine Familie sind und ich sie liebe, weil sie einfach toll ist und ich mein ganzes Leben mit ihr verbringen möchte. Sie schluchzt herzerweichend und stammelt weiter. Ihre Angst bricht mir das Herz, also setzen wir uns aufs Bett, ich nehme sie auf den Schoß und streichele sie, während die Verunsicherung aus ihr herausbricht. Volker hat sie dutzendfach enttäuscht. Er hat sie angelogen. Er hat sie mehrmals vergessen und verletzt, ohne sich zu entschuldigen oder zu erklären. Jetzt befürchtet sie, dass alle Väter so sind. Und in diesem Moment, während ich dieses tolle, weinende Mädchen im Arm halte, bin ich mir nicht mehr sicher, ob es richtig war, ihr lieber einen schlechten Vater vorzuführen als gar keinen.

Die Zimmertür öffnet sich, Rene steckt den Kopf herein. Ich fange ihren Blick. Sie zieht sich wieder zurück. Die Tür schließt sich. Ich streichele Lolas Haar und verspreche ihr noch mal, dass alles gut wird. Sie schluchzt weiter, und ich muss los. Einer der vielen Augenblicke, in dem ich mich ebenfalls als schlechtes Vorbild fühle – aber ich weiß, dass dieses Gefühl nur daraus resultiert, dass ich am liebsten ein perfekter Vater wäre. Bin ich aber nicht. Ist niemand. Aber ich bin gut genug, und nirgends steht, dass ich mein eigenes Leben aufgeben muss, um ein gutes Vorbild zu sein. Und deswegen werde ich jetzt fahren.

Ich halte Lola die Nase zu. Sie reagiert genervt. Ich ziehe ihr am Ohrläppchen. Sie reagiert noch genervter, aber diesmal ziehe ich es durch. Knutschen, Luft gegen die Wange prusten, kitzeln. Sobald die Töne sich ein bisschen geändert haben, erkläre ich ihr, dass ich ihre Hilfe brauche. Sie solle für mich ein Auge auf Mama haben, bis ich wiederkomme. Das verspricht sie. Dann kuscheln wir ein bisschen, und ich bitte sie, nicht mit einem Atomphysiker durchzubrennen, bevor ich wieder da bin. Sie denkt einen Augenblick darüber nach, dann sagt sie: okay, und mein Herz schmilzt mal wieder. Ich küsse sie auf die Nase, doch als ich aufstehen will, klammert sie sich an meinen Hals und sagt, ich soll bei ihr bleiben. Ihr Schmerz und ihre Verlustangst sind echt, aber so ist das mit Gefühlen: Sie haben manchmal wirklich keine Ahnung, was richtig oder falsch ist.

Als ich mit Lola auf dem Arm aus dem Haus komme, sitzt Rene mit ihrem Vater am Verandatisch und zeigt ihm die glorreiche Versicherungspolice. Oscar spielt mit Sulke, der gerade etwas kaut. Ich entdecke Susi in der Verandaecke und atme auf. Oscar kommt auf mich zugelaufen und haut mir auf meinen linken Oberschenkel.

»Du bringst mir was mit!«, brüllt er überdreht.

»Versprochen.« Gut, dass er nicht entscheiden darf, ob es eine neue Tante oder eine Spielzeug-MG wird, sonst hätte mein Liebesleben schlechte Karten.

Er kämpft ein bisschen mit meinem Bein und stößt dabei gegen den Tisch. Ein Glas fällt um, Orangensaft schwappt auf die Versicherungspolice. Alle springen auf und retten, was zu retten ist. Rene schnauzt Oscar an. Ich nutze den Tumult, um mich in Richtung Wagen zu drängeln. Lola klammert sich immer noch an meinen Hals und drückt mir die Luftzufuhr ab. Hm. Vielleicht ein neuer Trick von ihr.

Ich öffne die Autotür und werfe meine Tasche hinein. Lola hängt an mir wie ein nasser Sack. Ich knutsche ihre Wange und bitte sie, mich loszulassen, da ich sonst nicht loskönne. Sie klammert. Rene stellt sich neben mich, streckt die Arme aus und sagt:

»Lola.«

Lola lässt mich los und rutscht in die Arme ihrer Mutter, während sie wieder herzzerreißend weint. Oscar verpasst meinem Bein noch einen Haken und erinnert mich sicherheitshalber noch mal an das Geschenk, und ich weiß, er liebt mich nicht weniger als Lola. Ich nicke seinem Opa zu, der ausdruckslos zuschaut, wie sein Enkel mich in einem allerletzten Duell abknallt.

Auch ihn werde ich erst überzeugen, wenn ich morgen wieder auftauche.

Ich ramme den Gang ins Getriebe.

Als ich die Allee hinunterfahre, sehe ich im Rückspiegel eine Frau, mit einem Mädchen auf ihren Armen, das ich auf eine Art liebe, wie ich es nicht für möglich gehalten hätte. Neben ihr steht ein Junge, den ich ebenso sehr liebe. Er presst ein Meerschweinchen an die Brust und hält die Hand seines Opas. Vor ihnen liegt ein Hund. Es ist ein Bild wie am Ende eines Films.

Bevor ich in die Hauptstraße einbiege, ist das Letzte, was ich sehe, Rene.

Sie hebt eine Hand, und sogar aus dieser Entfernung erkenne ich ihr Scheißegallächeln. Ich will mein Leben mit ihr verbringen. Ich will bei ihr sein, bis sie stirbt. Oder ich. Aber jetzt muss ich los.

Als wir landen, werde ich wach. Ich taumele aus der Maschine und kneife die Augen gegen die Helligkeit zusammen. Blauer Himmel, eine grelle Sonne, klare warme Luft. Fast schnauze ich die Stewardess an, wo zum Teufel man mich hingebracht hat, dann entdecke ich das Schild: *Vancouver International Airport*. Ich bin da. Kanada. Einmal schlafen, und schon bin ich achttausend Kilometer näher an *Eva*. Mein Magen beweist, dass er auch auf anderen Kontinenten abstürzen kann. Ich eile mit einem Glücksgefühl auf das Terminal zu und wünschte, ich hätte eine Sonnenbrille eingepackt.

Ich miete einen Wagen, decke mich mit Keksen, Wasser und einer Landkarte ein, und schon bin ich auf der Straße. Mir ist danach, das Gaspedal durchzutreten, aber fürs Rasen sind die Straßen zu voll. Ganz schön viel Verkehr für ein Land, in dem drei Menschen pro Quadratkilometer leben, stockender Verkehr, hatte ich in meinem Zeitplan nicht mit einberechnet, hat aber auch Vorteile; in San Francisco habe ich mal fünfhundert Dollar für eine rote Ampel bezahlt, und wenn ich jetzt einmal anfange zu rasen, wird es richtig teuer. Seit meiner Abfahrt in Aachen vor fünfzehn Stunden fühle ich mich unruhig, ein Gefühlschaos, das nur von einer bestimmten Person wieder in Ordnung gebracht werden kann.

Irgendwann erreiche ich eine Autofähre und checke ein. Die Wartezeit und die folgende Überfahrt verstreichen quälend langsam. Ich stelle mich aufs Deck und schaue in die Weite, doch zum ersten Mal in meinem Leben genieße ich es nicht, auf dem Wasser zu sein. Die umwerfende Natur zieht an mir vorbei wie eine Fototapete, und als auf halber Strecke ein paar Touristen aufschreien und aufgeregt mit Fingern und Kameras herumfuchteln, betrachte ich bloß die Zeiger meiner Uhr. Wenn das Beamen eines Tages tatsächlich erfunden werden sollte, dann hundertpro von einem Verliebten auf der Anreise.

Endlich landen wir auf der Halbinsel, und hier wird es kanadischer. Lange, einsame Straßen am Meer entlang, danach ein noch längerer, noch einsamerer Highway durch ewige Wälder. Nichts als Farben, Weite, Wasser und Land – doch ich will kein Land, ich will Mensch. Ich drücke nun doch aufs Gas und ertappe mich mehrmals bei hundertsechzig Stundenkilometern. Die Landschaft fliegt an mir vorbei. Ich zwinge mich, wieder ein bisschen langsamer zu fahren. Fehlt noch, dass ich mich um einen Baum wickele, bevor ich weiß, ob das, worum ich mich lieber wickeln möchte, noch in Tofino ist und was sie zu meinem kleinen Überraschungsbesuch sagt.

Stunde um Stunde rase ich durch unglaubliche Natur, die immer wieder versucht, mich mit visuellen Schocks zum Anhalten zu zwingen. Manchmal ist es ein riesiger Baum, manchmal eine Schneise im Wald, die am Horizont in Himmel übergeht, oder man fährt plötzlich an einem enormen eisblauen See vorbei, in dem sich der Himmel spiegelt. Ich schalte auf Autopilot, folge stur der Straße und kämpfe gegen die Verlockungen, wie Odysseus einst gegen die Sirenen, doch es hört einfach nicht auf. Ein Naturschock nach dem anderen. Ich muss der erste Mensch der Geschichte sein, der es schafft, diese Strecke zu fahren, ohne ein einziges Mal anzuhalten.

Irgendwann, die Tanknadel beginnt mir langsam Kopfzerbrechen zu bereiten, kommt ein Strand. Dann noch einer. Noch einer. Und noch einer. Jetzt ist es nicht mehr weit. Meine Haut beginnt zu kribbeln, als würde ich auf einer Herdplatte köcheln. Und dann bin ich plötzlich da. Ein Schild *Tofino*.

Im Internet konnte man gut erkennen, dass das Dorf klein ist, aber es ist noch kleiner, vielleicht haben mich aber auch nur die Weiten des Hinwegs versaut. Ich drehe um, verlasse das Dorf wieder und biege in den ersten Weg rechts vor der Dorfeinfahrt ein. Auf einem Steg steht ein rotes Holzhaus. Das muss es sein. Noch knapp elf Stunden bis zu meinem Rückflug. Acht Stunden Rückweg, zwei Stunden vorher einchecken, vielleicht gehen auch neunzig Minuten, aber noch den Mietwagen abgeben, also maximal sechzig Minuten Aufenthalt. Ich sitze noch einen Augenblick im Wagen, schaue zu dem Hotel rüber und versuche, mich zu sammeln, aber mein Kopf ist so leer wie mein Herz voll. Wenn sie jetzt nicht da drin ist …

Ich steige aus und zwinge mich, halbwegs normal ins Hotel zu gehen. Das sieht von innen nicht aus wie ein Hotel, sondern wie ein Wohnzimmer, und das Pult ist leer. Eigentlich ist es kein Pult, sondern ein Tisch, auf dem Dinge liegen, unter anderem ein Anmeldebuch. Ich will es gerade aufschlagen, als eine ältere Frau den Raum betritt. Sie hat ein braun gebranntes, faltiges Gesicht, trägt eine Jacke über einem bunten Baumwollkleid, Gummistiefel und dazu ein auffälliges Kruzifix um den Hals. Ich muss an den Wirt im *Em Veedel* denken. An dem Abend lernte ich Eva kennen. Jetzt bin ich auf einem anderen Kontinent, um sie wiederzusehen. Das Leben ist irre.

»Welcome Sir. May I help you?«

Ich erkläre ihr, dass ich nach einer deutschen Touristin suche, die sehr bleich ist, fast weiß, wie ein Vampir. Sie nickt freundlich, als würde ihr das jeden Tag passieren. Mir fällt endlich ein, dass ich ja mal Evas Namen nennen könnte. Ich tue es. Das hilft. Sie verrät mir, dass Eva wahrscheinlich am Long Beach ist, und verrät mir, wie ich dahin komme. Gott, ich bin gerade direkt an ihr vorbei gefahren. Ich drehe mich um und eile raus. Sie ruft mir einen »Nice day!« nach.

Long Beach. Der Name ist Programm. Außer Cofete auf Furteventura habe ich so etwas noch nicht gesehen. Ich parke neben ein paar Autos, steige aus, kneife die Augen gegen die Helligkeit zusammen und schaue mich um. Strand, Meer, Horizont, blau in blau – und bis auf ein paar Spaziergänger menschenleer. Wobei, draußen im Wasser treiben ein paar Surfer. Mein Herz beginnt, wie verrückt zu schlagen. Ich laufe los.

Als ich den Schutz einer Waldkante verlasse, bläst der Wind mich fast um. Ich erreiche die Stelle, an dem die Surfer wohl ins Wasser gegangen sind, und bleibe keuchend stehen. Die Pazifikwellen sehen wild und gefährlich aus. Nirgends sind Schwimmer im Wasser, nur acht Surfer, die Neoprenanzüge tragen und in den Dingern alle gleich aussehen. Super.

Ich gehe zur Wasserlinie und rufe Evas Namen, so laut ich kann. Der Wind löscht meinen Schrei auf der Stelle. Ich starte ein paar wilde Winkattacken. Nichts. Die Surfer dümpeln auf dem Wasser und schauen landauswärts. Scheiße. Ich werfe einen Blick auf die Uhr. Noch fünfzig Minuten.

Ich gehe zu einem kleinen Klippenvorsprung und halte eine Hand ins Wasser. Das Wasser hat vielleicht zehn Grad, niemand hält es ewig in den Temperaturen aus, also gehe ich wieder zurück und setze mich in den Sand. Was mache ich, wenn die Surfer doch noch eine Stunde draußen bleiben? Und was mache ich, wenn die Surfer an Land kommen und Eva nicht dabei ist? Gott, das hier kann sich ruckzuck zu der bescheuertsten Aktion meines Lebens entwickeln.

Ich setze mich in den Sand, versuche, tief zu atmen und nicht darüber nachzudenken, was passiert, wenn ich hier wieder abfahren muss, ohne Eva gesehen zu haben.

Einer der Surfer schwingt sich auf, nimmt eine Welle und reitet landeinwärts. Ich springe auf die Beine und beobachte, wie der Surfer näher kommt. Mein Herz klopft wild, während er so nahe kommt, dass ich die Umrisse erkennen kann. Scheiße. Falls Eva sich nicht einen Vollbart zugelegt hat, ist sie es eher nicht.

Fünf Meter vor mir lässt der Typ sich ins Wasser fallen und kommt an Land gewatet. Ich frage ihn, ob da draußen auch eine deutsche Touristin ist. Er grinst, ja, die wäre einfach nicht totzukriegen. Na prima.

Noch fünfundvierzig Minuten. Das Gute ist, ich weiß jetzt, dass sie da ist. Das Dumme ist, ich habe keine verdammte Ahnung, wie ich sie erreichen kann. Sie ist nur fünfzig Meter von mir entfernt, aber sie ist in einem anderen Element und könnte ebenso gut auf einem anderen Planeten sein.

Der Vollbart packt sich das Board unter den Arm, grüßt und marschiert Richtung Autos. Ich schaue wieder zu den Surfern raus und nehme mir vor, noch zehn Minuten zu warten; wenn sie dann nicht rauskommt, besorge ich mir einen Neoprenanzug und paddele darauf hinaus.

Im selben Moment kommen ein paar heftige Wellen angerollt. Fast alle Surfer paddeln los, und schon kommen sie auf mich zugeritten. Als sie noch fünfzig Meter vom Land entfernt sind, entdecke ich sie. Eine halbe Sekunde schaue ich in ihr Gesicht, bevor sie mit einem Ruf über Bord geht, in die Welle klatscht und verschwindet. Die nächsten Sekunden sind die längsten meines Lebens, bis endlich ein Oberkörper in Strandnähe aus dem Wasser auftaucht und beginnt, zum Strand zu waten. Die anderen Surfer beenden ihren Ritt, lassen sich ins Wasser gleiten, ziehen sich aufs Board und beginnen wieder rauszupaddeln. Nur eine geht an Land. Meine.

Zwanzig Meter von mir entfernt, watet sie an Land. Plötzlich bleibt sie stehen, als wäre sie gegen eine Wand gerannt. Mein Gesicht schmerzt. Nach einem Augenblick schreit sie auf, lässt das Board fallen und läuft los.

Der Aufprall ist, wie das Tackling eines Footballverteidigers, nur in schön. Wir umschlingen uns, rollen durch den Sand und rufen uns zwischen den Küssen Worte zu. Ihr Gesicht ist eiskalt, wie der Anzug, sie zittert, und ich bilde mir ein, dass es nicht an der Wassertemperatur liegt. Ich sauge an ihren Lippen, wärme ihre Hände zwischen meinen und presse sie an mich. Ihre Augen leuchten wild, als sie die schönsten vier Worte sagt, die man einem Verliebten sagen kann.

»Ich hab ein Zimmer.«

Wir liegen quer auf dem Bett. Evas Zehen kitzeln meine Füße, und ich genieße die Nachwehen. Warme Wellen schwappen in mir von einer Körperseite zur anderen. Ich brauche keinen Spiegel, um zu wissen, dass ich gerade ziemlich blöde grinse. Der Bibelautor war ein Feigling. Statt Adam und Eva nackt durch einen Garten zu jagen, hätte er sie gleich dort hinschreiben sollen, wo sich die Spreu vom Weizen trennt. Ins Bett, nach dem Sex, wenn man frisch befriedigt feststellt, dass man immer noch voller Begehrlichkeiten ist.

Vom Bett aus schaue ich durch das Dachfenster in den Himmel. Durch das offene Fenster höre ich das Meer. Mit dem Gewicht von Evas Körper auf mir fühle ich mich eins. Mit mir. Mit ihr. Mit dem Himmel, dessen weiße Wolken ich beobachte, während ich eine warme Schulter streichele und diese trägen Sekunden genieße. Ich weiß nicht, ob es die letzten sein werden. Noch fünfzehn Minuten, dann muss ich los.

»Wir sollten was Besonderes machen«, sage ich.

Ich spüre, wie ihr Gesicht sich auf meiner Brust bewegt, als sie lächelt.

»Ich fand das eben schon ganz in Ordnung.«

Ich senke mein Gesicht, bis ich ihre Augen erkennen kann. Sie blicken lächelnd zu mir hoch. Auf ihrer

Stirn glänzt Schweiß. Ihre Haut riecht nach Moschus und Salzwasser.

»Ich meine, etwas, an das wir uns unser Leben lang erinnern.«

»Also, für mich war das eben …«, beginnt sie und muss dann lachen.

Gott, ist sie süß. Ich verpasse ihr einen Kuss auf die Augenbraue.

»Ich wüsste etwas ganz Besonderes«, locke ich sie.

»Sieh mal einer an«, sagt sie und lässt eine Hand über meinen Bauch gleiten. »Was denn?«

»Wir knutschen noch fünf Minuten …«

»Hmmm …«, schnurrt sie und knabbert an meiner Brust.

»… packen unsere Sachen …«

»Hm«, macht sie.

»Und fliegen nach Deutschland.«

Sie hört auf zu knabbern und schaut mich an. Ihr Gesicht ist sich nicht ganz sicher, wie es sich verhalten soll. Ich nicke.

»Rene hat Brustkrebs. Sie wird am Dienstagmorgen operiert. Ich will bei dir sein und will bei ihr sein. Das Problem lässt sich lösen, indem du mitkommst.«

Ihr Gesicht wird ausdruckslos. Ich nicke zu meinem Jackett, das über einer Stehlampe hängt.

»Da drin ist ein Ticket für dich. Unser Flug geht in neun Stunden, wir müssten also bald los, eigentlich gleich.«

Sie liegt noch einen Moment regungslos da. Dann rutscht sie von mir runter, zieht die Bettdecke über sich und mustert mich. Ihr Blick gibt mal wieder nicht den geringsten Anhaltspunkt darüber preis, was sie denkt.

Ich nicke ihr beruhigend zu.

»Ich weiß, wie das klingt ...« Ich setze mich auf, packe mir ein Kissen in den Rücken und lehne mich an den Bettpfosten. »Da willst du endlich frei sein und nie wieder Stöckchen holen, und dann komme ich daher und verlange von dir, mir zu vertrauen, und ich kann dir dafür nicht mal ewige Liebe garantieren.« Ich versuche ein Lächeln. »Ich will dich kennenlernen, aber ich kann nicht Rene im Stich lassen. Die Kinder brauchen mich, und Rene braucht mich – und ich brauche es, bei ihnen zu sein. Ich will mit dir zusammen sein, aber wir können unsere Beziehung nicht mit einem Verrat beginnen.«

Ich schaue sie offen an und versuche, ihr zu suggerieren, dass sich die Sache lohnen wird. Mein Herz schlägt wie verrückt. Sie mustert mich und verzieht keine Miene. Oh Mann.

»Ich weiß, du magst Kinder«, beginne ich und atme durch, »und ... wie du weißt, kann ich keine zeugen und irgendwie habe ich ja schon zwei, also ... wir könnten nie eigene Kinder kriegen, aber die beiden sind ja schon da und sind so was wie meine eigenen Kinder ...«

Sie blinzelt einmal, sonst bewegt sich nichts in ihrem Gesicht.

»Und darum«, beginne ich und hole tief Luft, »wenn der Krebs gestreut hat, also, wenn das Risiko besteht, dass Rene sterben könnte, werde ich sie heiraten, damit ich Lola und Oscar adoptieren kann.«

Sie schaut mich bloß an. Gottverdammt noch mal!!

»Eva«, sage ich und versuche ein Lächeln. »Ich weiß,

was ich da von dir verlange, das ist einfach …«, ich muss selber den Kopf schütteln, »… *verrückt*, oder? Die Umstände sind total …« Ich zucke hilflos mit den Schultern. »Aber meine Gefühle sind klar. Eva, ich mag dich sehr, und ich würde dich gerne so gut kennenlernen, wie es nur irgend geht. Ich bin hergekommen, um dir das zu sagen.«

Ich mache eine Pause und nicke ihr wieder zu, gebe ihr eine Chance, irgendwas zu erwidern, zu sagen oder zu fragen, doch sie bleibt immer noch stumm.

»Okay, verstehe, schon gut, pass auf, ich muss echt los, also …« Ich strecke eine zitternde Hand aus und zeige aus dem Zimmerfenster. »Ich gehe jetzt da raus und setze mich in den Sand. Ich bleibe da zehn Minuten sitzen, bis du entweder rauskommst oder ich losmuss.«

Ich rutsche vom Bett und beginne mich anzuziehen. Sie sagt nichts, reagiert nicht, lässt sich mit keiner verdammten Geste anmerken, ob das, was ich sagte, ihr irgendwas bedeutet. Als ich angezogen bin, hat sie immer noch nichts gesagt. An der Tür bleibe ich stehen und versuche es noch mal.

»Hey … ich habe auch Angst, okay? Aber Beziehungen sind nicht scheiße. Nur Scheißbeziehungen sind scheiße. Aber diese hier wird gut, weil du gut bist und ich auch. Keine Spielchen, kein Beschiss, keine verlorenen Jahre, doppelten Böden, Tabustädte oder sonstigen Mist. Lass uns einfach zusammen sein und …«

Mir geht die Luft aus. Sie sagt immer noch nichts. Dafür senkt sie den Blick. *Schnell! Mehr Argumente!* Aber was? Wie kann ich sie mit Worten überzeugen?

In mir brodelt es. Mir ist danach, ihr mehr zu versprechen, als ich kann. Verflucht, ich reiße gleich das verdammte Hotel in Stücke. Schnell raus hier, bevor ich es versaue.

Ich drücke die Türklinke runter und bleibe wieder stehen.

»Ich weiß, was ich über Verliebtheit und Beziehungen gesagt habe, aber …«, ich schlage mit den Händen aus. »Du wolltest ein Zeichen? Okay, hier bin ich! Und ich will dich! Also, entscheide dich! Was willst du? – Die Welt oder mich?!«

Ich ziehe die Tür hinter mir zu, ohne ein weiteres Mal zurückzuschauen. Als ich durch das Foyer gehe, lächelt die faltige Frau mich an und fragt, ob wir ein Zimmer mit einem größeren Bett möchten. Ich marschiere wie betäubt an ihr vorbei, hinaus ins Licht.

Draußen am Steg lasse ich mich auf eine Bank fallen. *Die Welt oder mich?* Himmel, was hab ich da bloß gesagt? Ich werfe einen Blick zum Hotel rüber. Hinter dem Fenster im ersten Stock bewegt sich nichts. In meinem Magen zieht es, als wäre ich krank. Gott, ist mir schlecht.

Ich setze mich aufrecht hin, lege meine Hände auf die Knie, atme tief durch und schaue über den Ozean. Hier gibt es Wale. Die größten Säugetiere. Die kleinsten warten in Aachen auf mich. Ich vermisse sie. Und ich wäre nicht der Erste, der Liebe gegen Familie tauscht. Und nicht der Letzte. Aber vielleicht geht beides: Patchworkfamilie und Beziehung. Eine Win-win-win-win-win- Situation.

Schritte auf dem Holzsteg. Jemand setzt sich neben mich. Ich traue mich nicht, sie anzusehen, weil ich Angst habe, die Antwort in ihrem Gesicht zu erkennen. Mein Magen ist wie ein Stein. Ich sollte cool bleiben und ihre Entscheidung abwarten, aber …

Ich schaue sie an. Ihr Gesicht ist ausdruckslos, ihr Blick wach. Beides hilft mir nicht weiter.

»Rene hat Brustkrebs?«

»Ja.«

»Und wenn sie nicht gesund wird, willst du sie heiraten und Lola und Oscar adoptieren?«

Ich nicke. Sie verzieht keine Miene.

»Unabhängig davon wirst du aber weiterhin mit ihr und den Kindern zusammenleben.«

Keine Frage. Feststellung. Ich nicke wieder. Sie schaut sich um, als würde sie sagen, oh Mann …

»Brauchst du mehr Zeit?«, platze ich raus. »Soll ich nach der OP wiederkommen? Wir könnten uns irgendwo treffen und reden. Ich komme wohin du willst, außer du möchtest, dass ich nicht komme. Sag mir bitte, was du willst, was ich will, weißt du. Gott, Eva, ich schwöre dir, ich sterbe gleich …«

Sie hebt eine Faust. Ich verstumme überrascht. Erst nach einem Moment entdecke ich ihren Daumen, der über ihre Schulter zeigt. Ich werfe einen Blick in die Richtung. Vor dem Hotel steht eine Reisetasche, an der Schlafrolle und Schlafsack befestigt sind. Ich blinzele. Die Tasche steht immer noch da. Mein Herz bleibt stehen.

»Ich musste erst packen«, sagt sie. »Darum hat es so lange gedauert.«

Ich schaue Eva an. Ihr Marmorgesicht ist ausdruckslos wie eh und je.

»Du kommst mit? Wirklich?«

Sie nickt, und schon liegen wir auf der Bank und küssen uns.

»Ich muss verrückt sein«, murmelt sie an meinen Lippen. »Ich lasse mich nach Deutschland knutschen.«

»Es gibt Schlimmeres«, lache ich, und der Wind bläst mir Sand in den Mund, weil ich gleichzeitig lache und knutsche und ihr verspreche, dass alles gut wird.

Irgendwann geht uns die Puste aus. Ich lege meine Handflächen auf ihre Wangen und kann mich nicht an diesen dunklen Augen sattsehen, in die ich vielleicht mein ganzes Leben schauen werde.

»Weißt du, meine Mutter war ziemlich wild, bevor sie meinen Vater traf.«

»Ach ja?«

Ich nicke.

»Er zog sie immer auf, dass sie all diesen tollen Männern den Laufpass gegeben hatte, bloß um schließlich bei einem wie ihm zu landen. Weißt du, was sie dann immer sagte? Den Besten zum Schluss.« Ich streiche ihr über die Wange. »Vielleicht ist es ja so, vielleicht passt irgendwann mal alles.«

Ihre Augen werden blank.

»Das wäre schön«, flüstert sie.

So startet er, der Rest meines Lebens. Mit Sand im Mund, an eine bleiche Frau gepresst, die aus Hoffnung weint.

Und dann reisten wir zurück. Statt der Welt, Liebe.

Epilog

Rene starb an einem Freitagmorgen. Lola hielt meine Hand, während der Sarg abgesenkt wurde, doch ihre Augen blieben trocken. Ganz die Mutter. Oscar heulte hemmungslos, doch er beruhigte sich bald. Es kam ja nicht unerwartet. Eine Woche zuvor hatten wir ihren Fünfundsiebzigsten gefeiert. Sie klagte über Schmerzen in der Brust, wollte aber nicht an ihrem Geburtstag zum Arzt. Abends fiel sie in der Küche um, während wir über Oscars neue Freundin lästerten. Auch unser letztes Gespräch beendete sie, ohne sich zu verabschieden.

Als sie damals nach der OP aufwachte, saß ich neben dem Bett und sah, wie sie zu sich kam, sich in die Achselhöhle fasste und lächelte. Der Krebs hatte nicht gestreut. Sie behielt ihre Brüste und ließ die Chemo ebenso klaglos über sich ergehen wie den Brustaufbau. Die Ärzte warnten vor der Wahrscheinlichkeit, dass der Krebs zurückkommt, doch bis zu ihrem Tod traute er sich nicht, und so galt Renes einzige Sorge den Brüsten ihrer Tochter. Lola begann sich bei unseren Anrufen lapidar mit ›Beide noch dran‹ zu melden, doch ansonsten hielt sie die Familienehre hoch: Sie ließ sich während ihres Ökotrophologie-Studiums von einem Musiker schwängern, den sie im vierten Monat der Schwangerschaft verließ. Sie brachte ihre Tochter, Lilli, zur Welt, studierte zu Ende und arbeitete dann als Food-Chain-Managerin sechzig Stunden die Woche. Wie gesagt, ganz die Mutter – bis auf eine Kleinigkeit: Eines Tages brachte sie einen muslimischen Trommler mit zu einem Familienfest. Alle schlossen Jamal sofort ins Herz, der uns zu Tänzern und Lola, ein Jahr später, zu seiner Frau machte.

So heiratete wenigstens einer aus der Familie, denn Rene schaffte das nicht. Sie blieb ihr ganzes Leben lang Single. An Angeboten mangelte es nicht, aber irgendwas hatte sie immer an den Männern auszusetzen. Bis zu ihrem Tod stritten wir regelmäßig über ihre rückständigen Beziehungsvorstellungen, doch sie verteidigte ihre romantischen Ansichten ohne Rücksicht auf die Fakten. Immerhin ging sie oft tanzen und blieb manchmal über Nacht fort. Einen Sommer lang tanzte sie sogar mit demselben Mann, das war ihr Beziehungsrekord.

Oscar handhabte das ganz anders. Leider. Von klein auf brachte er eine Horrortusse nach der anderen mit nach Hause – und blieb dann auch noch ewig mit ihnen zusammen, egal wie sehr wir klagten. War dann endlich die eine weg, dauerte es nicht lange, bis das nächste Prachtexemplar auf der Türschwelle stand. Oscar hatte einen großen Freundeskreis und natürlich seine Familie – ich glaube, er nahm seine Freundinnen irgendwie bloß als »Beiwerk« dazu. Was ihn wirklich interessierte, war das Zocken. Er machte ein Praktikum in einer Spieleentwicklungsfirma, ließ eine Ausbildung zum Gamedesigner folgen und begann, Geld zu verdienen. Mit den Einnahmen stieg die äußerliche

Klasse seiner Begleiterinnen, innerlich blieb alles beim Alten, und es wurde ein beliebtes Familienritual, mit seinen Freundinnen *Scrabble* zu spielen.

Bereits ein Jahr nachdem ich Eva kennengelernt hatte, starb Renes Vater friedlich im Bett. Ich rede mir gern ein, dass er gehen konnte, weil er nun gesehen hatte, dass ich »die Eier« hatte. Wir hatten uns ein großartiges Haus im Bergischen Land gemietet und wohnten als eine Art Familien-WG unter einem Dach, was natürlich Gesprächsthema bei den Dorfbewohnern war. Wenn Rene und ich schon in Köln schräg angeschaut worden waren, so war das nichts im Vergleich zu dem, was wir auf dem Land erlebten. Mehrmals erfuhren wir auf dem Markt von Perversionen, die wir angeblich hinter verschlossenen Türen trieben, und auch das Jugendamt schaute mal vorbei, um die Zustände zu prüfen. So ist das, wenn man von der Beziehungsnorm abweicht. Im 17. Jahrhundert war es normal, sich eine Ehefrau zu kaufen, und noch hundert Jahre später wurde man schräg angeschaut, wenn man aus Liebe heiraten wollte. Heutzutage sind romantische Eheschließungen so normal, wie Patchworkfamilien es irgendwann sein werden. Die Dinge ändern sich. Und eines Tages, so hoffe ich, wird es egal sein, in welcher Konstellation man zusammenlebt. Dann wird es nicht mehr darum gehen, wie die Form ist, sondern um Glück.

Apropos Glück … Nach meiner dreimonatigen Auszeit kündigte ich bei der ANNA und arbeitete fortan als freier Autor. Die Reportage über Caro erschien nie, aber ich schrieb ein Drehbuch über ihr Doppelleben für sie, und das wurde glücklicherweise verfilmt, auch wenn ich mich bei der Kinopremiere schämte, als Caros Filmfigur einen überheblichen Journalisten vorführte. Caros Fans sorgten dafür, dass es der erfolgreichste Film des Jahres wurde, was mir die Tür ins Drehbuchgeschäft öffnete. Ich schrieb ein paar rachsüchtige Bücher über die Schweinereien der Industriekonzerne und schuf mir meine Nische mit Wirtschaftsthrillern.

Sieben Jahre nachdem ich bei der ANNA ausgestiegen war, ging Gerd in Rente. Er hielt das ein halbes Jahr durch, dann starb er. Vanessa wurde Chefredakteurin, führte das Heft an den Abgrund und ließ sich mit einer horrenden Abfindung wegloben. Mit fünfzig kandidierte sie für den Bundestag und gewann ein Direktmandat. Das Schlimmste, das man über Politik sagen kann, ist, dass sie im Bundestag nicht weiter auffiel.

Ich dagegen verbrachte fast jeden Tag zu Hause mit meiner Familie und der Frau meines Lebens, die ihren grünen Daumen in unserem Garten entdeckte und sich schließlich als Gärtnerin selbstständig machte. Sie konnte jede noch so merkwürdige Pflanze zum Sprießen bringen. Sogar mich. Seit diesem Tag in Tofino wachte ich den Großteil meines restlichen Lebens mit ihr auf und schlief abends mit ihr ein. Vielleicht klappte unsere Beziehung deswegen besser als meine vorherigen. Vielleicht braucht eine Beziehung mehr Zeit, als wir ihr einräumen. Vielleicht braucht sie die richtige Konstellation. Vielleicht braucht sie aber auch bloß den einen Moment, in dem wir uns wirklich füreinander entscheiden, egal wie die Umstände sind. Es gibt nun mal keinen perfekten Augenblick – außer, man macht ihn perfekt.

Danke. Schön.

Mit jedem Roman werden meine Dankesseiten länger.
Eine schöne Aussage über die letzten Jahre.

Und doch ...

Mittlerweile bin ich so vielen Menschen dankbar, dass ich diesmal vor der Wahl stand, angemessene Dankesseiten zu schreiben – oder mit dem neuen Roman zu beginnen. Eine schwierige Entscheidung ...

Es musste ja fair ablaufen, also warf ich eine Münze – Kopf für Roman, Zahl für Dankesseiten – und zwar so lange bis Kopf fiel.

Ich hoffe, das war in eurem Sinne.

Also. Kurz & gut:

Danke.
Euch allen.
Und auch dir.
Wegen der potentiellen Option.

»BEZIEHUNGSWAISE hat genau das, woran es anderen Romanen oft fehlt: Charme, Humor, Niveau und Tiefgang.« STERN

Michel Birbæk
BEZIEHUNGSWAISE
Roman
495 Seiten
ISBN 978-3-404-15963-5

Lasse ist ein Comedian, dem Erfolg und Humor abhanden gekommen sind. Mit seiner Karriere geht es bergab bzw. flussab, denn mittlerweile moderiert er Seniorennachmittage auf der MS-Karrieretod, wie er das Clubschiff nennt. Doch nicht nur seine Karriere leidet, auch mit der Liebe lief es schon mal besser: Er führt eine zweitklassige Beziehung mit einer erstklassigen Frau. Seit sieben Jahren sind sie zusammen, doch beide sind beruflich viel unterwegs – und sie schlafen nicht mehr miteinander. Als Lasse ein Casting gewinnt und Tess ein Jobangebot in China bekommt, können sie ihre Probleme nicht länger ignorieren. Liebe oder Karriere? Sex oder Freundschaft? Lasses schwerkranker Vater jedenfalls fordert einen Heiratsantrag von Lasse an Tess ein …

Bastei Lübbe Taschenbuch

Das ist das Problem mit der großen Liebe – sie versaut einen für die kleinen

Michel Birbaek
NELE & PAUL
Roman
416 Seiten
ISBN 978-3-404-16433-2

Nele und Paul lieben sich. Schon immer. Zusammen aufgewachsen und alles zusammen entdeckt: das Dorf, das Leben, die Liebe. Für Paul könnte es immer so weitergehen, doch Nele will irgendwann mehr. Raus aus dem ländlichen Mief, in die große weite Welt. Paul muss sich entscheiden – und bleibt auf dem Dorf bei seiner behinderten Mutter. Neun Jahre später ist Nele plötzlich wieder da, der Traum von der großen Karriere geplatzt. Sie will nur ein paar Tage bleiben, um ihr Elternhaus aufzulösen und dann irgendwo neu anzufangen. Doch Paul hat seine Lektion gelernt. Ein zweites Mal wird er seine große Liebe nicht gehen lassen …